One Hundred Influential Masters of Guangdong

岭南文艺百家丛书

广东省文学艺术界联合会
南方报业传媒集团 ◎编

程 扬 刘红兵◎主编

LITTERATEUR

# 文采舜华

文学及文艺理论卷

南方日报出版社
NANFANG DAILY PRESS
中国·广州

图书在版编目（CIP）数据

文采舜华 : 文学及文艺理论卷 / 广东省文学艺术界联合会，南方报业传媒集团编. -- 广州 : 南方日报出版社，2019.6

（岭南文艺百家丛书/广东省文学艺术界联合会、南方报业传媒集团 编）

ISBN 978-7-5491-1950-9

Ⅰ. ①文… Ⅱ. ①广… ②南… Ⅲ. ①报告文学－作品集－中国－当代 Ⅳ. ①I25

中国版本图书馆 CIP 数据核字(2019)第 003468 号

WENCAI SHUNHUA

文采舜华——文学及文艺理论卷

编　　者：广东省文学艺术界联合会　南方报业传媒集团
出版发行：南方日报出版社
地　　址：广州市广州大道中 289 号
出 版 人：周山丹
出版统筹：谭庭浩　阮清钰
责任编辑：李佳航
责任技编：王　兰
责任校对：阮昌汉　王　燕　裴晓倩
装帧设计：肖晓文
经　　销：全国新华书店
印　　刷：广东信源彩色印务有限公司
开　　本：787mm×1092mm　1/16
印　　张：24.75
字　　数：380 千字
版　　次：2019 年 6 月第 1 版
印　　次：2019 年 6 月第 1 次印刷
定　　价：98.00 元

投稿热线：（020）87360640　　读者热线：（020）87363865

发现印装质量问题，影响阅读，请与承印厂联系调换。

## 丛书编委会

主　　　编：程　扬　刘红兵

编　　　委：（按姓氏笔画为序）

丁　凡　王垂林　丘克军　李仙花　李永祥　李丽娜
李劲堃　李洁军　吴华钦　张桂光　陈川泓　林　岗
周　华　洪楚平　唐永葆　曹建平　梁少锋　梁玉嵘
蒋述卓　蔡伏青

执行主编：丘克军

执行副主编：梁少锋　陈川泓

## 本册编委会

主　编：蒋述卓　林　岗

副主编：梁少锋

编　委：（按姓氏笔画为序）

于万东　车永强　尹继红　申霞艳　刘定富　江　冰
李凤亮　陈　志　陈志平　陈艳冰　陈桥生　陈继春
赵利平　梁凤莲　谢有顺　谭运长

# 总序 走在历史前列的岭南文艺百家

◎王晓

当前，我国正处于实现“两个一百年”奋斗目标、实现中华民族伟大复兴的中国梦新征程上，这也是广东全面建成小康社会、实现“四个走在全国前列”、当好“两个重要窗口”目标、建设文化强省、提升文化自信的重要时期。在这个重要历程中，文学艺术的作用是无可替代的。

习近平总书记深刻地指出：“文化同国运相牵，文脉同国脉相连。”回顾近百年来风云激荡的历史，文艺家与民族命运、与时代脉搏同律动、共呼吸，为人民描绘出宏伟的画卷，奏响奋进的号角，创造出不朽的艺术经典。他们的人生和艺术经验，是我们今天坚定文化自信、振奋民族精神的宝贵财富。

在近百年文学艺术的历史进程中，广东的文艺家是走在前列的。这不仅因为广东是近代革命的策源地，也因为广东文艺家将自己的艺术生命与中华民族图强奋进的历史进程，与中国革命建设的伟大实践，自觉地结合起来。本丛书所展现的这些岭南文艺名家，不少都是在中国革命、建设和改革的各个历史时期，积极投身于时代洪流，并在这基础上探索艺术规律，创造出无愧于时代与历史的艺术经典。

近百年的文艺发展历史，是与国运相结合的历史，也是中华民族源远流长的文脉律动在时代变革的潮流中实现创造性转化与创新性发展的历史。在这一方面，广东文艺家也是走在前列的。他们在艺术上勇于开拓，善于创新，既创造出不朽的经典作品，也为后来者提供了可资继承的艺术经验。

近百年来的广东文艺有着满满的正能量。音乐方面，吕文成的《步步高》、马思聪的《思乡曲》、冼星海的《黄河大合唱》，都是荡气回肠、震古烁今的经典之作；美术方面，岭南画派创始人高剑父、高奇峰、陈树人，是中国画折衷中西、创新创造的探路者；文学方面，欧阳山的《三家巷》、秦牧的《花城》、陈残云的《香飘四季》，是聚焦百姓、描写生活的文学典籍；摄影方面，从邹伯奇制造了中国第一台照相机，到沙飞、石少华的新闻摄影，开启了中国真实记录历史的摄影时代；电影方面，中国电影开山鼻祖郑正秋、蔡楚生和郑君里等广东籍电影艺术家，在电影编剧、导演、演出、摄制、理论、教育等方面开创了多个第一；戏剧方面，被誉为“南国红豆”的粤剧与“南国鲜花”潮剧、“南国牡丹”汉剧等大批独具一格的岭南戏剧佳作，是广东地方戏剧在祖国戏剧百花园中的美丽绽放。

挖掘、呈现这些艺术经典与艺术经验，目的在于坚定文化自信，振奋民族精神，更有力地激励广大人民群众在中国特色社会主义新时代与中华民族伟大复兴新征程上努力奋斗，同时也希望今天的文艺家继承前辈文艺家的宝贵财富，进而激发创作灵感，在致敬大师和经典中再创新时代的新经典。为此，我们精心策划了岭南文艺百家丛书。

本丛书分为六册（十一卷），从文学及文艺理论、戏剧、电影、音乐、舞蹈、美术、书法、摄影、曲艺、杂技、民间艺术十一个方面展示岭南文艺名家风貌。通过对文艺家们创作路程的梳理、对其作品的赏析，全方位呈现岭南文艺名家的创作成就和宝贵经验，展现广东深厚的历史文化底蕴；既反映了我省文艺工作的发展成就，又总结了文艺创作的经验和规律，鼓励广大文艺工作者有所作为、大有作为，推动广东文艺事业的繁荣和发展。

概括起来，本丛书有如下特点：

首先，全球视野，为岭南文艺寻找世界坐标。本丛书所具有的不是通常的区域视角，而是在全球视野、中国语境下立足本土，既挖掘在本地生长、创作的现代文艺名家，也注目遍布世界各地的粤籍华侨华人文艺人士，因为他们虽然身处不同地域，从事不同艺域，却因为与广东千丝万缕的联系而有着共同的文化血脉和精神气质。从这方面来看，本丛书对优秀的岭南文化“走出去”有着良好的反映和呈现，必将引起受岭南文学与艺术滋养的一代人的关注，从而具备国际影响。

其次，注重原创，部分内容填补了以往的研究空白。本丛书作为一项颇具规模的文化工程，涵盖范围广，时间跨度大，涉及人物众多，但内容却十分严谨。通过大量的资料搜集与勘测，对广东地方文化历史研究亦起到深化与推动作用。在写作和出版定位上，注重雅俗共赏：每本书争取做到既有学术的高度与精准度，又能让一般读者读懂，为读者喜闻乐见。

再次，多元开发，构建立体展示平台。本丛书不仅配备专业的写作团队，而且有着丰富的文艺作品展示，追求多元化、立体化、生动性和亲切感，扩大岭南文艺的知名度和美誉度。

期望每位读者都能从这套丛书中发现广东文艺之美，从中找到精神的力量，一起建设我们的美好家园。

2019年6月

（作者系广东省文联党组书记、专职副主席）

# 目录

## 文学及文艺理论卷

# 文字及文艺理论卷

# 黄遵宪：

## 政坛法界俱沉寂
## 岂仅词场少一人

黄遵宪（1848—1905），字公度，广东嘉应（今梅州市）人，号人境庐主人，别署任斋主人、水苍雁红馆主人、观日道人、东海公、布袋和南、公之它等，清朝著名诗人，外交家、政治家、教育家。1876年中举人。1877年（清光绪三年）起，历任中国驻日本使馆参赞官、驻美国旧金山总领事、驻英国使馆二等参赞、驻新加坡总领事。甲午战争爆发后，奉调回国，任江宁洋务总办，奉命办理江南五省未结教案、与日本交涉苏州开埠事宜，并与汪康年共同出资创办《时务报》，宣传维新思想。1897年，出任湖南长宝盐法道，署湖南按察使，助巡抚陈宝箴推行新政。戊戌政变后被『放归』故里。

黄遵宪是近代中国有作为的外交家、维新改革思想家，也是晚清诗歌创新的代表人物。喜以新事物入诗，有『诗界革新导师』之称。作品有《人境庐诗草》《日本国志》《日本杂事诗》等。被誉为『近代中国走向世界第一人』。

## 艺术观

◎我手写我口，古岂能拘牵。

◎诗之外有事，诗之中有人；今之世异于古，今之人亦何必与古人同。尝于胸中设一诗境：一曰复古人比兴之体，一曰以单行之神，运排偶之体，一曰取离骚乐府之神理而不袭其貌，一曰用古文家伸缩离合之法以入诗。

◎语言者，文字之所出也。语言与文字合，则通文者多；语言与文字离，则通文者少。

——黄遵宪

# 创作之路

黄遵宪出生和成长在客家之都广东梅州。在家中长辈和客家历史人物的影响下，自小热爱民族，形成了立志报国的宏大抱负："自吾少时，绝无求富贵之心，而颇有树勋名之念。"在他仅57年的一生中，除了在政治改革、维新变法、外交事务等方面做出的执着努力和杰出贡献外，还留下了可以代表近代中国人了解和认识日本最高水平的《日本国志》以及收录在《人境庐诗草》与《日本杂事诗》中的840多首"新派诗"。黄遵宪在近代诗坛改革运动的诗人中成就最大，梁启超在《饮冰室诗话》中极力推崇其诗歌创作"意境无一袭前贤"的独创精神："公度之诗，独辟境界，卓然自立于二十世纪诗界中，群推为大家。"

## 有志青年：奇士磊落逢荒陬

1848年，黄遵宪出生在广东省嘉应州（今梅州市）城东一个五代同堂的官宦之家。祖上因典肆发家，父亲黄鸿藻弃商从文，中举人后一直在京城和广西当官。黄遵宪是曾祖母一手带大的。曾祖母出身进士家庭，重视教育，用客家儿歌对黄遵宪进行启蒙。黄遵宪四岁便进入私塾读书，很早显示出诗歌天赋，被当地人喻为"神童"。十岁时私塾先生曾以杜甫"一览众山小"为题令其作诗，他立即破题："天下犹为小，何论眼前山。"表现了黄遵宪的艺术天才，也体现了他从小就有的宏伟之志。

1859年、1865年太平天国两次攻占嘉应府后，黄家产业接连受到破坏，

黄遵宪和日本友人合影

家道中落。家庭负担使黄遵宪必须参加科举进入仕途。然而黄遵宪虽一直盛名在外，在科举考试中却屡遭挫折。1867年春天，近20岁的黄遵宪通过院试考入州学，成为员生。同年夏天，赴广州参加乡试落第，作《游丰湖》一诗，反思科举制度和八股文的弊端。21岁创作诗《杂感》，讽刺当时诗坛对古人亦步亦趋的“六经字所无，不敢入诗篇”的复古主义，提出了“我手写我口，古岂能拘牵”的诗歌革新主张，被文学界尊为中国近代“诗歌革命”的宣言书。

1870年，黄遵宪二赴广州参加乡试，依旧落选。回乡经过香港、汕头，在香港停留时，不仅写下《香港感怀十首》，抒发对香港沦陷的悲痛，还因天津教案一事翻阅《万国公报》和其他报纸杂志了解真相，又大量阅读介绍域外的各种书籍，这是黄遵宪正式接触“西学”，思想发生转变的重要转折点。

1871年，黄遵宪在州学岁考中获得第一名，成为廪膳生。1873年，考取了拔贡生，同年再赴广州乡试，第三次落榜。但凭借贡生身份，黄遵宪到北京参加乡试。1874年春，黄遵宪赴京，父亲黄鸿藻此时在京为官，为他引见了不少广东籍、客家籍的高官大吏。1876年，黄遵宪在烟台时拜见了李鸿章，得到其"霸才"的称赞。9月，在北京乡试中，黄遵宪终于考中第141名举人。由于对科举考试已经深恶痛绝，他没有进一步去考进士。当年冬天，清政府派遣翰林院侍讲、广东大埔人何如璋出使日本，何如璋非常欣赏黄遵宪的才华，奏请他为参赞随行。黄遵宪在几年的南北行走中，眼界大开，意识到"海禁大开，外人足迹如履户庭，非留心外交，恐难安内"，因此欣然答应，迈出了走向世界的第一步。

## 随使日本：完成明治维新史

作为随使文化参赞，黄遵宪在外交舞台上大显身手，所处理的琉球交涉风波和朝鲜问题，展现了一个外交家应有的对形势高屋建瓴的判断以及为保护祖国利益而斗争的爱国主义情怀。

在赴日途中，何如璋奉命处理日本禁止琉球入贡中国事件，黄遵宪草拟函件，提出"琉球三策"，指出国力的强弱是外交胜负的决定因素，希望清政府对日坚持强硬态度，阻止日本南侵扩张计划。1878年日本武力逼迫朝鲜签订《朝日江华条约》，1880年朝鲜派修信使到访日本会谈条约问题时，何如璋、黄遵宪设法与修信使会晤，谋划应对策略。黄遵宪根据何如璋的指示，短短几天便拟成洋洋万字的《朝鲜策略》，从沙俄肆意南下，朝鲜首当其冲，中朝共同面对沙俄威胁形势出发，确定"防俄"为外交核心，"亲中国""结日本""联美国"为外交联盟，以"开国自强"为内政改革的必由之路。策略被带回朝鲜后，其中诸多建议被国王及"开国"派大臣认可采纳，进行内政改革，迈出近代化的第一步。

除了应付繁杂的外交事务，黄遵宪也留心察看日本国情，研究日本的政治、历史和风土民情渊源现状，报请朝廷参考。他也喜欢结交日本各界友人，以笔代舌互相交流诗文学问、两国的政治学术等。黄遵宪对日本友人的诗文提出批评指正，还将《红楼梦》亲自圈点后送给日本友人，宣传中国文化。

此时正值明治维新第一个十年，身处其中的黄遵宪震惊于明治维新后日本在物质、科技、政治制度等方面取得的巨大成就，而一衣带水的国人依旧“好谈古义，足己自封，于外事不屑措意”。所以从1878年起他开始撰著《日本国志》和《日本杂事诗》，把对中国现状的不满和对明治维新之后走向强国的日本的倾慕与求知，与日本研究紧密地联系起来。

由于国内有关日本典章制度的史志残缺不全，为给国人借鉴，黄遵宪决定编著一部《日本国志》。他自觉继承“学术所以经世”的传统，首创以典制体裁来记述外国历史。《日本国志》共40卷50余万言。按照“通志”体裁分为12个门类，志各有序，又采用“外史氏曰”的形式，评古论今，结合中国实际情况对比分析，阐发自己的改革思想。《日本国志》从政治、经济、军事、文化等方面对日本的历史与近况，主要就日本明治维新十几年间效仿西法、力行新政、由弱转强的各种措施与成就做了全面系统的介绍，可以说是中国研究日本的第一部真正的百科全书。

从1878年到1887年最终完成，这部史著“费日力至八九年”，刊行却曲折坎坷。1888年初黄遵宪将书稿呈李鸿章、张之洞，希望通过官方刊行，但是权势人物反感效仿日本全盘西化的提法，对此书反应冷淡。黄遵宪无奈在1890年随薛福成出使英伦前，将书稿交给广州富文斋刊印。甲午战争中国惨败后，朝野哀痛，了解日本的愿望大增，《日本国志》终于在1895年冬刊行问世，风靡一时，多次翻印。该书为中国改良派提供了第一手的信息资料，戊戌变法期间，康有为向光绪进呈的《日本变政考》中关于明治维新的内容，与《日本国志》一致的地方有12处。周作人称它是“前无古人的著述，至今也还是后无来者”。直到现在此书也被日本研究者广为引用。

《日本杂事诗》是编撰《日本国志》的副产品，但问世更早。1879年该书由京师同文馆印行，此即《日本杂事诗》的初刻本，亦称“原本”。1880年黄遵宪的好友王韬在香港《循环日报》上以活字版印行。《日本杂事诗》以两百首竹枝词分上、下两卷的形式存世。在王慎之、王子今所辑《清代海外竹枝词》中，公度竹枝词组诗数量第一，其内容的完整性和丰富度亦卓越超群。黄遵宪并不只是把竹枝词作为风土纪异或个人娱乐来写，而将其定位在“期待有用”，内容涵盖国事、天文、地理、政治、文学、风俗、服饰、技艺、物产九类，其中组诗第三十一至六十首比较集中地反映了后变化的社会风貌，侧重反映新事物，如议院、国债、新闻纸、西学、军校等。第一百七十七至一百九十九首则主要讲明治维新后的工商业及物产，涉及商业会社、工艺、农林渔业等，涵盖了值得中国借鉴的重要方面，希望通过加强中国的当政者对世界的认知，效法日本，变法图强：

玉墙旧国纪维新，万法随风倏转轮。杼轴虽空衣服粲，东人赢得似西人。

作为中国诗人吟咏日本历史、现状、自然景色与风土人情的诗集，此书一出版便深受日本各界人士欢迎。1880年经黄遵宪同意，日本友人源辉声将《日本杂事诗》的原稿埋藏于东京墨江畔的家里，由黄遵宪亲题“日本杂事诗最初稿冢”碑文，成为中日文化交流的历史见证。

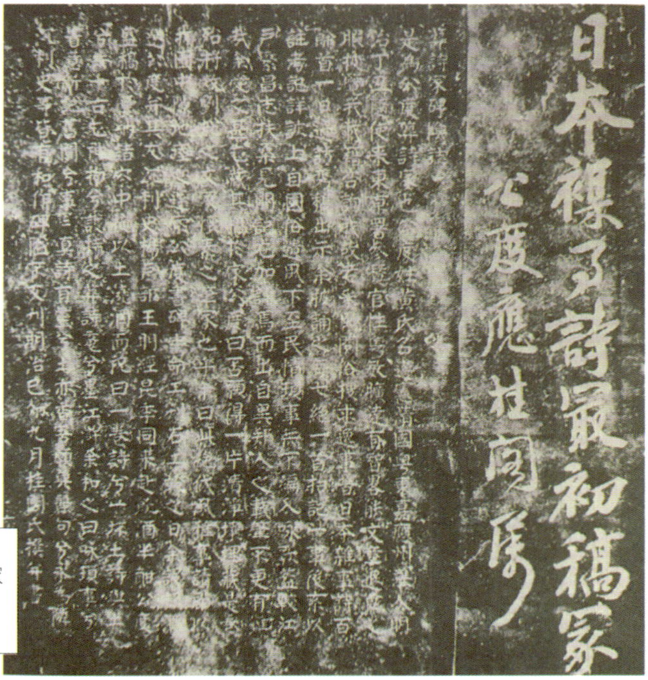


《日本杂事诗》最初稿冢碑文

## 辗转各国：几年辛苦赋同袍

1882年，黄遵宪被美国公使郑藻如调任为旧金山总领事之时，正是美国排华浪潮高涨的时候。淘金热过后，加州经济衰退，反华分子把由此带来的社会问题转嫁于华人，挑起种族矛盾以缓和其他社会矛盾。黄遵宪2月到任，3月美国即实施有关限制华工的排华法案，美国华人的境遇更加困难。黄遵宪为此做了大量的工作。在助手傅烈秘的协助下，他根据法律据理力争，坚持绝不让步的原则，为侨民的权益与美国当局斗争。其中最值得注意的是为华商和华工的出入境争取到部分合理的权益："由是华商人等由他国来美，及寓美国再来，与执领事护照而复来者，均得通行无阻；即华工假道金山，往来檀香山、域多利、巴那马等处者，亦由领事给照，无所留难矣。"中国海外华人能使用护照作为旅行证件，与他当年的努力直接相关。

黄遵宪整顿华人社团工作对华人社会的发展也具历史性的影响。他帮助会馆制止堂口之争，使他们团结起来抵抗美国排华分子的欺凌、压迫。旧金山的华人社团在他的帮助下，组织开始走向规范化。各会馆先后设立了以地域或姓氏为单位的轮值制度，并开始从中国延聘举人贡生担任会馆的司事（主席）。不仅如此，黄遵宪还进一步强化会馆的社会功能，在原有会馆的基础上成立总会馆。经过整顿的美国华人社团组织，后来被公认为美国华人社区的代表，直至今天仍然起着相当重要的作用。

1885年，黄遵宪在旧金山总领事任上任满回到家乡，把《日本国志》最后整理出版。在《日本国志》完成之后，1890年他接受薛福成邀请，任驻英使馆二等参赞出使英国，协助公使薛福成开展清对欧洲事务（兼及对法、意、比等国工作）。其间他对英国各种制度均权衡其利弊，把英国的君主立宪制度与美国的民主制度做比较，认为其中央集权与地方分权并存、互为补充的做法更适合中国国情，"乃以为我国政体，必当法英"。

1891年秋，因薛福成推荐，清政府调黄遵宪往新加坡任总领事。当时南洋各岛约居住百万华侨，苦受殖民主义者欺凌，正当权益和生命财产没有保障。黄遵宪到任后，立即巡查南洋各地，实地调查了解侨民疾苦，仿照旧金

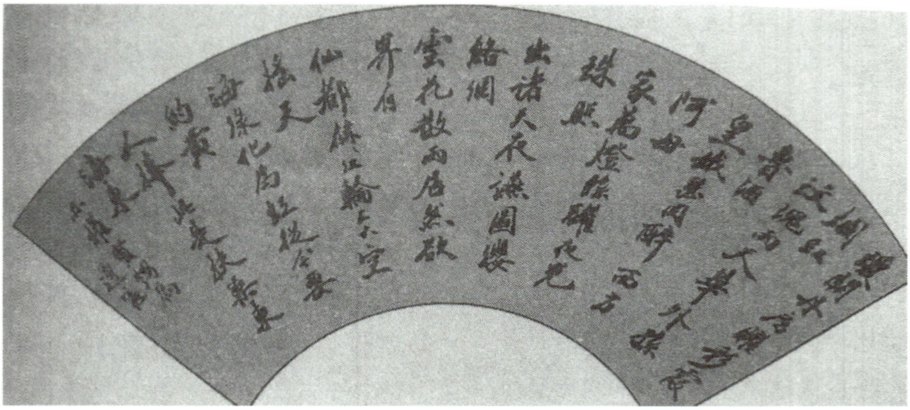

黄遵宪手写诗稿

山为华商颁发护照的办法，创立归侨护照制度，为当地华人提供领事保护。同时，黄遵宪看到华侨虽久居海外，但仍保持中国人的风俗习惯，还常常捐献巨款，不失“拳拳中国”之心。据此，他为维护华侨的正当权益上书薛福成，陈述华侨之苦难，并指出造成华侨苦难的原因是“海禁”政策：“中国旧例，有不准出番华民回籍各条。”薛福成据此上报总理衙门向光绪帝奏报，1893年9月，光绪帝批示废止“海禁”政策，结束了清朝禁止海外移民的传统政策。

黄遵宪所处的时代，正是中国被西方列强瓜分和侵食的年代，也是中国人寻找自强道路和走向世界的年代。驻日期间，黄遵宪开始向往西方民主制度，驻美期间通过对民主选举的实际考察，认为民主制度还不适用民智未开的中国；直到驻英期间，确定以英国君主立宪为样板，主张建立开明君主立宪制。作为一个具有强烈民族自尊和救国抱负的士大夫，黄遵宪在19世纪末的外交事务中，表现了他善于审时度世和锲而不舍的务实精神。正是这种精神，使他在中国近代外交史上，特别是侨务史上成为一位颇有建树的人物。

## 变法维新：精卫无穷填海心

1894年，甲午中日战争爆发，张之洞以“筹防需人”为由奏请调黄遵宪回国，黄遵宪至此结束了他半生的外交生涯。回国初被任命为南洋洋务局总办，处理江南五省教案，即传教士与当地居民发生的纠纷，主要是产业纠纷的案件。黄遵宪利用多年丰富的外交经验，从法律入手，“遵守规章，检查证据，应予则予，应斥则斥”，用了不到一年时间把数十年的积案全部清理完毕。翌年，他又接受南洋大臣刘坤一的委托，在开放苏州等地事项的谈判中，为挽回祖国的利益发挥着他的外交才能，力主“凡条约所已许者，能挽回而补救之；条约所未许者，亦未尝授人以隙，妄增一字”，智斗当时日本第一流的外交家珍田舍己，辩明沿江、沿海口岸的不同而决意收回治外法权，并起草新的条约，使珍田签约。然而日本政府撤回珍田，并向清廷提出无理抗议，清政府屈服于日本政府的压力，被迫废除黄遵宪所拟的新约。

黄遵宪亲眼目睹日本维新变法后由弱国一跃而成强国的现实，甲午战争中国惨败更让他坚定在中国推行维新变法的决心。回国后他与维新派康有为、张謇、陈三立、梁鼎芬、汪康年来往密切，并加入康有为在上海成立的强学会。由于保守派攻击，强学会仅成立一个月便被迫解散。黄遵宪认为，中国自强之学，以刊发新式报刊的形式更有利于维新思想传播，因此与汪康年共同出资，创办《时务报》。为了能让报纸持久运营，他亲自草拟章程，提议借鉴西方近代国家三权分立的思想，实行议政与行政的分离，选举一个比较独立的董事会负责制定章程和制度。又邀请他极为欣赏的梁启超担任总主笔，对其他主笔、约稿、翻译书报种类、印刷等亲自过问，还利用各种关系和渠道开拓发行业务。

经过努力，1896年8月9日《时务报》正式创刊，发行后在全国引起强烈反响。梁启超每一期议论新颖、文字通俗、笔头常带感情的文章备受追捧，使报纸在不太长的时间里，销行万余份，创中国人自办报刊有史以来的最高销售纪录，有力推动了维新思潮在全国范围内的传播推广。直到1898年8月8日因为内部办报理念各异，人员矛盾愈演愈烈而停刊，《时务报》一共出版了69期，几乎贯穿了整个戊戌变法运动的始终，为戊戌变法和近代中国的思想解放运动作出了巨大贡献。

1895年8月，陈宝箴被任命为湖南巡抚，到湖南后，积极推行维新变法主张。陈宝箴的儿子陈三立几次邀请黄遵宪到湖南协助维新运动。1896年9月中旬黄遵宪受光绪召见，光绪本意派他出使德国或英国，因遭故意阻挠，未能成行。1897年黄遵宪接受陈三立的建议，获派往湖南长宝监法道，兼署理湖南按察使。

因黄遵宪学识贯通中西古今，办理外交事务多年，政治阅历较深，办事有精细缜密之才干，在伦敦任驻英使馆参赞时，曾替张之洞购买汉阳铁厂的机器设备，对现代工业技术有感性的认识。因此，陈宝箴不但将铁路、矿山、轮船等开办事业交由黄遵宪督办，而且还将湖南新政中政治、文教等改革大权授予他。

湖南新政的卓著成效之一是创设时务学堂，用于开民智，育人才。黄遵宪到任后的九月，正式确定设立时务学堂，聘请梁启超为时务学堂中文总教习，李维格为西文总教习。办学章程、授课科目基本参照黄遵宪的建议，中西学结合，中学包括经学、诸子学、公理学及中外史志、格算诸学之粗浅者。西学包括公法学、掌故学、格算学。通过西学引进西方先进的科学文化，为当时兴起的维新思潮和随后的维新变法运动提供理论基础。时务学堂的学生蔡锷、唐才质等在后来的辛亥革命、讨袁运动中均有出色表现。

时务学堂内设南学会，是当时地方士绅议政的场所。这是黄遵宪实践"地方自治"的尝试，仿日本明治维新初期设集议院以作为向议院过渡之例，通过学会活动让当地的士绅了解和参与当地改革活动。每逢开讲，巡抚、学政率众官吏临会听讲，黄遵宪、谭嗣同、梁启超等人纷纷登场讲学，"专以提倡实学，唤起士论，完成地方自治政体为主义"。对于鼓吹革新思想、培养维新人才，以及对整个新政的推行都起了极为重要的作用。

黄遵宪实行地方自治的另一个政治改革，就是创设保卫局作为地方自治机构。仿照日本警视厅建立，又确定了"官民合办，使诸绅议事，而官为行事"的原则，将西方三权分立的法治原则和民主原则运用到具体管理中去。

保卫局开启了近代警察制度的现代化过程，是湖南新政最有成效和影响的举措之一。

## 结庐人境：陆沈欲借舟权住

由于湖南新政受到各界好评，黄遵宪也多次被保荐。1898年8月，光绪帝任命他为驻日本公使，然而随着变法形势急转直下，光绪帝改派熊希龄出使日本，打算直接召黄遵宪入军机处。黄遵宪在长沙因饮寒水染上感冒，接到诏令抱病赴京师，途经上海时染上脾泄病，只能滞留调养。9月21日慈禧太后发动“戊戌政变”，康、梁逃亡海外，谭嗣同等六君子被杀害，陈宝箴父子被革职永不录用，持续103天的维新变法宣告终结。黄遵宪因在上海养病躲过一劫，却也遭两江总督秘密看管。后经日本前首相伊藤博文指示日本驻华公使与清廷交涉，黄遵宪才被解除监管，革职退回原籍，回到家乡的人境庐。

虽然退出政治舞台，但黄遵宪时刻思考国家和民族的前途。他和当时在潮州办学的丘逢甲联吟酬唱，交换普及教育的看法心得；又在1902年与流亡日本的梁启超取得联系，互通了多达十几万字的信件，内容都是关于中国政治、革命、民权、自由等方面的看法。黄遵宪始终坚持以“奉主权以开明智，分官权以保民生”为核心的君主立宪思想，并希望梁启超能够坚持渐进式改革，注意改革策略。对于当时康有为提倡的尊孔保教救国方式，以及对镇压太平天国名声大震的曾国藩的评价方面，保持了自己的独到见解，显示出深厚的学术功底、高远的眼界和与众不同的真知灼见。

清政府在八国联军侵华战争中惨败后，为顺应时代潮流，于1901年宣布实行新政，改革教育制度，兴办高等学堂，然而依旧把古奥晦涩的历代典籍纳入必修科目。黄遵宪指出普及教育是救中国的不二法门，教育改革首先要注重以中小学为主体、以通学为内容的基础教育和为基础教育提供师资的师范教育。于是他1903年筹办东山公办高等小学，1904年主持兴学会议所，筹备东山师范学院。在黄遵宪的办学示范和影响下，嘉应各县城乡相继办起了数百间中小学校。这对后来梅州地区教育的发展，影响尤为巨大。

## 诗界革命：笔力纵横东西球

黄遵宪一生的主要追求并不是诗，1905年他肺病日益恶化，自觉不久于人世，与五弟倾诉，认为自己平生志向，一事无成，感慨“穷途竟何世，馀事且诗人”，梁启超也说他“不屑以诗人自居”。然而无论如何，诗都是黄遵宪的最大成就之一，也是他备受当时各界及后人关注的一个主要方面。

黄遵宪21岁时便抨击当时诗坛以前人唾余为瑰宝的风气，发出“我手写我口”的呼声。之后在《与周朗山论诗书》中又更强调“我”与诗歌的联系：“苟能即身之所遇，目之所见，耳之所闻，而笔之于诗，何必古人？”同时重视民间文学：“即市井之谩骂，儿女之嬉戏……皆有真意以行其间者，皆天地之至文也”，号召创造“明白晓畅，务达其意”的新文体。他在随使驻欧洲期间，荟萃诗文，编成《人境庐诗草》，存诗641首。在序言中明确学习古代诗歌种种表现形式，取材前人各种不同风格，前提要“不失乎为我之诗”，所谓“熔铸新理想以入旧风格”是也。

从黄遵宪的创作精华看，最为人称道的是将具有异国特色的新景物、新意境、新思想融汇起来创作的“新世界诗”。除《日本杂事诗》200首全是关于日本的诗作外，《人境庐诗草》中纪写海外的诗作也占三分之一左右，这些作品，或述异国风土人情、奇异风光，如《都踊歌》《锡兰岛卧佛》《苏伊士运河》等；或介绍西洋地理知识和自然科学成就，如《八月十五夜太平洋舟中望月作歌》《今别离》等；或描述海外华人的生存境遇，如《番客篇》《逐客篇》等。尤其是对西洋风物和科技成就的介绍，如屡屡被人称颂的《今别离》四首，诗人虽袭用传统写男女相思的乐府遗风，但叙写的却是轮船、火车、电报、照相以及东西半球昼夜相反的西洋科技文明，“实足为诗界开一新壁垒”。

他诗歌的另一个特点是真实且系统地记录中国近代史上许多重大事件，写时事或与时事有关的诗歌多达500余首，被誉为“诗史”。康有为评价黄遵宪的诗歌“上感国变，中伤种族，下哀民生”。鸦片战争、中法战争、甲午战争等许多历史事件都在诗歌中有反映，表达诗人对国势衰微，国家受尽列强侵略的悲痛。由于黄遵宪作为外交使者游历亚欧美各国，诗歌创作也涉及华侨生存状态、留学生事件、中俄关系等等，如《罢美国留学生赋》，对中国官吏的浅薄世俗、意气用事提出严厉批评，为留学生无辜被撤回感到极度悲伤。反映百姓疾苦也是诗歌主题之一，如1876年的福州水灾、官民矛盾等等，表现出诗人对底层人民的深切同情。作为一个浸润于传统又沐浴着现代朝晖的诗人，黄遵宪以其富有革新精神的诗歌理论及创作实践，不仅完成了对传统旧体诗的解构使命，而且为未来的诗歌发展确立了方向。梁启超誉其为“诗界革命之能事至斯而极”。

1905年3月28日，黄遵宪因肺病在家溘然长逝，去世前与梁启超通的最后一封信，依旧以孔子“君子息焉，死而后已”自勉，认为活着的人要为国家尽自己最后的力量。这位在中国近代史上影响了中国近代化进程的重要人物，是处于社会转型时期的先觉者，是当时最清醒的爱国者，他的不朽功绩值得后人深深地纪念。

（春晖）

专家
点评

# 走向世界的诗人

曹旭（上海师范大学教授）

## 东京—旧金山—巴黎—伦敦—新加坡

1877年11月26日，黄遵宪随何如璋出使日本，受到热爱中国历史、文化的日本友人的欢迎。源辉声还将黄遵宪《日本杂事诗》原稿埋在东京墨江畔的家中，建立"日本杂事诗最初稿冢"，以示友情和敬重。

1882年初春，黄遵宪调任驻美国旧金山总领事，1885年9月离美归国，暂息家园，完成《日本国志》的修改工作。五年以后，清政府任命薛福成出使英、法、意、比四国，黄遵宪作为参赞随行。经过锡兰克伦伯，法国马赛、巴黎到达伦敦。1891年10月31日任新加坡总领事，不仅对受双重压榨的华侨洒一掬同情之泪，更上书清廷，据理力争，使之不得不颁布几条有利海外归侨的法令，保护了这些海外赤子的利益。

东京—旧金山—巴黎—伦敦—新加坡。从鉴真东渡的海图，到美国将领柏利第一次远征日本的航道，黄遵宪历经欧、亚、美，搜尽新声，以"中国之学，采欧、美人之长，荟萃熔铸而自得之"。

## 异国山水风情的画轴

让我们打开这些缤纷的彩轴，看一看远隔大洋的异国山水风情。

且看诗人笔下的樱花：

朝曦看到夕阳斜，流水游龙斗宝车。
宴罢红云歌绛雪，东皇第一爱樱花。（《日本杂事诗》之一）

樱花、富士山而外，木下川之松，日暮里之桐，龟井户之藤，小西湖之柳。箱根山的朝岚夕霞，不忍湖的钓徒烟波。黄遵宪徜徉其间，几度咏吟，对日本的山水名胜充满了热爱。

在随薛福成出使的日子里，黄遵宪经越南西贡、新加坡，历锡兰克伦伯，写世界名胜——锡兰卧佛的观感。然后入红海，过苏伊士运河，由地中海取道经法国马赛、巴黎，最后到达伦敦。一路奇山异水，风情物态，尽收眼底。

“龙门竟比禹功高”“一河横跨两洲遥”是黄遵宪对苏伊士运河人工伟力的颂歌。

同是对人工伟力的赞美，一临一登，诗人被巴黎大铁塔的气势慑住了：

拔地崛然起，崚嶒矗百丈。自非假羽翼，孰能蹑履上？……

伦敦，素有世界“雾都”之称。黄遵宪亲临其境，感受特别深刻。雾大，怎生见得？

“雾重城如漆，寒深火不红”“时不辨朝夕，地不识南北”“出门寸步不能行，九衢遍地铃铎声”。在黄遵宪笔下，“伦敦雾”与传统诗里的“巫山云”“潇湘雨”同具审美价值和认识作用。

冲出浓雾包围，迎接他的是南洋炙人的阳光和目不暇接的花果：

绝好留连地，留连味细尝。
侧生饶荔子，偕老祝槟榔。
红熟桃花饭，黄封椰酒浆。
都缦都典尽，三日口留香。（《新加坡杂诗十二首》之九）

百果中最美的是留连（榴梿），因此，诗人夸张地说，为食留连，不惜春衫典尽。

从东南亚到西亚，从中欧到南欧，这一幅幅异国山水风情的画轴，笔触清新，色泽明丽，写古人未有之物，辟古人未辟之境，既有传统，又有创造，具有强烈的时代特点和鲜明的艺术风格。走向世界是黄遵宪写作异国山水风情诗，扩大我国山水诗表现范围的直接原因。

## 声、光、化、电入诗来

黄遵宪在英国期间，还分别以火车、轮船、电报、照相、东西球昼夜相反为题，写成《今别离》四首，将火车、轮船、电报、照相乃至东西球昼夜相反的新特点与传统的游子思归题材融合在一起，取得奇妙的“今别离”的艺术效果。

# 匠心赏析

▲ 《人境庐诗草》

## 钱仲联（学者）

《人境庐诗草》，论者毁誉参半。如梁任公、胡适之辈，则推之为大家，如胡步曾及吾友徐澄宇以为疵累百出，谬戾乖张。钱锺书则又以卑格俗艳评之。予以为论公度诗，当着眼大处，不当于小节处作吹毛之求。其天骨开张、大气包举者，真能于古人外独辟町畦，抚时感事之作，悲壮激越，传之他年，足当诗史。至论功力之深浅，则晚清做宋人诗一派，尽有胜之者。公度之长处，固不在此也。

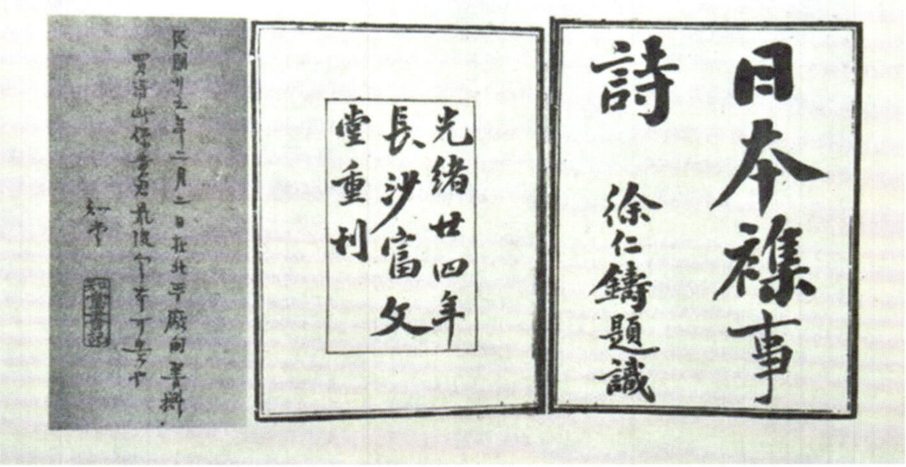


▲　《日本杂事诗》

## 王韬（晚清思想家、政论家）

（公度）又以政事之暇，问俗采风，著《日本杂事诗》二卷，都一百五十四首。叙述风土，记载方言，借综事迹，慨感古今。或一诗但记一事，或数事合为一诗，皆足以资考证。大抵意主纪事，不在修词。其间寓劝惩，明美刺，具存微旨。而采据浩博，搜辑详明，方诸古人，实未多让。如阮阅之知郴州，曾极之宦金陵，许尚之居华亭，信孺之官南海，皆以一方事实，托诸咏念。——顾体例虽同，而意趣则异。此则扬子云之所未详，周孝侯之所未纪。奇搜山海以外，事系秦汉而还，仙岛神洲，多编日记，殊方异俗，咸入风谣。举凡胜迹之显湮，人事之变易，物类之美恶，岁时之送迎，亦并纤悉靡遗焉。洵足为钜观矣。

# 康有为：援西入儒张三世 草堂犹见六朝碑

康有为（1858—1927），原名祖诒，字广厦，号长素，又号明夷、更甡、西樵山人、游存叟、天游化人，广东省南海县丹灶苏村人，人称康南海，近代著名政治家、思想家、社会改革家、书法家和学者，信奉孔子儒家学说，并致力于将儒家学说改造为可以适应现代社会的国教，曾担任孔教会会长。

康有为的事业成就涉及多方面。他的文学成就主要是诗歌创作，想象奇特，辞采瑰丽，具有浓郁的浪漫主义特色，辑成《南海先生诗集》。代表诗篇即《出都留别诸公》五首，其中对国家危亡命运十分关切，意气豪迈。其政论文打破传统古文程式，汪洋恣肆，骈散不拘，开梁启超『新文体』先河。

# 艺术观

◎师道既，学风自善。

◎百倍其功，终必有成。

◎养体开智以外，又以德育为重。

◎取境之时，须至难、至险，始见奇。

◎虚骄自大者败之媒，卑飞使用翼者击之渐。

——康有为

# 创作之路

康有为大约可算是中国近代史上名气最大且最有争议的人物了。

第一个为其作传的弟子梁启超说："若夫他日有著二十世纪新中国史者，吾知其开卷第一叶，必称述先生之精神事业，以为社会原动力之所自始。"

他去世前，又有"国家将亡必有，老而不死是为"的联语盛传一时，既嵌入"有为"之名，又运用歇后语的方式，取《礼记·中庸》及《论语·宪问》中句，而分别隐去"妖孽"与"贼"，毒骂康有为是"国家将亡必有"的不祥之物，是"老而不死"的害人精。

120多年过去，对康有为的评价毁誉交加，坊间更有关于抄袭、公车上书、衣带诏的种种质疑，其民众印象可说是每况愈下。但事实上，即便性格上有种种缺陷，作为思想启蒙者与维新领袖，他始终是20世纪初最伟大的中国人之一。

## 读经史，走科举

康有为出生于官宦世家。

南宋时，康家的始祖从南雄珠玑里迁到南海县西樵北的银塘乡，家族地位在18世纪及19世纪初期时逐渐上升，到第十五代康世尧时，康家步入为儒为吏的发展轨道。第十七代康文耀，嘉庆九年（1804年）通过乡试，后来成为极有声望的教师，其崇尚程朱学派，前后有生徒千人。康有为的高祖康祖辉，为嘉庆举人，承继了家学，不过他不仅坚守程朱学派，也尊崇陆王学派的刘宗周，后诰封荣禄大夫、广西布政使；曾祖康建昌，诰封资政大夫、福建按察使；祖父康赞修，道光举人，曾任连州训导，升用广州府教授；父亲康达初，提举衔，江西补用知县。康有为曾自述道："自九世祖惟卿公为士人，至于吾为二十一世，凡为士人十三世矣。炳堂公为冯鱼山编修老弟子，又与冯潜斋郎中为友，讲理学，师道甚尊，成就甚众。云衢公受家学，严气正性，行己惠人……"

康家儒学的渊源是很深厚的。康有为自小受的当然是儒学的熏陶。幼时，两位叔父教他读书，五岁就能背下几百首唐诗。11岁时，父亲去世，但家道仍在，他跟随祖父生活，接受的是严格的封建儒家正统教育，以科举为重，攻读经史。他还读邸报，了解朝中大事，培养远大的格局与志向。不过，以科举为方向的康有为，却三次乡试都落榜，这对他而言不得不说是大打击，祖父自然也很是着急，尔后，给康有为找了自己的畏友——粤中名士朱次琦为师。康有为也深感自己找到了真正的导师，用他自己的话说，就是好像疲惫的旅人终于找到落脚的地方，又好像盲人睁开眼睛看到了光明，"乃洗心绝欲，一意归依"。

在朱次琦的指点下，康有为在礼山学堂潜心学习，对几千年中国学术文化史的脉络初步融释。在老师独立思考精神的影响下，康有为试图用自己的眼光重新审视各家学说。他毕竟比老师年轻了半个世纪，且师从朱次琦之前就有机会读到《瀛寰志略》和《地球图》等书，对当时西方文化已略有所知。暮年的朱次琦由于长期隐居，与外面的世界比较隔阂，其传统学养渐渐满足不了康有为的需求。两年后，康有为离开礼山学堂，他日后在中国学术思想界引发的飓风和地震，也与他的老师朱次琦的思想观点相去甚远。然而，康有为始终非常爱戴尊敬朱次琦，并视朱次琦为指路的良师，他经世救民的宏伟愿望，无疑也出自朱次琦的启示。

## 研西学，著"两考"

22岁至30岁，康有为潜心学问应科举考试。他游历香港、上海，涉猎西

康有为像

学，回去时买了大量西学方面的书钻研。但遗憾的是，他的科举之路仍然不通。于是，他开始研究道佛之书。1886年，28岁的康有为写出了《人类公理》一书，这是他第一部具有资产阶级思想的著作。29岁，写出《康子内外篇》《教学通议》等书。

此时的康有为，已认识到资本主义制度比中国封建制度先进，经世救民的思想让他对帝国主义的侵略和清朝的腐败非常痛恨，他想改变现状。于是，他首先从学习西方开始。在学习的过程中，和很多爱国志士一样，西学在他身上与原有的中学融在一起，继而产生了初步的思想体系，并渐趋成熟形成自己的主张，这点体现在第一次给光绪帝的上书中。

光绪十四年（1888年），康有为再一次到北京参加顺天乡试，这一次，他不是单纯地参加科举考试，还借机上书光绪帝，请求变法。他痛陈国家的危亡，批判因循守旧，要求变法维新，提出了“变成法，通下情，慎左右”三条纲领性的主张。这次上书，康有为当时既无官职又无名气也无靠山，人微言轻，变法主张丢在京城这潭湖水中，连朵水花都没泛起。和以往一样，这次乡试仍然没中。他觉得科举这条路不适合自己，并且意识到名气的重要性。

回到广东后，他开始设馆讲学。在收了陈千秋、梁启超为徒后，康有为名声大振（当时梁启超是举人，康有为是秀才），正式开设万木草堂，1893年，已有一百多个学生。他讲学内容主要是“中国数千年来学术源流、历史政治沿革得失，取万国公法比例推断之”以及“大发求仁之义，而讲中外之故，救中国之法”。同时，也为变法运动创造理论。事实上，在1898年正式变法之前，康有为不管是讲学还是著书，都是为了研究和宣传他的变法思想。这些思想，在当时引起极大震动，思想启蒙作用是相当明显的。

康有为整个思想体系，集中体现在他的三本书里，即《新学伪经考》《孔子改制考》和《大同书》。前两本即完成于讲学这段时间，后一本也已撰写部分。《新学伪经考》和《孔子改制考》应该说是为了适应维新变法的需要而写的，目的是破除人们对中国封建社会传统思想的迷信，进行思想解放，为日后的变法维新做好准备。

《新学伪经考》里说，中国东汉以来的经学，多为刘歆伪造。刘歆为了给西汉末年的新莽王朝提供统治的合法依据，就篡改了孔子的学说，进行了一次大规模的思想领域的李代桃僵，把自己给新莽王朝辩护的学说说成是孔子的思想。孔子的真正思想就此埋没，中国社会几千年流传的儒家经学，都是经过那时候改造的，是新莽王朝之学，也就是所谓“新学”。

所以他现在要“雪先圣之沉冤，出诸儒于云雾”，给孔子正名，发扬光大孔子的真正思想，证明新学都是“伪经”。那么孔子的真正思想是什么呢？那就是《孔子改制考》里的内容了，康有为说孔子提倡周礼，正是要改革当时政治现实中的种种弊端，所以孔子是推行改革的先祖。而孔子推行的那些政治原则和信仰，正是民主政体、人民权利这样一些近代西方政治原则中核心的东西。

这其中的牵强附会是比较明显的。但他的改革精神却在知识界产生了强烈的震动和反响，而对封建顽固守旧分子构成了很大的威胁，因而这两部书被他们视为异端邪说。

康有为的目的，当然是为他的变法维新找个正当的理由。毕竟在当时的中国，虽然历次对外战争的失败、不平等条约的签订，对社会思想的冲击很大，但是人们的思想禁锢还是十分严重，封建道德和社会体系被认为是天经地义，说到变法维新，人们还是谈虎色变。在这种形势下，要提倡变法，完全就是冒天下之大不韪。但如果说至圣先师孔子是变法的始祖，民众接受起来则容易多了。

康有为与梁启超

## 办报建会，戊戌变法

1895年，康有为又到京城赶考。当时，在京考试的各省举子听说朝廷要跟日本签订《马关条约》，群情激愤。康有为连夜起草了一份一万八千多字的上皇帝书，联合各省应试举人1300余人一起上书。他在“公车上书”中，请求拒和、迁都、练兵、变法，提出“下诏鼓天下之气”“迁都定天下之本”“练兵强天下之势”“变法成天下之治”等改良派的救国纲领，认为变法着重在富国、养民和教民三方面。

他提出富国之法有六：

一、钞法，户部用精工造钞票，设官银行，以扩充商务；
二、建筑铁路，收我利权；
三、制造机器、轮舟，奖励新制造，并发展、保护民营工业；
四、矿务，开设矿学，请比利时人教导勘测，选才督办，不滥用私人；
五、铸银，各省设铸银局，以塞漏卮；
六、邮政，设邮政局。

养民之法有四：

一、务农；
二、劝工；
三、惠商；
四、恤穷。

教民之法则为分立学堂、开设报馆，以“化导愚民，扶圣教而塞异端”。这是康有为的第二次上书，也是改良派正式登上政治舞台的第一幕。

这次赴京考试，康有为不仅在中国政治舞台上发声并引起关注，且中了进士，授工部主事，可说是了却了一人生大事。

同年五月初六，康有为呈送《上清帝第三书》，提出了变法的步骤，指出自强雪耻之策有四：富民、养民、教士、练兵，而如何达致上述四策，则在乎“求人才而擢不次”“慎左右而广其选”“通下情而合其力”三者，以求“人才得，左右贤，下情达”。这次上书由都察院代呈，光绪帝第一次读到他的上书。

接着，他又上《第四书》，再次吁请“尊贤而尚功，保民而亲下”，使“有情必通，有才必用”，并正式提出了“设议院以通下情”的主张。康有为在不断上书光绪帝，争取进行自上而下的政治改革的同时，又“日以开会之义号之于同志”，认为“思开风气，开知识，非合大群不可”“合群非开会不可”。

他先办《万国公报》。光绪二十一年（1895年）六月二十七日，《万国公报》创刊于北京，“遍送士夫贵人”，使之“渐知新法之益”，“告以开会之故”。继而于十月初成立强学会，又名译书局，也叫强学书局。参加强

康有为（前排中）和他的三个女儿（后排左起）：康同璧、康同复、康同薇

学会的有梁启超、陈炽、沈曾植、沈曾桐、文廷式、丁立钧、杨锐等，翁同龢等也予支持，强学会成为改良派与帝党相结合的政治团体。

光绪二十三年（1897年），德国强占胶州湾，康有为再次上书请求变法。次年一月，光绪帝下令康有为条陈变法意见，他呈上《应诏统筹全局折》，又进呈所著《日本明治变政考》《俄罗斯大彼得变政记》二书。四月，他和梁启超组织保国会，号召救国图强。

光绪二十四年（1898年）六月十六日，光绪帝在颐和园勤政殿召见康有为，任命他为总理衙门章京，准其专折奏事，筹备变法事宜，史称“戊戌变法”。戊戌变法之初，在康有为的幕后主持下，光绪帝推动了一系列的改革，此后，康有为迭上奏折，对政治、经济、军事、文教方面提出不少改革建议，包括拟定宪法、开制度局、禁止妇女缠足、裁冗官、置散卿、废漕运、撤厘金、裁绿营、放旗兵、废八股试帖楷法取士、改书院、废淫祠等，希望中国有一个不需要根本改变封建制度而可以发展资本主义的宪法；要求保护工商业，予中国资本主义适当的发展；要求重练海陆军，挽救中国被帝国主义瓜分的危机；要求废科举、办学校，以培养新的人才。这时，他还和梁启超、谭嗣同、杨深秀等积极策划推行新政。

戊戌变法期间，日本前首相伊藤博文至中国访问。当时英国传教士李提摩太向变法派领袖康有为建议，要求清朝方面聘请伊藤为顾问，甚至付以事权。变法派官员在伊藤抵华后，纷纷上书请求重用伊藤，引起保守派官员的警惕。保守派官员杨崇伊甚至密奏慈禧太后：“风闻东洋故相伊藤博文，将专政柄。伊藤果用，则祖宗所传之天下，不啻拱手让人。”这种激烈的言论，促使慈禧太后在光绪二十四年（1898年）八月初四（9月19日）由颐和园回到紫禁城，意欲了解光绪皇帝对伊藤有何看法。不过，伊藤与李提摩太又向康有为提议“中美英日合邦”。于是，在康有为的授意下，变法派官员杨深秀于八月初五（9月20日）上书光绪皇帝：“臣尤伏愿我皇上早定大计，固结英、美、日本三国，勿嫌‘合邦’之名之不美。”另一变法派官员宋伯鲁也于八月初六（9月21日）上书言道：“渠（李提摩太）之来也，拟联合中国、日本、美国及英国为合邦，共选通达时务、晓畅各国掌故者百人，专理四国兵政税则及一切外交等事。”俨然欲将中国军事、财税、外交的国家大权，交于外人之手。慈禧太后返回紫禁城后，于9月20—21日获知此事，惊觉事态严重，当机立断发动政变，重新训政。

戊戌变法的结果是光绪帝被囚于中南海瀛台，谭嗣同、康广仁、林旭、杨深秀、杨锐、刘光第共六人被杀，历时103天的变法失败。变法失败后，康有为选择周游海外，民国建立后归国。后在政治上日趋保守。张勋复辟后，康有为曾遭到通缉，潜逃上海，此后又长期隐居茅山，以山中宰相陶弘景自居。

## 《广艺舟双楫》定下书家地位

康有为的一生，当时与后世皆褒贬不一，但却以一部洋洋五万余言的《广艺舟双楫》奠定了自己在书法史上被普遍认可的地位。

著于光绪十五年（1889年）的《广艺舟双楫》是从理论上全面地、系统地总结碑学的一部著作，提出“尊碑”之说，大力推崇汉魏六朝碑学，确立了碑学书法与以二王传统书风为代表的帖学书法并驾齐驱的地位，造就了清末民初一大批出类拔萃的书法家，影响至今。康有为认为“魏碑无不佳者，虽穷乡儿女造像，而骨血峻宕，拙厚中皆有异态，构字亦紧密非常，岂与晋世皆当书之会邪，何其工也？譬江汉游女之风诗，汉魏儿童之谣谚，自能后世学者所不能为者，故能择魏世造像记学之，已自能书矣”。他又以晚清书法巨子身份，对帖学一系列作品全面否定，大肆鼓吹“尚碑”意识，造就一代新风，提出“卑唐”，将有唐数百年来书家的创作一笔抹杀，这当然也太过偏激。

康有为振聋发聩的理论是为自身创作服务立言。从他在政坛上曾经叱咤风云而最终遭惨败流亡的情况看，以胸中郁勃不平之气作书，不会倾心于柔媚一路的赵董一流，也是情理中的事。况且在他出生之前，碑学的发展已是风起云涌。康有为不能容忍帖学的存在，即使像赵之谦这样以帖写碑的人都逃脱不了他的频频讥讽，而他却对张裕钊大加称赞，不惜抬举到“国朝第一”的高度，他的偏激之处可见一斑，他的偏激造成了很多失察之处，但必须辩证地看，正是他的偏激使碑学发展达到了崭新的历史高度。

可以说，康有为是字因人传的一个典型，他的字达不到诠释自己书学理论的程度。康有为书法早年学王羲之、欧阳询、赵孟頫，现在还有他当时参加科举考试的墨卷留存，都是一板一眼的“馆阁体”。后从学朱九江，宗法欧阳通、虞世南、柳公权、颜真卿，又力学张芝、索靖、皇象章草，后又转学苏轼、米芾、钟繇等，自谓执笔用朱九江法，临碑用包世臣法，用墨浸淫于南北朝。由此可知，碑学的养分他只吸收了很少的一部分，其他均是杂糅诸家而成。

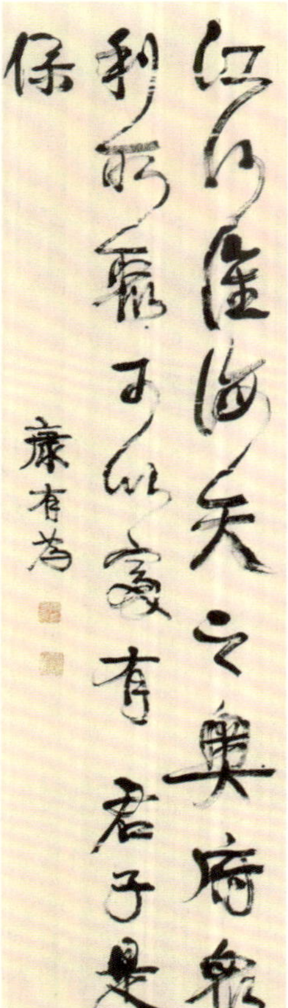

康有为《行书语摘轴》

康有为的《广艺舟双楫》

康有为写字喜欢用长锋羊毫，自我造势的能力很强。刘海粟回忆说他在拜康有为学习书法的时候，康有为特命他要高悬肘写细字。康有为书法结体不似晋唐欹侧绮丽，而是长撇大捺，结构开张，饶有隶意。康有为的书法好在一见之下为之惊心瞠目，但不耐看。潘伯鹰先生认为康有为的毛病在于线条没有质感，书法中飞白过多，用笔虚浮。他的长处在于“放”，用笔上力倡圆笔，反对方笔，很多时候一冲而下，没有蓄势。这是造成他笔法单一的一个原因。另外他不喜提按，常常拖着笔写，章法上也很不讲究。这一点在写对联时还好，但写中堂或者屏条时，缺点就暴露无遗了。

（黄河方）

专家点评

# 《新学伪经考》及《孔子改制考》是值得称许的

顾颉刚（中国历史学家、民俗学家）

从康有为的生平来看，后期保皇运动时代和复辟运动时代可以说完全是反动时代，如果他能早死几年，名誉一定很好，可惜他命长一点。但说来也奇怪，他自己并不想他的思想、学问进步，他说，“三十岁无进步，亦不须进步”，所以他就一天退化一天了。

他所著的书，以《新学伪经考》及《孔子改制考》为有价值。但他之所以作《新学伪经考》是想夺学术之正统；他之所以作《孔子改制考》是想取教主之地位。总之，他一生都是野心罢了。

他这种思想是不对的，一个人只能做学术界部分的工夫，哪能统一一切的学术而自居最高位呢？所以他政治的主张失败，做教主的希望也失败了。

然而，他治学的方法及成绩尚算不小。如果不理他的政治的思想、行为，而只就《新学伪经考》及《孔子改制考》来看，的确值得称许的。这两部书都可算是学术史：前者是王莽时代的学术史；后者是战国秦汉时代的学术史。

# 创各种学理，意在“创制立教”

茅海建（澳门大学历史系特聘教授、华东师范大学历史系特聘教授）

对康有为来说，从“新学伪经说”到“孔子改制说”，是一个思考的过程，其最终的结论，应当是“大同三世说”。从“大同三世说”再到《大同书》，是康有为思想发展的又一个阶段。两者之间的连接性是比较明显的，而两者之间的最大差别在于：康不再宣称该学说由孔子原创，藏于经、传、史等典籍之中，是他通过“微言”而发现的“大义”；是自由奔放地直接说明他对未来社会的设计，那种历史命定论的色彩也有所淡化。

“新学伪经说”“孔子改制说”“大同三世说”皆是学理，不太可能直接运用于政治。康有为创造这些学理，目的是“创制立教”。在万木草堂，他对其门徒直白地说：

孔子谓：书不尽言，言不尽意。然则，圣人之意其可得见乎？书者，六经也；言者，口说也；意者，圣人所未著之经，未传诸口说者也。然则，圣人之意一层，犹待今日学者推补之。（黎祖健：《万木草堂口说》）

康多次说明，孔子最重要的著作是《春秋》和《易》。《春秋》记事，其主旨不在事而在于义，其义理由孔子口说而由弟子相传，《公羊》是最主要的一支；但《春秋》中的许多义理，《公羊》未能明，甚至董仲舒、何休都未有解。至于《易》，全是义理。此即“犹待今日学者推补之”。康此处所称“今日学者”，即是康本人。这种不见于经、传，甚至不见于董说何注的孔子思想，可以说是康的自我理解、自我体会，也可以说是康的自我发挥。康可以将其思想附托于孔子的名下，“托孔改制”。

# 匠心赏析

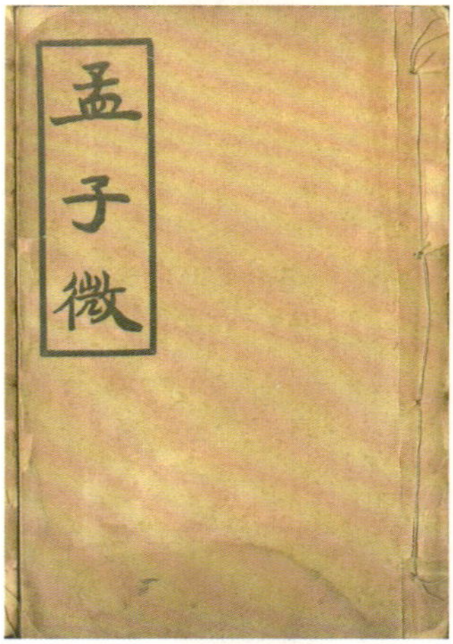



▲ 《孟子微》

杨华（上海政法学院副教授）

康有为的《孟子微》以阐发孟子思想的“微言大义”为宏旨，通过对“性善”“仁”的重新诠释，为中国社会找到了适用于西方进化理论的可能性、动力和标准，将西方社会进化论融入传统思想。康有为立足孟子思想，提出重“时”、重“仁”，强调阶段性发展的“三世”进化思想，并对严复译介、宣传的西方进化论展开理性矫正。康有为《孟子微》一书具有鲜明的时代意蕴，其进化思想演绎着传统和时代的双重变奏，昭示着中西方思想文化由交织到融合的可能性，折射出调融中西方思想的智慧和勇气，对我们当下正确对待中西方思想文化具有启发和借鉴意义。

▲ 《论语注》

唐明贵（山东聊城大学教授）

康有为不是一个纯粹的学者，而是一个欲以经学干政的政治活动家，他想根据时代的需要，通过对《论语》等儒家经典的新阐释，建构一套系统理论，以解决现实社会所提出的问题，重构政治社会的合法性依据。《论语注》是康有为在戊戌变法失败后，避难印度的大吉岭时所撰，该书完成于1902年，刊刻于1917年。在这部书中，康有为融通古今，兼摄中外，陶铸涵泳，以今文经学为枝干，以西学为花果，以期收到“化古昔为今务”的政治功效，带有明显的时代特色。

▲ 《大同书》

李泽厚（著名哲学家）

《大同书》是康有为最重要的著作之一，但同时也是长久被误解和曲解的著作之一。实际上，《大同书》的内容和特色是它通过乌托邦的方式比较集中地表述了康有为前期反封建的资产阶级进步思想。如果说，在“戊戌奏稿”及其他著作中，康有为是最后总结了整个改良派现实的具体政治纲领；那么，在《大同书》中，康有为却是最先企图予改良主义以空想的最高目标。这两者有着大的距离和矛盾（正是这种距离和矛盾迷惑了许多人），但同时却又是有机的统一。一方面，在“大同世界”的空想中，处处潜伏着软弱妥协的改良主义思想实质；另一方面，《大同书》却又远远超出了改良派的现实要求，阐述了其政治纲领中所不敢触及的思想和主张。康有为在“大同”理想和古老的公羊三世学说中，的确找到了理想与艺术形式。

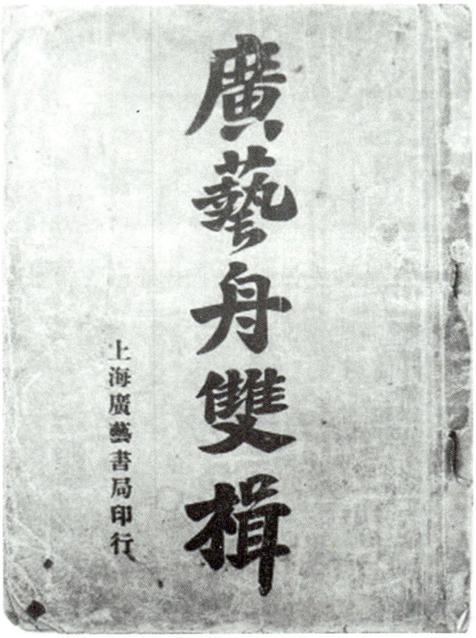


▲　《广艺舟双楫》

## 傅合远（山东大学书画研究院副院长）

康有为的《广艺舟双楫》是一部在中国书法美学史上极有理论特色的著作。他以倡变、求新为价值取向，尊碑抑帖，反对书法中的保守、僵化倾向；以性情自由为表现心态，批评唐人及帖学中的以理抑情、以工巧害意，弱化艺术表现力的弊端；以粗拙、雄强、具有崇高意识特征的书法风格，作为自己的审美理想，卑视帖学纤柔、和婉、甜俗、靡弱的艺术风尚。康有为的书法美学思想，表现出鲜明的近代理论特质和意义。

丘逢甲：

此身自是东海客

笔端浩气满乾坤

丘逢甲（1864—1912），字仙根，又字吉甫，号蛰庵、仲阏、华严子，别署海东遗民、南武山人、仓海君。辛亥革命后以仓海为名。晚清爱国诗人、教育家、抗日保台志士。祖籍广东嘉应州镇平县（今广东蕉岭），1864年生于台湾苗栗县铜锣湾，1889年授工部主事，后在台中衡文书院担任主讲，后又于台南和嘉义教育新学。1895年5月23日，任义勇军统领；1895年秋内渡广东，先在嘉应和潮州、汕头等地兴办教育，倡导新学，支持康梁维新变法；1903年，被兴民学堂聘为首任校长；后投身民主革命。中华民国建国后，丘逢甲被选为广东省代表参加孙中山组织的临时政府。1912年2月25日病逝于广东镇平县（今蕉岭县）淡定村，终年48岁。

## 艺术观

◎尊论谓诗贵清、贵曲，弟再参一语，曰贵真。自《三百篇》以至本朝诗，其可信者，无论家数大小，皆自有真气也。

◎诗无今古真为贵，学有中西汇乃通。

◎治诗如治民，刚柔合乃美。

◎诗而不学，谓之无诗可也；言诗不言学，谓之不知诗可也……余不敢自命知诗，然尝学之矣。

——丘逢甲

# 创作之路

## 成长成才：且看鹰隼出风尘

1864年12月26日凌晨，丘逢甲出生在台湾省苗栗县铜锣镇一个粤籍客家移民家里。因为出生在甲子年，父亲丘元宝为其取名逢甲，乳名秉渊。

丘逢甲祖籍广东梅州镇平（今蕉岭县），是中原南迁的客家人。清乾隆中期迁至台湾，定居台中彰化县东势角（今台中县东势镇），祖父丘学祥好打抱不平，以侠义闻名一方，深得百姓敬重。父亲丘元宝转习文事，考取秀才后在台中一带的家塾以教书为生，一贯忧国忧民、关心国事，是个有高度爱国精神的知识分子，学问渊博，一直注重培养孩子对民族以及乡土文化的热爱。在丘逢甲三岁时，便让他与当时东家李氏家塾的学童们一起读书认字。丘逢甲聪颖过人，“四岁识字，六岁能诗，七岁能文，有神童之目。”八岁时做即景诗，以书房为题，“儿童扫径尘埃地，灌者观花影上来”（《书房即景》），把书房的景色写得十分真切，意境悠远。

1877年丘逢甲13岁，参加了台湾府举行的选拔秀才的院试，旗开得胜，不仅第一个完成诗词赋，临场加考时务策文《全台利弊论》，也“疾书二千余字，文不加点”，最终以第一名的成绩考取秀才，得到主考官丁日昌的赏识，受赠“东宁才子”称号。丁日昌与他的对联“甲年逢甲子，丁岁遇丁公”被传为佳话。

1879年，丘逢甲的母亲病逝，丘逢甲为母亲守孝三年，1880年随父亲迁居彰化县王子社，与三弟树甲同室读书，课余和友人一起游览台南各处古迹，创作诗文。1883年与朋友打赌赛诗，三天内完成吟咏台湾风土人情的诗歌《台湾竹枝词》100首（现存40首，从描述台湾的历史、政策、山川到风俗、民情，“叙事纯实，论史精确，允称佳构”）。丘逢甲的竹枝词吸收前人诗歌的意境和语言有益成分，吟咏史迹学唐人笔法，多哀怨之音，情调苍凉悲壮；写风土人情则用清代笔法，力求诙谐风趣，寓庄于谐。同时还受客家文化影响，如“大东门接小东过，衾艳衣香羡此多。闻说花田重征税，花排花串价增高”。“多”与“高”同韵，都是客家口音。

时任台湾兵备道兼提督学政唐景崧非常欣赏《台湾竹枝词》，将丘逢甲罗为门生。1887年在其弟丘树甲也在全台童子试获得第一名后，唐景崧邀请两人到当时台湾的最高学府海东书院深造，还聘丘逢甲为幕僚，协助处理文书事务。唐景崧丰富的藏书极大开拓了丘逢甲的视野，他遍阅其中古今中外朝闻国政及百家小说，尤其注重研读介绍西方的译著，了解西方国家发展状况。在台南府试上，丘逢甲所答策问试题《何以安置余勇》获得第一名。

1888年丘逢甲二赴福州参加乡试，如愿中举，次年赴北京参加会试，中进士，被钦点为工部虞衡司主事。但是丘逢甲经过数年观察思考，对官场腐败清廷无能有相当清楚的认识，与其在京城任虚职，不如回家乡做有益的实事。因此他只是去衙门签到，便以“亲老”为由告假返台，投身到教学育才之中。先后担任台中衡文书院、台南罗山书院、嘉义崇文书院的主讲，以培养人才为己任。在教学中除讲授一般的儒家经书外，还大量介绍中外史地和时事，引导学生“勤阅报章，以广见闻”，勉励青年学子关心国家和民族大事，为国效力。他还倡导招原住民子弟入学，开启民智。黄遵宪称赞他此举“初祖开山破天荒”。

教育之余，丘逢甲还参加了唐景崧等人主持的《台湾通志》的编撰工作，担任采访师，补辑乡土旧事，有更多的机会深入民间，了解社会民情。这个时期，他从一个以求取功名为念头的少年士子，逐步成长为一名“以天下为己任”的爱国者，面对清朝政府腐败，国家深刻的民族危机和复杂的社会矛盾，他不断探索新知，积蓄力量，寻找一条救国救民的新路。1892年丘逢甲在凭吊台南郑成功庙时，豪情壮志地写下了楹联，表达他报国效时的伟大志向。

由秀才封王，主持半壁旧河山，为天下读书任别开生面
驱异族出境，开辟千秋新世界，愿中国有志者再鼓雄风

## 抗日保台：誓继公志回狂澜

1894年中日甲午战争爆发，一直关心时事的丘逢甲预感到战略位置极为重要的台湾可能会遭受更大的危害，觉得“天下自此多事矣！日人野心勃勃，久垂涎此地，彼讵能恝然置之乎？”因此他率先倡议要将全台各地民众集结起来，做好应对危难的准备。清政府命台湾布政使唐景崧与刘永福协同巡抚邵友濂办理防务后，丘逢甲投笔从戎，“倾家财以为兵饷”，招募义勇，筹办团练，还要求“一门子弟能干戈者尽令从戎”。 由于丘逢甲素以诗文饮誉全台，无论在士林还是在一般民众之中都享有崇高的威望，因此爱国忠勇之士群起应之。“自10月初招募至岁晚。全台报成军者约五六十营。次年春编入者号百四十营之多”，声势浩大，号称十万之众。这些义军后来成为反割台武装斗争的主力。

为了抗日护台，丘逢甲身先士卒，事必躬亲，备尝艰辛。他每日 “帕首短后衣”，跋涉于崇山峻岭之间，查地形，定策略，“与士卒同艰苦，晓与大义”。1895年，甲午战争以清王朝的惨败宣告结束，清政府与日本签定卖国的《马关条约》，割让台湾。丘逢甲激愤满怀，在条约签订之后不到一个月的时间里，先后啮指五次血书，领衔全台绅民向清廷上书三次，表明“桑梓之地，义与存亡，愿与抚臣誓死守御”，要求废约保台。在他感染下，唐景崧、俞明震等在台官吏也接连电奏陈情，表明“惟有与台为存亡”的坚决气概。全台上下一致的泣奏，连光绪帝的老师翁同龢都为之动容，感慨：“得台湾门人俞明震、丘逢甲电，字字血泪，使我无面目立于人世矣。”

但腐败清廷执意割台澎媚敌，在内无清政府支持，外有强敌入侵的险恶形势下，丘逢甲悲愤交加，对众人说：“台湾者，吾台人之所自有。何得任人之私相授受！朝廷虽弃我，我岂可复自弃耶！”因此他经过反复思考，决定自主保台，带领士绅拥立唐景崧为总统，成立“台湾民主国”，发表《“台湾民主国”自主宣言》：“我台民，誓不服倭，与其事敌，宁愿战死。”又以台湾绅民的名义给清廷发了十六字电报：“台湾绅民，义不臣倭，愿为岛国，永戴圣清。”此表明依旧是大清疆土的态度，成立“民主国”是抗倭保台的不得已之举。

然而被推举为总统，寄寓厚望的唐景崧却无意抗战，又治军无策，使日军迅速占领台北、基隆等要地。义军伤亡惨重，以唐景崧为首的官员纷纷内渡，丘逢甲率义军仍苦战二十余昼夜，他也在战斗中负伤。日军认为“台湾民主国”是丘逢甲出谋划策，“嫉之甚，严索之”。此时他仍主张联合台湾

同文学堂

广东咨议局

山胞，据山死守，与台湾共存亡。最后在弹尽粮绝的情况下，接受部将谢道隆等人“台虽亡，能强祖国则可复土雪耻”的建议，挥泪离台，内渡大陆。

关于丘逢甲乙未抗日护台斗争失败之后内渡的问题，历来评价颇多贬词，丘逢甲之子丘琮追述说：“乙未事败后，讥先父者，或称其挟巨饷逃，或称其不死台事。”其实“挟饷潜逃”并无事实证据，后考证是丘逢甲的旧友吕汝玉投敌叛变，为涣散军心散布的流言，实际挪用军饷入私囊的，是率先逃跑的唐景崧。而不以死保台，正如丘逢甲自己所说：“死，易事也，吾将效曹沫复鲁仇焉。”司马迁在《史记》中评论季布：“彼必自负其材，故受辱而不羞，欲有所用其未足也，故终为汉名将。”纵观丘逢甲内渡后对教育事业做的巨大贡献，这个评论用在他身上，也是非常恰当的。

咨议局开幕

## 教育强国：早兴地利起人才

1895年8月初，丘逢甲携父母及全家抵达泉州，乘船从厦门转汕头，回到祖籍镇平县印山村，并在离村六七里外的探地村建房安居。新居取名“培远堂”，是“培栽后进，远继先芬”之意，房间客厅分别取名“念台精舍”“岭云海日楼”“蛰庵”“潜斋”等，表达丘逢甲念念不忘被日本侵占的台湾故土之情。

除了保持一腔悲愤和对台湾的深深怀念，丘逢甲内渡后的注意力，重新转回他更为擅长的办学领域，这与他一直孜孜不倦地探求救国道路息息相关，他倾向向西方学习，改革弊政，挽救国家危亡，实现国家自强，民族复兴，办学可以为救国培养直接的参与人。1986年到1903年间他先后受聘潮州韩山书院、潮阳东山书院、澄海景韩书院任主讲，依照自己在台湾讲学时的经验，对老八股老教条的教学内容进行大胆改革，注重教授时务策论，西方新学思潮等有用之学，向青年学生灌输维新思想。

1899年，具有维新思想的澄海人杨守愚通过梅县人梁居实写信给丘逢甲，邀请他合办一所以教授日文和西学知识为主的新式学堂。梁居实在信里指出，日本已经翻译了大量西方理论书籍，学习日文“实借以通西文之快捷方式也”。丘逢甲很受启发，加上在书院教授时备受旧势力的排挤，意识到推广新式教育必须要有自己的阵地。他开始倾力在汕头筹办岭东同文学堂。

在《创设岭东同文学堂序》中丘逢甲详细阐述了办学宗旨和教学内容，“因思强中国，必以兴起人才为先……求其速效，不能不先借径东文，此本学堂之宗旨也。”教学内容“以中学为体，西学为用；中学为纲，西学为目。”中学学《朱子语类》《史记》《汉书》《后汉书》等，扬弃旧式以时务、策论、诗、古文辞课士，摒弃八股试帖，西学学格致、化学、生理卫生、算学等西方引进的自然科学，还特设“兵式体操”课，以期通过军事训

丘逢甲故居塑像

练增强学生体质。此外，丘逢甲坚持开放办学，各地有志之士均可投考入学。自1901年领东同文学堂创立以来，开创了潮汕近代新学的先声，培养造就了一批救国、强国人才，极大地推动了潮汕地区文化的发展，也为孙中山领导的民主革命培养骨干力量。“十余年来，岭东民气蓬勃发展，国民军起，凡光复郡县，莫不有岭东人参与其间，皆此校倡导之力。”

1903年，当地守旧势力散布学堂会计贪污，账目不清等谣言攻击丘逢甲，为保全学堂计，他辞去总监督职务，前往广州寻找发展新教育的机会。受到黄遵宪在梅州创办东山初级师范学堂的启发，1904年4月，他返回故乡，在镇平创办了镇平初级师范传习所，培养小学师资。同年冬天，他分别在镇平城东的东山、员山两地创办族学堂各一所，以始祖名字命名为创兆学堂，并用各宗族的族田收入，减轻贫苦农家子弟入学的经济负担。族学内容既有经学、古文、历史、地理，又有博物、理化等科目，教学内容、教学方法在当时都非常先进。从1905年开始，丘逢甲还开始派宗族子弟前往江西寻乌，福建上杭、武平，广东嘉应、兴宁、长乐等地为同族及异族倡办族学。经过丘逢甲和黄遵宪等人的积极倡导支持，岭东地区兴办新学风气大盛，

念台精舍

“单以创兆名校之丘氏族学，闽粤之间不下十数。”两广总督岑春煊亲手书匾额“举族文明”，表彰丘逢甲在教育上的贡献。

由于丘逢甲在粤东潮、嘉地区的教育成绩斐然，受到官方极大认可。1906年夏，两广总督岑春煊聘请丘逢甲到广州担任两广学务公所议绅和惠、潮、嘉视学员，随即又命其兼任广府（广州）中学堂监督之职，同年11月，广东总教育会成立后，丘逢甲被选举为会长。1909年任两广方言学堂监督、广东咨议局副议长。丘逢甲在任职期间，努力推动地方的行政改革、社会改良，通过了振兴女子小学议案，大力推行禁赌案，并以强国为目的发展教育事业，先后在广东“劝办学校百数”，推行师范教育、函授教育和职业教育这些今天看来都是十分重要的理念，显示出其卓识过人的见地。

## 革命共和：豪杰中原望义旗

在丘逢甲潮汕讲学期间，列强掀起瓜分中国的狂潮。1898年6月11日光绪帝下诏进行变法，开始“百日维新”后，丘逢甲对此寄予厚望，对参与新政筹划的维新领袖康有为钦佩不已，还专门写了一份关于编练新式陆军的建议书《经武十书》，“以为新政之助”。在戊戌变法失败后，丘逢甲愤怒地作诗多首，对慈禧太后的倒行逆施猛烈抨击。1898年秋因参与维新变法而受株连的黄遵宪被“革职放归”，回到广东梅州故里。丘逢甲专程赶去梅州看望，两人多日彻夜长谈，讨论维新变法运动以及对时局看法。

在变法失败后逃往海外的康有为成立“保皇党”，与唐才常等在香港积极筹划“武装勤王”运动。因慕丘逢甲在抗日保台中的盛名，写信邀请他参与运动。丘逢甲先后在1989年冬和1900年春两次到香港与康有为等人商量“武装勤王”之事。但由于康有为以及具体组织实施行动的澳门保皇总会迟迟未能制定具体又切实可行的计划，加上1900年8月唐才常等人在汉口被捕并惨遭杀害，“武装勤王”运动胎死腹中。

随着民主革命思想的广泛传播，加之目睹清廷的腐朽本质，丘逢甲的思想和政治态度不断发生变化和前进。到广州以后，丘逢甲与保皇党人基本断绝联系，而与革命党人关系密切，他的门生、朋友中，如陈炯明、邹鲁、姚雨平、罗福星、赵声、黄世龙、朱执信、古应芬、高剑父、高奇峰等都是同盟会等革命组织的骨干。丘逢甲还常利用自己的影响和地位为革命党人提供帮助或保护，其子丘琮回忆：“光宣之际，青年志士……每触刑网，犯官威，先父则不避牺牲、以己之名位庇护之。犹忆黄冈革命、松口劫案，曾尽力防止株连。庚戌新军之役，辛亥三月二十九日之役（黄花岗起义），曾保救民党要员，促在案者逃难，皆屡行不馁者也。”

1911年武昌起义爆发后，广东地方官员仍企图维持清王朝在广东的统治。丘逢甲利用自己的特殊身份劝说广东水师提督兼巡抚营统领李准和两广总督张鸣岐倒向革命，“和平独立”。并作为广东咨议局的实际主持人召开各界代表大会，成立广东军政府，推选胡汉民为都督，自己被推荐为教育部部长。在北伐军挥师北上后，丘逢甲“调护备至”，多次奔波为其“请炮械、请增援”。1911年12月，作为广东军政府三人代表之一的丘逢甲赴南京出席临时中央政府筹建会，与胡汉民、伍廷芳等人多方奔走募集经费，解决孙中山的燃眉之急。1912年中华民国成立后，丘逢甲被推选为参议院参议员，成为民国成立后第一位台湾籍议员。

正值丘逢甲在南京为筹建民国操劳之际，他的肺病旧疾突然复发，吐血不止。2月上旬回到镇平淡定故里时，已经病危，然而清醒时还只惦记“民国大局安危之计”。2月25日丘逢甲在居所去世，终年48岁。临终前他留下最后遗言：“葬须南向，吾不忘台湾也。”

## 诗作丰富：留名万古将诗传

丘逢甲少有诗名，内渡前所作诗歌除《柏庄诗草》外，多散佚。但代表其诗歌思想、艺术成就的，是内渡后的作品，约1700多首，收录在《岭云海日楼诗钞》中。写诗多为怀念台湾、感愤时事，渴望收复台湾之作，诗风豪迈雄健，凌厉遒劲，被梁启超称为“天下健者”。

丘逢甲在内渡后给挚友丘菽园的信中说：“弟本不愿作诗人，然今则竟不能（不）姑作诗人。”作为一个终生满怀为民忠心报国的爱国主义者，面对国事不宁，民族罹难，却无力回天，只能将无法实现的政治理想寄托于诗。所以丘逢甲的诗歌理论贯穿经世致用的理念。他主张诗歌要“存真吾”，抒发作者真实思想感情。提出诗歌应继承古代“诗言志”传统，重视其目的性和思想性，“以经世为心”“留心风化”，承担教化民众，改善政事的责任和义务。他明确拥护“诗界革命”，所写诗歌注重反映时代内容，注重吸收新思想新知识，具有很强的时代感和明快的生活气息。这一切无不充分体现作者爱国忧民，求新求变，心怀匡济天下的救世热情。

丘逢甲早期诗歌“重自然”，求“真美”，代表作《台湾竹枝词》叙事论史写实，明白直露。去台内渡后，诗人亲历国破家亡、流徙辗转之痛楚，“感触甚深，诗风变为抑郁悲壮”。《岭云海日楼诗钞序》：“先生归自台湾，一意发为声诗，多哀凉悲壮之作。”他推崇有相似身世或心态的杜甫、陆游、辛弃疾等人，侧重于学习他们诗词中的气势，如学习杜甫的沉郁，辛弃疾的豪纵。他尤其钦慕陆游，从陆游激昂悲壮的诗歌当中，吸取慷慨豪放的诗风。正是这样转益多师，形成了其内渡后雄放的诗歌风格。

如《离台诗》第一首：

宰相有权能割地，孤臣无力可回天。
扁舟去作鸱夷子，回首河山意黯然。

通过“宰相”和“孤臣”的对比，诗人的悲愤之情如破闸之水倾泻而出，将批判锋芒直指丧权辱国的李鸿章和他背后腐朽无能的清政府。离台内渡，回首河山更令诗人无限悲怆、百感交集。又如著名的《春愁》：

春愁难遣强看山，往事惊心泪欲潸。
四百万人同一哭，去年今日割台湾。

这首诗写于甲午战争失败一年后，诗人在祖居的春光明媚中，遥望苍翠

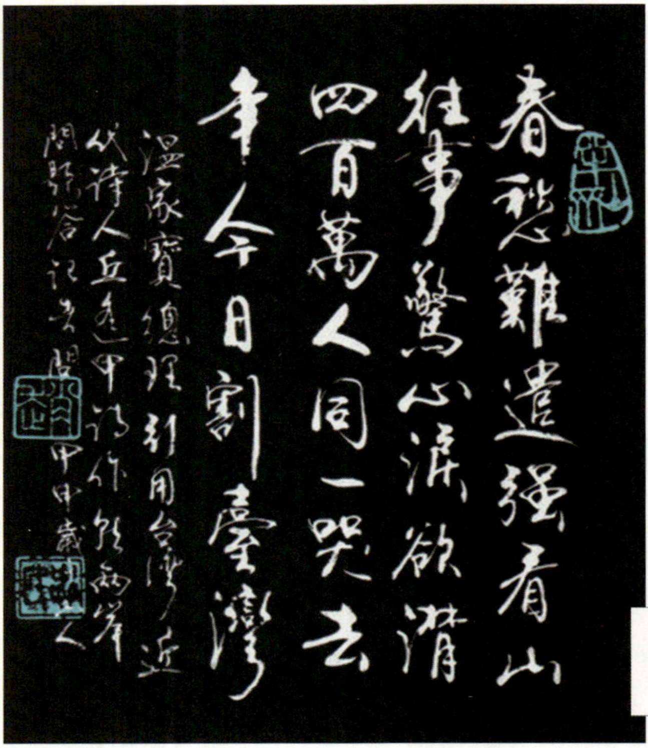


《春愁》

青山，回想去年今日故园沦陷，内心悲愤填膺，深感耻辱。质朴的语言包含作者满腔血泪，催人泪下。

1908年离台十四年后，作《重阳夕作》：

遥忆黄花吾负汝，故园今日是重阳。

含蓄流露出作者浓郁的思乡之情。

丘逢甲在诗歌中抒发的不仅是失去台湾的痛苦，同时充满不甘失败，时刻准备收复台湾洗雪耻辱的雄性壮志。如《送颂臣之台湾》中：“十年如未死，卷土定重来！”1899年《有感书赠义军旧书记》：“谁能赤手斩长鲸，不愧英雄传里名”，《韩祠歌同夏季平作》：“安得巨刃摩天扬，手馘长鲸剸封狼”，1906年所作《秋怀·再叠前韵》中的诗句：“卷土重来心未已，移山自信事非难”等等，无一不是作者复台之志的生动体现。丘逢甲跟随时代洪流前进，1911年孙中山领导的革命军初定南京后，他兴奋地作《谒明孝陵》：

江山一统都新定，大纛鸣笳谒孝陵。

感情激荡，铿锵有力，显露作者爱国志士的本色。

丘逢甲虽无做诗人的初衷，然而所作之诗在当时已经备受推崇，清诗研究专家钱仲联先生在其所著《近百年诗坛点将录》中，将丘逢甲喻为“天罡星”。并称丘诗“深到之处，魄力雄厚，情思沈挚，人境亦当缩手。”“通观其内渡诗什，雄直奔放，慷慨悲壮，沉郁顿挫，一如杜子，字里行间洋溢出苍凉激越之英气，处处郁勃一种催人奋发之豪情。”南社诗人柳亚子亦称：“时流竞说黄公度，英气终输仓海君。战血台澎心未死，寒笳残角海东云。”丘逢甲把近代社会人文环境影响、自己独特的生活阅历和为民建功立业的人生价值取向都融入诗歌里，终于成为一位伟大的爱国诗人。

（春晖）

专家点评

# 丘逢甲诗歌的“英气”

杨子怡（惠州大学中文系教授）

## 痛失故土的怨愤气：“宰臣有权能割地，孤臣无力可回天”

丘逢甲是一个热血男儿，幼负报国之志，他生当列强虎视垂涎台湾之时，他“忧勤惕励，不敢稍懈”。为组织义军抗日护台，他“倾家财以为兵饷，不足则乞诸义士以助之”。但终因腐败清廷执意割台澎媚敌，台湾巡抚唐景崧无意抗战，又治军无策，使日军迅速占领台北、基隆等要地。逢甲率义军仍苦战20余昼夜，最后因饷绝弹尽才被迫内渡。这种血与火的战斗淬砺了他的意志，这种丧权辱国的环境也培育了他诗歌的特有风格：苍凉沉郁中腾跃一股勃勃英气。确实，读逢甲内渡诗，我们不仅感受到诗人的勃勃“剑胆”，飒飒英风，更感受到诗人逼人的怨愤气。他愧自己无力回天，恨宰臣有权割地。

这种愤台被割的感情浸满他的诗篇。如：

> 四百万人同一哭，去年今日割台湾。（《春怨》）
> 看到六鳌仙有泪，神山沦没已三年。（《元夕无月》）

字里行间透露出一股斩不断的台湾情结，拳拳家国之怀，郁勃着一股痛失故土之愤。这些诗句音情顿挫，字字铿锵，意激言质，慷慨淋漓，洋溢着英武伟烈之气，读这些愤台之作，我们看到了一位倚剑长歌、仰天长啸、满腔怨愤、英气勃发的爱国者形象。

## 无力回天的悲壮气：“风月有天难补恨，江山无地可埋愁”

怆怀时变，痛失国土，是丘诗最突出的主题。因此在他的诗歌中，一方面表达了作者对“牝朝”无能，丧权辱国的怨愤，一方面也表达了自己无力回天的切肤之痛。诗中充满一种悲壮之情，读之令人扼腕，催人奋发。如：

风月有天难补恨，江山无力可埋愁。（《颂臣和旧作……》）
同州况复是同文，太息鸿沟地竟分。（《得颂臣台湾书却寄》）

诗中既郁结着一股失去故土的悲慨之情，又勃发出一种“回天”“补恨”之豪情。逢甲内渡后几年诗，几乎首首念台，句句言恨。因为他亲历国难家仇之痛，又身受身世飘零坎坷之苦，因此，写来雄直豪放，悲壮感人。如其挚友王晓沧所说：“仲阏（逢甲号）则身经离乱，其才又横绝一世而郁郁居此，悲壮苍凉之声流溢而出楮墨之间，具有身世之感。一唱三叹，独有千秋。”作家才情气质加上他的切身生活体验，铸成其诗苍凉悲壮之美。

# 赏析
# 匠心

## 题人境庐无壁楼

陆沉欲借舟权住
天问翻无壁受呵

▲ 《题人境庐无壁楼》

武晓勇（中华对联文化研究院研究员）

钱仲联《黄公度先生年谱》：“光绪二十五年（1899年）己亥冬，丘仲阏（丘逢甲）访先生人境庐，抚时感事，迭相唱和。”而吴天任《黄公度先生遵宪年谱》亦有当年曾扩建人境庐的记载。此联应即当时所作。《世说新语》“桓公入洛，……慨然曰：‘遂使神州陆沉，百年丘墟，王夷甫诸人，不得不任其责！’”上联起首二字用此典故，盖时值戊戌变法之后一年，黄遵宪解职返乡，义和团运动甚嚣尘上，而台湾沦没已有数年之久。面对这样糜烂的时局，恐怕再没有比这更为贴切的形容词了。而“借舟”一词，与前面陆沉形成呼应，同时也是对无壁楼本身形态的形象比喻。

下联则对应地用了屈原“呵壁问天”的典故，隐然以屈子比黄遵宪，而到后面用“无壁受呵”转进一层：屈原当时尚可呵天而问，而黄则连呵问的对象都没有了，所能做的，竟只有咄咄书空而已。转前面的愤懑而为绝望。至此，感情的宣泄达到了顶点。至于对无壁楼名称来由的解释（无壁楼三面开窗，一面为门，没有完整的墙壁，命名或许与此有关），反成余事了。

纵观此联，切其建筑形状（似舟、无壁）、主人身份，多数作品能做到这两点已经允称佳作了。而丘逢甲更能结合主人的遭际、时局的变换，写出胸中一段郁郁的愤懑之情，可以说是十分难得。

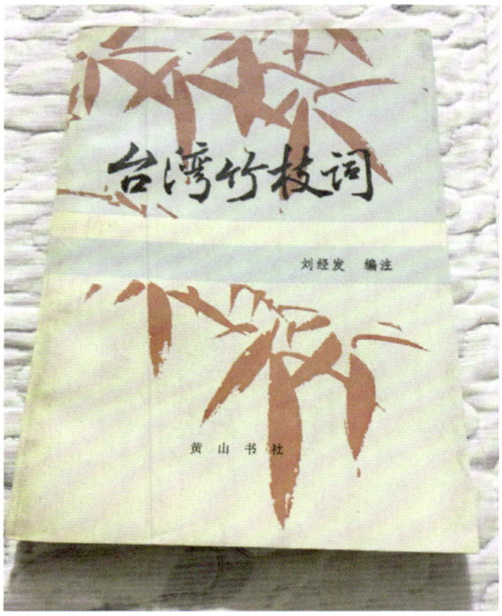


▲　《台湾竹枝词》

温朝霞（广州行政学院教授）

在四十首竹枝词中，作者的主要目的在于描写宝岛台湾大好风光，抒发自己的豪情壮志。但作者首先并不是直接描写地理风光、山川海疆和直接抒发自己对宝岛台湾的热爱之情，而是以时间为序，纵古观今，从过去的历史着笔，先回顾台湾历史，反映了台湾历史悠久，然后再描写其地理风光，民俗风情，从而衬托出整个宝岛风光旖旎、山川奇特的景色，表达了作者对宝岛的热爱之情，同时抒发了作者青年时期的伟大抱负。从内部排列顺序方面看，丘逢甲的四十首竹枝词，排列显得比较随意，但每一首都可以独立成篇，而四十首组合起来又是一个有机的整体。例如，作者在竹枝词中第十首描写地理风光，而第十一、十二首描述天时气候，而第十三首又描绘水仙宫的景色。在这几首竹枝词中，每首既可以独立成篇，而它们之间又相互联系，都是为了表达一个中心主题而服务的。

# 吴趼人：
## 以痛哭流涕之笔
## 写嬉笑怒骂之文

吴趼人（1866—1910），名沃尧，本名宝震，字小允，继字茧人，随以同音改做『趼人』。因以字行，笔名又称我佛山人。广东南海佛山人，出生于北京宣武门分宜故第。吴趼人16岁丧父，家道破落，17岁至上海谋生，入江南机械制造局工作。1897年进入报界，开始办小报。1902年赴湖北编《汉口日报》，出版《吴趼人哭》。1903年起在《新小说》《绣像小说》《南方报》等杂志上先后发表《痛史》《二十年目睹之怪现状》《电数奇谈》《瞎骗奇闻》《新石头记》等小说及其他作品。1905年返沪参加反美华工禁约运动，1906年任《月月小说》总撰述，继续创作小说，作品颇丰。1907年集资创办居沪粤人广志小学。1910年10月21日迁新居当天，因喘疾突然发作，急救不及卒于寓所。

吴趼人是中国近代第一批职业小说家、职业文人的杰出代表，以批判官场腐败黑暗、社会危机四伏为中心创作的谴责小说和社会小说影响最为深远，被誉为『晚清四大谴责小说家』之一。

# 艺术观

◎作小说难，作历史小说尤难；作历史小说而却不失历史之真相尤难；作历史小说不失其真相，而欲其有趣味，尤难之又难。

◎小说虽一家言，要其门类颇复杂，余亦不能枚举。要而言之，奇正两端而已。

——吴趼人

# 创作之路

在清末的上海，吴趼人以小说名于世，以职业报人闻于沪，影响颇巨。吴趼人被后世称为晚清四大谴责小说家之一，一生大部分时间生活在上海，曾先后参与主办、编辑过多种报刊，为繁荣清末文艺市场，推动文学转型，做出了自己的贡献。其作为总撰述的《月月小说》杂志，跻身于当时四大小说杂志之列，集趣味性、消遣性于一体，推动了小说向文学本位的回归。吴趼人以其小说理论和非凡的创作实绩奠定了他在晚清小说界“巨擘”的地位。他的30余部小说，无论在反映社会生活的广度、题材的繁复方面，抑或是思想风格、艺术表现力方面，都具有强烈的时代气息，反映了社会和文学的发展方向和变迁。

## 家道中落：官宦世家弟子喜杂学

吴氏家族是传说中开发江南的始祖吴泰伯的后人，后因躲避战乱一路南迁，最后定居佛山大树堂（今佛山禅城区）。《佛山大树堂吴氏族谱》记载，吴趼人曾祖吴荣光为嘉庆四年（1799年）进士，官至湖广总督，以擅长书法及金石书画收藏与赏鉴出名，当时收藏家“每以得一题志定真伪”。到祖父吴尚志开始家道中落，吴尚志最高职位是工部员外郎，吴趼人的父亲兄弟几人官位更加平常，且子嗣单薄。1866年，吴趼人出生于北京宣武门外贾家胡同分宜故第，祖父做京官时的寓宅里。他还有一个哥哥一个妹妹，但出生那年四岁的哥哥去世，吴趼人成了实际意义上的长子。

1867年，吴趼人父亲举家扶祖父的灵柩回老家安葬。随后为了谋生，独自去浙江做从九品的巡检，留下吴趼人和妹妹随母亲在佛山生活。吴趼人小的时候聪明伶俐且生性好动，常做许多调皮捣蛋的事情。13岁进入佛山最高学府佛山书院求学。这个书院教出过很多有名的学生，如后来的梁启超、梁士诒等。不过吴趼人从少年起，就厌恶科举，“恶宋儒之学”，对章回小说、小曲、木鱼、地方戏曲等十分喜爱，擅长通俗文艺。由于是书香世家，家人有作诗传统，吴趼人自然深受影响，他评价自己的诗文“喜性灵语，而恶雕饰”。好友李葭荣说他“古体文宗桐城，意在浅而离俗，卒以叙述胜；所作诗不务工而能巧”。

1882年8月，在浙江宁波做官的父亲给家里写信，说自己病重，要吴趼人前去侍奉。待16岁的吴趼人只身登上往上海的火轮船，再转到宁波时，父亲已经病逝，受托付的叔父把父亲的几千银两拿去上海谋官，吴趼人独自将父亲灵柩千里迢迢运回佛山，安葬在广东花县（今花都）的祖茔里。人生第一次独立处理家庭事务，磨练了他的意志，锻炼了他的办事能力，同时也让他体验到大家庭内部的利益冲突。这次经历被他写进后来的小说《二十年目睹之怪现状》里。

## 外出谋生：拜别慈母游子走上海

父亲去世后家中收入来源断绝，声称把父亲的钱存入上海银行收利息的叔父也没有消息，作为长子，吴趼人肩负催债和赚钱养家的重任。1883年秋天，吴趼人再次独自离开家乡，来到上海。起初在同乡开的江裕昌茶庄落脚，不久，他在江南制造局翻译馆找到了份文字抄写工作，后又入图画房当绘图员。江南机器制造总局在清朝是全国最大的军工厂，除了生产军械外，还设有翻译馆、广方言馆和工艺学堂，翻译的书籍包括了军事科技、地理、经济、政治、历史等方面。学习西方的风气对年轻上进的吴趼人影响明显，他一边做文书抄写工作一边学习制造技术。他曾仿制过一条二尺长的小火轮，能够放到黄浦江上行驶数里，自动返航。在闲暇时间，他还开始学习诗文。到制造局不久，他在旧书肆上买到半部《归有光文集》，读着爱不释手，并由此开始用功学古文。

1890年秋，吴趼人在天津为官的叔父吴炽福突然去世，在湖北为官的小叔父吴保福以兄弟已经分家为由，拒绝去天津料理后事，作为吴家长门长子的吴趼人独自前往，把两个孤苦无依的堂弟带回上海抚养。在返回途中，他还去北京，想完成父亲的遗嘱，把早夭的哥哥的尸骨迁回老家。不料年代太久，兄长之墓无处可寻。因为未能了却父亲的遗愿，吴趼人黯然神伤，写下《都中寻先兄墓不得》七绝八首纪念。两个被他带回上海的堂弟，大的名宜君，在1894年的秋天因为误用中药抢救无效而去世。吴趼人十分悲痛，写诗“非关生死增悲怆，轮指相亲只四年”纪念，表现出深深的手足之情。亲人的离逝还在继续，1896年小叔父从湖北宜昌发来电报，说自己已在病中，希望吴趼人前往探视。吴趼人立刻动身前往，但在途中接到小叔父已经病逝的消息，和父亲的情况如出一辙。

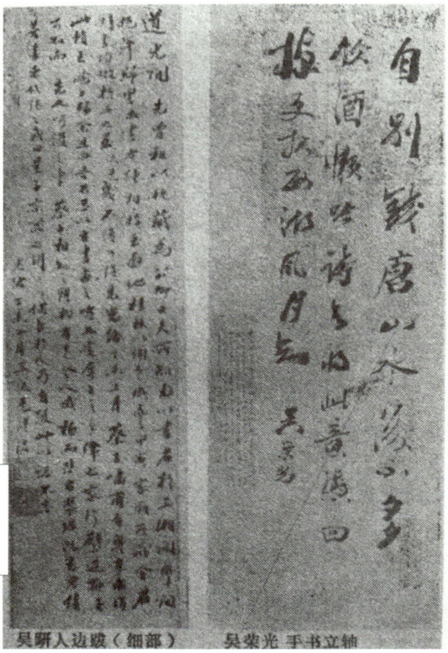


吴荣光手书立轴、吴研人边跋

"去去竟无言，无言更断魂。"1897年吴趼人到苏州过中秋节，团圆的日子里孤独一人想起逝去的亲人，内心充满孤单。他已经32岁，到了而立之年，在江南制造总局工作任职多年，里面千奇百怪已经司空见惯。弊端种种让他看不到发展前景。不久，32岁的吴趼人离开了工作整整14年的江南制造总局，转投上海一个新兴行业——文艺小报。

## 投身报业：苦寻方向趼人办小报

资产阶级政治改良运动兴起后，光绪帝发布准许官民自由办报的明令，维新派把"设立报馆"作为改良政治的一个重要方面，亲自办报办刊，带领形成一个国人办报的高潮。19世纪初期，在西方发展起来的新式印刷技术传入中国，到晚清，印刷出版业的发达使文学作品的发表变得轻而易举，不再有从前人工抄、刻那样的困难，私营的印刷出版机构开始兴起。拥有专业化的组织机构（报社、杂志社、出版社），采用印刷机械大量复印作品，晚清

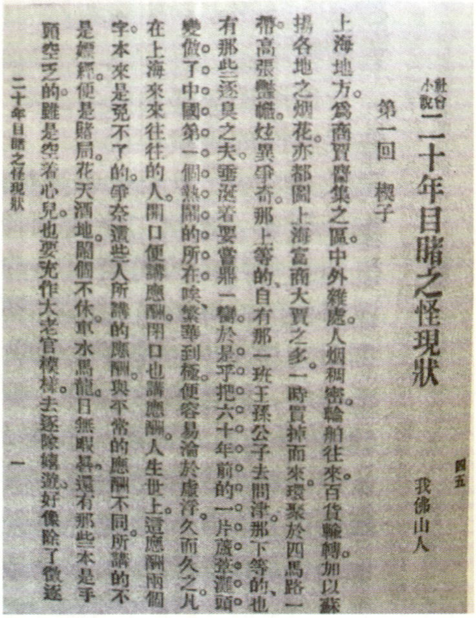
四五

社會小說 二十年目睹之怪現狀　我佛山人

第一回　楔子

上海地方。爲商賈麕集之區。中外雜處。人烟稠密。輪船往來。百貨輸轉。加以蘇揚各地之烟花。亦都圖上海富商大賈之多。一時買棹而來。環聚於四馬路一帶。高張艷幟。炫異爭奇。那上等的。自有那一班王孫公子去問津。那下等的。也有那些逐臭之夫。垂涎着要嘗鼎一臠。於是乎把六十年前的一片蘆葦灘頭。變做了中國第一個熱鬧的所在。唉。繁華到極。便容易淪於虛浮。久而久之。凡在上海來來往往的人。開口便講應酬。閉口也講應酬。人生世上。這應酬兩個字。本來是免不了的。爭奈這些人所講的應酬。與平常的應酬不同。所講的不是嫖經。便是賭局。花天酒地。鬧個不休。車水馬龍。日無暇晷。還有那些本是手頭空乏的。雖是空着心兒。也要充作大老官模樣。去逐隊嬉遊。好像除了徵逐

二十年目睹之怪現狀　一

发表于《新小说》第八号的《二十年目睹之怪现状》第一回首页

新闻出版业呈现繁荣景象。

报馆的发展过程中，出现了文学杂志、文艺性小报和报纸文艺副刊，俗称小报。最早的文艺性小报有1896年李伯元任主编的《指南报》和1897年由他创刊的《游戏报》。秦绍德在他的《中国近代报刊史论》中说：“如果说，维新派的报刊是救国的呐喊的话，那么，小报就是忧国的呻吟。”正如《游戏报》之所以定名为“游戏”，并不是专意游戏文字，而是登载一些能在嬉笑怒骂中达到消闲娱乐、砭愚订顽效果的文章，讽刺朝政，引发人们的觉悟。

这个宗旨与吴趼人滑稽幽默、诙谐讽刺的个性很是契合。他开始向《游戏报》投稿，由此与李伯元相识，后来二人成为至交。在李伯元的直接引领下，吴趼人1897年11月正式开始报人生涯，“初襄《消闲报》，继办《采风报》，又办《奇新报》，辛丑年九月又办《寓言报》”，直到1902年3月，“辞《寓言报》主人而归。”（《吴趼人哭》）办小报生涯至此结束。

吴趼人辞去《寓言报》职务的原因，是认为主持各小报笔政，虚掷光阴，是“进步之大阻力”。作为一个爱国文人，吴趼人怀有饱满的入世激情、改革社会的政治理想。他关心国家时局，1900年俄国占领全东北后，企图与清政府订立条约使占领永久合法化，他参加1901年3月上海爱国士绅在张园举行的集会，号召大家“合大众之热力以为拒力，……纵使不足以拒强俄，亦使他国闻之，知我中国之民心尚在耳”。他对社会风俗人心也不断进行思考：“欲强国者，必当开民智。万民之中，愚蠢拙笨如吴趼人者，何足道。然求愚蠢拙笨如吴趼人者，尚没有几个。”（《吴趼人哭》）面对如此之社会、民众，吴趼人产生了启民智的济世宏愿，而通过以娱乐、消闲为宗旨的小报是不可能达成这个宏愿的，同时小报不断易主，也说明了主笔只不过是办报人的高级职员而已，并无多少自主权。因此，吴趼人决然辞去《寓言报》工作，闭门谢客，写了《吴趼人哭》57则笔记，以讽刺夸张的笔法对社会现实、市井众生、自我遭遇多有讥刺抨击，每则最后以“吴趼人哭”四字结尾，抒发内心郁闷，表达激愤不平之情。

## 大报主笔：屡遇风波报人觅新路

1902年4月，正当他“闭户谢客，行将著书”之时，《汉口日报》报馆又聘请其为主笔。这是位于武汉的一家中英合资经营的民间报纸，吴趼人以为在有涉外背景的大报当主笔定能一展身手，加上同去报社的沈敬学、蒋子才皆为好友，关系密切，于是他欣然前往。在他主笔期间，《汉口日报》坚持自由进步的办报宗旨，发扬清议，持论严正，揭露官场腐败不留情面，极受读者欢迎，发行量很广。但因屡屡讽刺武昌知府梁鼎芬、湖北警察局总办金鼎等人的劣迹，而为湖北官府所忌恨。馆主迫于梁鼎芬权势，要求吴趼人“所为论说之稍涉忌讳者，皆屏而勿录”（吴趼人《致梁鼎芬书》）。之后，梁鼎芬更是采用高压、阴谋手段将报纸改为官办。吴趼人抵制无效，主动辞职，并于1903年6月在《苏报》上发表致梁鼎芬的公开信，详细披露报纸被收为官办的过程及梁鼎芬等官僚处心积虑整治报纸的事实，表达坚决的抵抗态度，“不敢以寒素为虑，不敢以失馆为忧”，哪怕生活无以为继，也愤然辞职。

1902年12月，因为器重吴趼人的才华和能力，曾国藩侄孙曾广汉推荐他应经济特科考试，这是一次通过取得功名进入正规统治阶层的机会，一起被推荐的还有李伯元。李伯元“辞不就征”。吴趼人也表示不屑：“与物无竞，将焉用是？吾生有涯，姑舍之以图自适。”

吴趼人的“自适”，就是开始向职业小说家的方向靠拢。晚清资产阶级改良主义者企图通过小说，“改良社会，开通民智”，从而达到“救亡图存”、富国强兵的目的。在这种思想指导下，他们发动了一场声势颇大的“小说界革命”运动，着力渲染小说的社会作用，把小说抬高到“国民之魂”的地位，凡是要救国，要革新政治、振兴实业、提倡教育、组织军事等等，都必须从小说开始。而所谓“新小说”“改良小说”，就是指“适于今社会”“合于今理想”，为改良主义政治服务的小说。为了使人们对于这种小说的含义、性质一目了然，1902年梁启超在日本横滨创办了《新小说》杂志，来实践自己的理论。1903年6月，吴趼人从湖北回到上海。此时，梁启

《最近社会龌龊史》插图

超倡导的“小说界革命”已如火如荼，深受鼓舞的吴趼人从这一年起致力于写通俗章回小说，以“我佛山人”为笔名，在梁启超主编的《新小说》杂志上发表。其中代表作有《九命奇冤》和《二十年目睹之怪现状》，后者以九死一生者为主角，描写此人二十年间所见所闻，无非是人间的蛇虫鼠蚁、豺狼虎豹诸类奇形怪事。书中对晚清间贪污腐化、荒淫无耻的官僚，唯利是图、奴颜婢膝的买办，附庸风雅、吟风弄月的犬儒的描绘，入木三分。小说文笔生动，语言尖刻，影响深远，为晚清“四大谴责小说”之一。同年底，他东游日本。翌年回国，游济南、青岛，仍继续写小说，发表《新笑史》11则，表现了对帝国主义侵略的忧愤。小说频繁被《新小说》采用，也使吴趼人文名日盛。

1905年春天，武汉一家美国商人办的英文报纸《楚报》开辟中文版，吴趼人因其在报界的良好声誉和广泛影响，被聘请为中文版的编辑，但只有短短三五个月。当吴趼人听到美国禁止华工，全国反对的消息，毅然辞去编辑职位，重返上海，参加反美华工禁约运动。他到处写文演说，大受听众欢迎。

## 小说生涯：职业定格文人创小说

1903年起，吴趼人进入一个小说创作的高产期，除了在《新小说》上发表小说外，他还相继在李伯元的《绣像小说》上连载小说《瞎骗奇闻》《活地狱》，在《南方报》连载《新石头记》，创作力旺盛，小说数量众多。1906年11月安徽人汪惟父在上海创办了月刊《月月小说》，吴趼人从第四号起被聘为总撰述，负责小说的创作和编辑，发表了名目丰富、种类繁多的小说作品。如历史小说《两晋演义》《云南野乘》，社会小说《上海游骖记》《发财秘诀》，诙谐小说《无理取闹之西游记》，短篇小说《立宪万岁》《平步青云》等，还发表了一批小说理论探讨文章、传奇戏曲、杂录、诗歌，体现了近代第一批职业小说家的创作能力和水平。

吴趼人的职业选择与当时的社会背景联系紧密。报刊的兴盛为小说的发表开辟了广阔的阵地。从1902年《新小说》诞生到1910年《小说月报》问世，这八年间就有近20种小说杂志刊行。“试一流览书肆，其出版物，除教

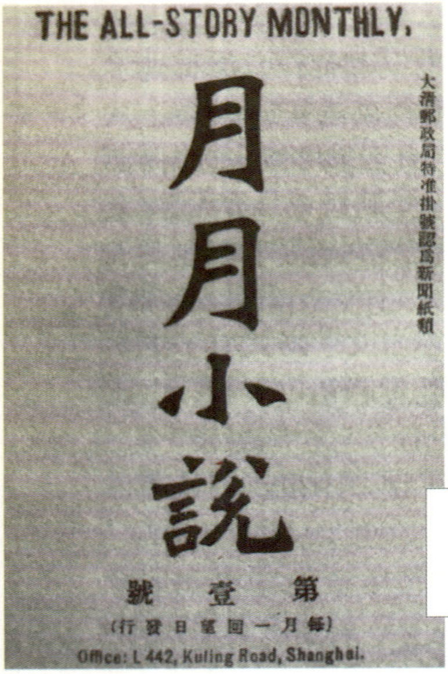


《月月小说》第一号

科书外，什九皆小说也。”自《新小说》开始，文学界逐步确立起有酬供稿的明文规定，《新小说》稿酬最高为每千字4元，当时4元左右在上海能买到100斤最好的米，所以写作收入能维持基本的生计，职业创作成为可能。吴趼人曾说过：“吾生而精神壮足，未弱冠，即出与海内士大夫周旋，历壮，处境艰窘，仅以笔墨谋生活。”

虽然靠卖文获取稿酬是吴趼人做职业小说家的主要现实因素，但他的创作力在短时间内极度喷发，却是他在上海20年的生活积累和社会阅历的文学表达。作为一个一直怀有兼济天下的入世情怀的文人，既然愿望不能通过参加科举进入统治阶层实现，必然要另辟蹊径。从编辑报纸到职业小说创作，就是他开启民智理想的不断尝试。

吴趼人在1902年就宣称自己著书是“以开化为宗旨”而向往“维新”，热烈响应梁启超在《变法通议》中所说的小说要揭露“官场丑态、试场恶趣”等社会黑暗和问题，这个宗旨贯穿着他的各类小说创作中。《二十年目睹之怪现状》《近十年目睹之怪现状》《上海游骖记》等社会小说，素材大部分源于作者在生活中亲见亲闻的怪状，具有极强的客观真实性，且用讽刺与谴责的笔法，将“上中下三等社会一齐写尽”，犹如一面看清晚清社会脓疮的显微镜。“兼有社会与理想”的《新石头记》续写《红楼梦》，以复活的宝玉在中国各地游荡的经历，揭示晚清复杂、丰富、多变、动荡的社会特征和文化特征以及落后、腐败而又不断产生新事物、萌生新观念的社会风貌，并在小说后半部描绘一幅科技高度发达、人能主宰客观世界的神奇景象，寄托自己的理想。他创作历史小说同样秉承维新派的观点，强调历史小说的目的就是要旌善惩恶，改良社会，因此必须“小说附正史以驰”。他的《两晋演义》就是“以《通鉴》为线索，以《晋书》《十六国春秋》为材料，一归于正”。但作为小说家的他也重视艺术趣味性，借助必要的文字加工、次序颠倒，务必让读者兴味浓厚，起到“正史籍小说为先导”的作用。

重视小说艺术创作，有自己独特见解，归功于吴趼人大量地阅读中外小说。他说自己“二十余年所读中国小说……不过二百多种。……只通英法二国之文，……所见亦不过三百余种。所读美国小说，亦不下二百种”。看得多见识广，就能对种种思潮判断公允，比如当时对古典小说的两种意见，一种是梁启超的“全盘否定”，一种是用资产阶级观点解读的古人现代风派，吴趼人指出，“不欲援古人之理想，以阑入今日之理想”，要站在小说产生的历史背景中对古典小说作出客观评价。

同时吴趼人也在自己的创作中积极尝新。比如写情小说，为纠正当时写儿女私情的庸俗爱情小说泛滥的风气，他重新定义“写情小说”，创作了著名的《恨海》，除在理论上提出写情小说必须要从儿女私情扩大到人类的普遍情感外，还重视表现人物的感情活动。小说运用多种手法展示人物心理，刻画人物性格，被加拿大学者迈克尔•伊根在其《〈恨海〉中的人物塑造》一文中称为“中国心理小说的发端”。

当然最能体现吴趼人小说创作宗旨、风格和理论的当属《月月小说》。接手《月月小说》后，吴趼人和总译述密友周桂笙对刊物的内容安排、版式设计和办刊宗旨重新做了设定，明确提倡以撰著小说为主，小说栏目博采众长，在《新小说》《绣像小说》分类基础上，设置更加细致的分类，共分理想小说、社会小说、历史小说、国民小说、写情小说等20多个种类，还对读者进行了细分，有“官场”“维新党”“历史学家”“词章家”“妇女们”，主张从“学生社会”“军人社会”“实业社会”“女子社会”对小说进行改良，甚至于每一类作品，都会直接指向某一类具体的读者。为了迎合当时的读者喜欢把小说当新闻读和追求新鲜、真实和暴露的心理，吴趼人非常重视把社会上新发生的真实事件，迅速及时地编织在虚构的作品中，让当时的读者从小说中直接获得某种信息，了解目前社会的某些动向和一些事情的真相。如，1906年12月同盟会发动萍乡浏阳醴陵武装起义，次年的2月至4月，《月月小说》便连载了以此为背景的《上海游骖录》。

其次，他适应报刊特点，改变写作方式，将结构相对紧凑、篇幅自由灵活的短篇小说作为报刊的最佳选择，大力提倡短篇小说。专门开辟了《短篇小说》专栏，还开辟过专门刊登外国短篇小说的《译本短篇小说》，刊登广告、征文启事征集短篇小说，增强作者、读者对短篇小说的重视。他自己也在刊物上创作并发表了12篇短篇小说。得益于周桂笙翻译的高质量外国小说，吴趼人的短篇小说一改中国传统短篇小说只是对神鬼妖怪的想象描摹，通过对现实生活的再现，揭露清政府的“假立宪”、批判官场黑暗、表达爱国情怀等，而且在写作上不断尝试新的叙述模式、结构创新等等，为中国短篇小说的发展与成熟做出重要贡献。

## 英年早逝：案牍劳形作家别人寰

吴趼人从1902年作为职业小说家正式进入文坛，到1910年突然离世，只有短短的八年时间，但是他创作了数量众多的文学作品，包括长篇和中篇小说16种，短篇小说13种，笔记小说、笑话寓言、戏剧、散文等等，多达278万字以上，创造了以小说作为职业的人生传奇。这一方面是他对小说的创作热情，另一方面也是为了谋生。他在《新笑林广记•咬文嚼字》自嘲：“终日营营，以卖文为业。或劝‘稍节劳’，时方饭，乃指案上曰：‘吾亦欲节劳，无奈为了这个！’”这是吴趼人生活的自我写照，为了生活他不能停笔。好友李葭荣也说他作息饮食不规律：“伏案下笔，无所旁骛。著纸万言，不加点窜。然恒以静夜为之，昧爽乃少休。曰出更起治事，以酒为粮，或逾月不一饭。君之自陨其生，未始不繇于是。”

然而即使自己并不宽裕，他却保持传统文人“重然诺、能急人急”的性格。李葭荣赞美他“君生负盛气，有激辄奋，顾能善处骨肉，以暨朋侪之交相爱者”。1907年他发现在上海的广东同乡会广肇公所负责人年老气衰，处理事务能力差，不能有效团结广东人士，便牵头成立了两广同乡会。同乡会成立后，为了解决广东人士的孩子在上海的教育问题，又开始筹办广志小学，初名广东旅学。1908年2月正式开学，解决部分同乡孩子的上学问题，显示出吴趼人出色的办事能力和乡邦情怀。

由于常年处于高效、忙碌的工作状态，吴趼人健康每况愈下，积劳成疾，“患咳嗽气喘症，久治罔效”。1910年10月21日，在他乔迁新居的当天晚上，因为哮喘病突然发作，延请医生抢救无效去世，年仅45岁。他一生清贫，常常囊中羞涩，去世时身上仅有4角小洋。

“语不惊人死不辞，卖文海上病难支。李南亭后吴南海，容易伤生笔一枝。伯道无儿志未舒，衔悲寡鹄复何如？佛山晴翠浓如昔，谁访�清馆里书？”（摘自陈伯熙《老上海》，见魏绍昌编《吴趼人研究资料》，上海古籍出版社1980年版，第23页）这恐怕就是吴趼人一生最好的写照。

（春晖）

专家
点评

# 吴趼人小说艺术的创新与外来影响

袁荻涌（佛山大学教授）

吴趼人是清末著名谴责小说作家，一生著述甚丰，共写了小说30余种。他的创作，不仅继承和发扬了中国文学的优秀传统，而且吸收了外国文学的有益营养。在其艺术表现手法的运用方面，却留下了若干至为明显的痕迹。也许可以这样说：正是梁启超等人的理论建设和吴趼人等人的创作实践，宣告了中国文学近代化历程的开始。

## 单一叙述模式的突破

长期以来，中国古典小说基本上都是采用单一的第三人称全知叙述法。到了清末，在外国文学的影响下，中国近代小说家开始摸索运用新的方法，于是第一人称叙述模式在小说中陆续出现。在这些勇于创新的作家中，吴趼人的探索又是较为突出的。他的代表作《二十年目睹之怪现状》，楔子和尾声虽仍用传统的第三人称评述模式写成，但正文部分采用的则是第一人称叙述法。作家力图把故事限制在“我”（主人公“九死一生”）的视野之内，依靠主人公的见闻来展现故事。

吴趼人率先学习和运用西洋小说技巧，并不是偶然的。早在从事小说创作以前，他就接触过大量的外国文学作品。他在1903年左右写的一篇文章中，曾颇为自豪地宣称自己读过上百本外国小说和故事，并积极主张研究外国文学，以便从中获益。

## 传统叙事结构的超越

在吴趼人的小说中，结构最为精巧的，大概要数《九命奇冤》和《恨海》了。《九命奇冤》开篇就不同凡响，作者将一个惨不忍睹的场面一下子推到读者的面前：凌家放火烧死梁家八口人。这样的惨祸如按时间先后顺序应在第十六回才发生，但作者把凶徒纵火杀人这一凶险、残忍的场面提到小说的第一回，从而造成了一种强烈的效果，紧紧抓住了读者的心，促使他们不得不往下看，然后小说才从头叙述这件可怕命案的前因后果。

吴趼人的创作活动，出现在20世纪的最初10年。当时西方侦探小说在我国正广为流行，像当时的许多文人一样，吴趼人对侦探小说也表现出浓厚的兴趣。除了巧妙运用倒叙法，《九命奇案》在整体结构上也比较成功。全书布局严谨，始终围绕着一件人命案来叙述和描写。从技巧上看，它在当时的小说中的确算得是上乘之作。

## 重视人物心理活动的描写

吴趼人是最早创作言情小说的作家之一。《恨海》最为著名。《恨海》在艺术上的最大特点，是作家十分注重揭示人物内心的隐秘活动，心理透视已达到相当的深度，男女主人公自幼订婚，一同逃难中又同炕歇宿，但他们均恪守封建礼防，不逾雷池半步，作者细致地写出了他们既深深相爱，又羞怯矜持的微妙感情。特别是把双方离散后女主人公思夫愁母的悲苦之情，描写得细腻委婉，极富艺术感染力。书中描写心理的段落很多，约占了全书三分之一的篇幅。

## 提倡新体短篇小说的创作

吴趼人的短篇小说大多取材于现实生活。如《庆祝立宪》《预备立宪》等篇，揭露清廷所玩弄的“立宪”骗局，实质是假“立宪”之名，巩固其封建统治；《平步青云》《快升官》批判官场的黑暗和腐败。

其次，吴趼人的一些短篇小说不再注重讲述完整的故事，而是像西方短篇小说那样，只截取现实生活中的一个横断面来写。如《查功课》描写政府当局派几位委员到某校“查功课”，实际上是搜查学生阅读的进步报刊。学生们巧妙对付，使委员们一无所获。

由上述四个方面可以看出，在清末作家中，吴趼人的小说的确算得上是手法多样，新招迭出。当然，吴趼人在借鉴外来形式或表现手法时，也不免有生搬硬套、牵强附会之处，如有的小说结构不完整，有的议论过多。但从总体上看，他对外国小说技巧的学习和运用，与时人相比，还是比较成功的。

# 匠心赏析

▲ 《二十年目睹之怪现状》

## 鲁迅（文学家、思想家、革命家）

光绪庚子（1900年）后，谴责小说之出特盛。盖嘉庆以来，虽屡平内乱（白莲教、太平天国、捻、回），亦屡挫于外敌（英、法、日），细民暗昧，尚啜茗听平逆武功。有识者则幡然思改革，凭敌忾之心，呼维新与爱国，而于富强尤致意焉。戊戌变政既不成，越二年有义和团之变，群乃知政府不足与图治，顿有掊击之意矣。其在小说，则揭发伏藏，显其弊恶，而于时政，严加纠弹，或更扩充，并及风俗。虽命意在于匡世，似与讽刺小说同伦，而辞气浮露，笔无藏锋，过甚其辞，以合时人嗜好，则其度量技术之相去亦远矣，故别谓之谴责小说。

▲ 《恨海》

## 黄瑶（华中师范大学学生）

在旧有的文学作品所运用的传统的塑造途径之外，笔者学习和借鉴了西方的一些表现手法，“倒叙、补叙、插叙、人物的心理刻画、肖像刻画以及自然景色和人物生活环境的描写等许多描写手段的运用，都使这个时期小说的艺术手法、组织结构，呈现出了新的特色”。文本综合运用了多种方法，塑造出了棣华立体、饱满的形象，将这一可爱、可敬又可悲的人物刻画得鲜活、生动。

全篇贯穿某些暗示性的情节设置为后文做铺垫，如第五回中棣华梦见伯和的车从身旁经过而没有理会自己，为后来伯和的浪荡与堕落做了预设，也昭示着她内心的隐忧与不安；伏笔的运用前后照应，使情节和人物的发展变化都有一个过程，有因可循，全文连贯流畅。如第一回中提及棣华不读书后，慢慢把读过的都丢荒了，为后文中她写病症和字帖埋下伏笔，为其知书达理和贤良提供佐证。在对棣华和伯和描写的过程中插入娟娟和仲蔼的情感经历，采用插叙、补叙，对比强烈，解读了娟娟与棣华截然不同的选择与命运，彰显了棣华的美德，使故事情节更完整、时代背景更鲜明、人物形象更丰满，避免了单一的顺叙而造成的单薄与平淡。

# 梁启超：献身甘作万矢的著论求为百世师

梁启超（1873—1929），字卓如，一字任甫，号任公，又号饮冰室主人、饮冰子、哀时客、中国之新民、自由斋主人。广东新会人，清朝光绪年间举人，中国近代思想家、政治家、教育家、史学家、文学家。戊戌变法（百日维新）领袖之一，中国近代维新派、新法家代表人物。

梁启超是一位『百科全书式的人物』，是影响中国近代历史进程的人物之一。他留下的1400余万字著作，极大地丰富了我国史学、哲学、法学、社会经济学、新闻学等诸多领域的学术研究。

# 艺术观

◎人生百年，立于幼学。

◎科学的根本精神，全在养成观察力。

◎六经不能教，当以小说教之；正史不能入，当以小说入之；语录不能谕，当以小说谕之；律例不能治，当以小说治之。

——梁启超

# 创作之路

## 上书办刊救存亡

同治十二年正月二十六日，即1873年2月23日，梁启超出生于广东省新会县熊子乡茶坑村一个耕读之家。

幼年的成长经历中，梁启超深受祖父影响。据资料记载，每年上元佳节，祖父都要携诸孙来到当地一座庙宇，对着庙内绘有忠臣孝子的图画，“指点而示之曰：‘此朱寿昌弃官寻母也，此岳武穆出师北征也。’岁以为常。”位于新会南端出海处的崖门，是南宋将亡时宋军与元军最后激战至覆灭的古战场。每年清明祭扫路过崖门时，祖父总爱向儿孙讲述当年南宋宰相陆秀夫背着幼主投海殉国的情景。这些历史人物的爱国精神，深深地激励着童年时代的梁启超。

在新会人眼里，梁启超是个不折不扣的神童。当地流传着许多梁启超幼时出口成章的故事。有一次，他爬梯子玩，看到祖父站在梯子下，便天真地唱道：“有人在平地，看我上云梯。”还有一次，梁启超给来访的客人敬茶，客人随口说了句：“饮茶龙上水。”梁启超应道：“写字狗扒田。”两个人用的都是新会俗语。客人诵“东篱客采陶潜菊”，梁启超即对“南国人怀召伯棠”。才思之敏捷令人惊叹。

梁启超“八岁学为文”“九岁能缀千言”，10岁前往广州应童子试时，当众以盘中咸鱼为题作诗，“神童”之名传遍乡里。12岁考中秀才、17岁考中举人，他曾令授业先生发出“吾不能教之矣”的感叹。一度沾沾自喜的梁启超，直到18岁第一次领教到康有为“新学”的“大海潮音”，才如“冷水浇背”，毅然舍去旧学，以举人之尊，拜当时只是秀才身份的康有为为师，走上了经世致用、救国维新的道路。

梁启超积极参加康有为组织的“公车上书”变法请愿活动，是康有为所设立的强学会中的积极分子。1896年1月20日，强学会终被禁封。但他并未灰心。不久，他被召往上海，创办《时务报》，登上更加广阔的历史政治舞台。

开办之初，人手缺乏，梁启超拳打脚踢，独立支撑《时务报》，为建立和巩固这块阵地做了极大的努力。他曾回忆说：“计当时一人所任之事，自去年以来，分七八人始乃任之。”

《时务报》创办之初即有明确的宗旨，“广译五洲事，详录各省新政，博搜交涉要案，俾阅者周知全球大势，熟悉本国近状”，以“开民智而雪国耻”。梁启超则以极大的精力宣传变法理论，著一长篇文章《变法通议》，全文分13章，连载43期，系统地阐述了他的变法主张，成为资产阶级维新派的纲领性文件。

在《变法通议》和这以后一系列文章中，面对帝国主义疯狂侵略和清朝日益腐败所造成的民族危机，他大声疾呼亡国危险，呼唤人们改弦更张，变法自强，奋起御侮，救亡图存。如他在《南学会叙》中说：

> 敌无日不可以来，国无日不可以亡。数年以后，乡井不知谁氏之藩，眷属不知谁氏之奴，血肉不知谁氏之俎，魂魄不知谁氏之鬼。

这些感情激越、声泪俱下的文字，产生了广泛的社会影响，对沉睡的中国起了一种振聋发聩的作用，他宣传的“凡在天地间者莫不变”的公理，凌厉地批判了“天不变道亦不变”的顽固理论，在中国近代第一次思想解放的浪潮中，立下了不可磨灭的功勋。

梁启超声名鹊起，《时务报》也风靡海内外，数月之间，发行量从几千份上升到12000余份，为中国有报以来所未有，举国趋之。作为维新运动的领袖，“康梁”并称，也正起于此时。

当时在中国这块土地上，维新变法已成时尚。湖南因谭嗣同、唐才常等人的倡导，得到巡抚陈宝箴父子及署理臬司黄遵宪、学使徐仁铸的同心协力，创立了南学会、时务学堂和《湘学报》。根据《东华续录》记载，时务学堂“延聘学兼中西品端识卓之举人梁启超、候选州判李维格为中学、西学总教习”。他们译书、撰文，激励士民爱国之心，培育许多实用之才。自立军领袖唐才常、林圭等“庚子六君子”及著名爱国将领蔡锷等都是梁启超的学生。

1898年4月，康有为同梁启超在北京发起成立了由维新人士和帝党官员组成的保国会，在他们的积极推动下，光绪皇帝于6月11日颁布《定国是诏》，宣布变法。然而，由于陆续颁布的一系列谕令新政代表了新兴资产阶级的利益，为封建顽固势力所不容，变法仅历时103天就失败：光绪帝被囚，戊戌六君子遇难，康有为逃到英国使馆，梁启超逃到日本。当时谭嗣同尚未被捕，但他已下定决心以自己的流血牺牲唤醒国人的救国之心，终至为理想而捐躯。

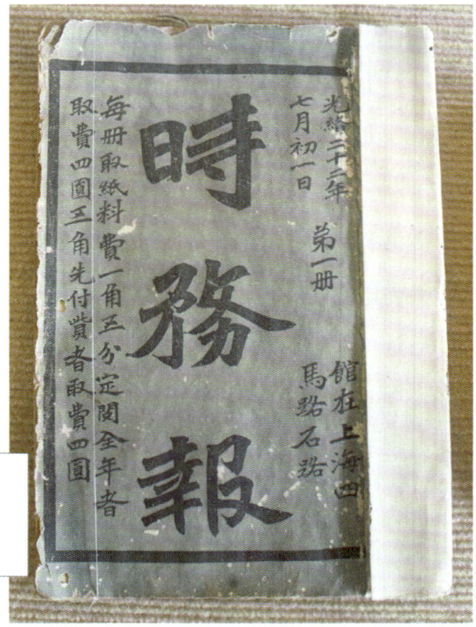


1896年，梁启超出任《时务报》主笔

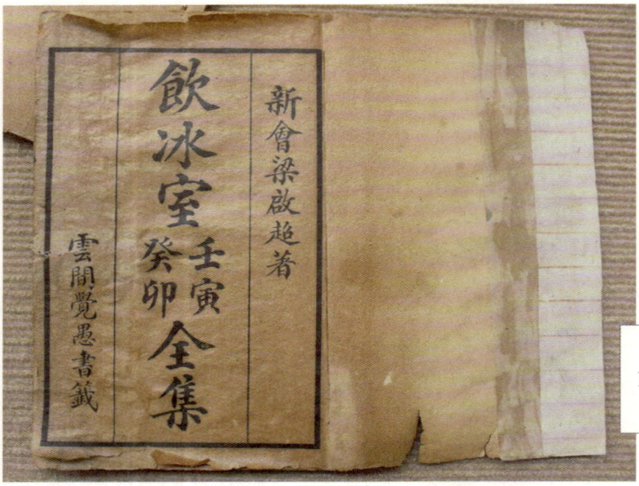


1904年出版的《饮冰室全集》

在日期间，梁启超一边如饥似渴地学习日本翻译过来的《法国革命史》《美国独立史》《民约论》《万法精理》等书，一边创办了七八种报纸，最著名的是《清议报》《新民丛报》和《新小说》。《清议报》创刊于1898年12月23日，离政变发生才三个月。关于办报目的，梁启超在《清议报叙例》中说："为国民之耳目，作维新之喉舌。"《清议报》出满100期，到1901年11月11日停刊。在这三年里，梁启超发表了《论变法必自平满汉之界始》《尊皇论》《爱国论》《少年中国说》等30余篇政论文章，《戊戌政变记》《中国近十年史论》等专著，《饮冰室自由书》《汗漫录》等专栏作品。

这些作品，在"主持清议"的旗帜下，猛烈地攻击慈禧、荣禄主持下的黑暗朝政，称他们为"逆后贼臣"，同时也卖力鼓吹"尊皇"，力主归政。此外还大声疾呼宣传救亡，并且帮助读者了解世界大势和帝国主义列强的对华政策，深刻指出中华民族面临的严重局势，进一步宣传民权思想，抨击专制，提倡爱国精神。在"开启民智"的旗帜下，多方面介绍并鼓吹西方资产阶级的各种思想观念，包括独立与合群、自由与制裁、自信与虚心、破坏与成立等资产阶级的社会道德规范，帮助广大知识青年打开了眼界，起到巨大的启蒙作用。

事实上，支撑梁启超一生学术的有两大思想主流。戊戌之前，主要是三世之义，接受自康有为，要旨在于从固定已有的传统文化思想中求变。戊戌后抵日，读书问学，渐感旧说不敷所用，因而求助于西学、西理。他发现民权、自由、进化之说实为西方富强之由的三大支柱，便广泛地宣传介绍。他自己也常以孟德斯鸠、卢梭自命，决心担起开启民智、促进改革的责任，终于成为一代卓有影响的资产阶级启蒙思想家和宣传家。

在日本的那段时间，梁启超革命意识非常强烈，已不用带有康门印记的“任庵”为号，而改曰“任公”。他不让《清议报》刊登保皇会文字，而是发表了一系列的《自由书》和攻击清廷的文章。《清议报》深受读者欢迎，据说只有一位“女读者”读后捧报大哭，说是太糟蹋她了，其人即为慈禧。

## 推新文体启民智

革命的热情在梁启超胸中躁动，他看着旧中国的一切都不顺眼，他恨不得将整个世界都翻转过来。所以，在1899年到1902年间，他接连提出政治革命、文界革命、道德革命、史学革命、诗界革命、小说界革命等口号。

1915年梁启超创办并主编《大中华》月刊

在政治方面，梁启超虽然曾经赞成排满共和，但公开宣传的主要还是君主立宪，虽然也属资产阶级革命范畴，也有一定的进步意义，但在当时中国的情况下，毕竟迂缓难行，终于落在时代主潮之后。道德革命和教育革命远非朝夕可见成效。只有文学革命取得了巨大的成功，口碑载道，信而有征。他一方面要求文章的内容适应时代的需要，一方面要求文章的形式雄放隽快，平易畅达，且从他自己开始实践。

梁启超新文体的特点，正如他自己在《清代学术概论》中所总结的："启超夙不喜桐城派古文，幼年为文，学晚汉魏晋，颇尚矜炼。至是自解放，务为平易畅达，时杂以俚语、韵语以及外国语法，纵笔所至不检束，学者竞效之，号'新文体'。然其文条理明晰，笔锋常带情感，对读者别有一种魔力焉。""至是"，是指至《新民丛报》和《新小说》杂志之时，因为新文体在《新民丛报》时期发展到顶峰，且流行于社会，故又称"新民体"。

梁启超这种带有"策士文学"风格的"新文体"，成为五四以前最受欢迎、模仿者最多的文体，而且至今仍然值得学习和研究。他写于1905年的《俄罗斯革命之影响》，文章以简短急促的文字开篇，如山石崩裂，似岩浆喷涌："电灯灭，瓦斯竭，船坞停，铁矿彻，电线斫，铁道掘，军厂焚，报馆歇，匕首现，炸弹裂，君后逃，辇毂塞，警察骚，兵士集，日无光，野盈血，飞电刿目，全球挢舌，于戏，俄罗斯革命！于戏，全地球唯一之国遂不免于大革命！"然后，以"革命之原因""革命之动机及其方针""革命之前途""革命之影响"为题分而析之，丝丝入扣。

梁氏新文体的推广和普及，影响和改变了整整一代文风。严复称："任公妙才，下笔不能自休，其自甲午以后，于报章文字，成绩为多，一纸风行海内，观听为之一耸。"黄遵宪认为他"惊心动魄，一字千金；人人笔下所无，却为人人意中所有，虽铁石人亦应感动。从古至今，文字之力之大，无过于此者矣"。胡适对梁启超崇敬之至，他曾讲："使无梁氏之笔，虽有百十孙、黄，岂能成功如此之速耶！（指辛亥革命）"那个时代的年轻一代知识分子，几乎无一不受梁启超思想和文字的洗礼。毛泽东每当在《新民

1923年梁启超与梁思永（右）、梁思达（左）合照

丛报》上看到梁启超的文章，都要反复地阅读。郭沫若认为梁任公在当时不失为一个革命家的代表，“在他那新兴气锐的言论之前，差不多所有的旧思想、旧风气都好像狂风中的败叶，完全失掉了它的精彩”。

吴其昌在《梁启超》中说：“就文体改革的功绩论，梁氏第十六年来的洗涤与扫荡，新文体的体制、风格，乃完全确立。国民阅读的程度一日千里，而收到神州文字革命成功之果了。”

梁启超倡导的文学革命，具有深刻的社会根源和广泛的群众基础，符合社会与文学发展的客观规律。它是资产阶级革命时代的产物，是资产阶级革命的一个组成部分。实际上，这场资产阶级文学革命比政治革命取得了更大的成功。

晚清文学革命运动的意义还在于给五四运动前夕的新文化运动以直接影响，为新文化运动开辟了道路，成为从古代文学到现代文学的过渡桥梁。

## 著述讲学开新风

民国初期，是北洋军阀统治时代，中国社会曲折复杂多变。梁启超在日本流亡15年，极其兴奋地回到祖国，希望能一展自己的政治抱负。他先后在袁世凯和段祺瑞政府中担任司法部长和财政部长，但都不到一年就退出来。军阀任意横行、鱼肉百姓、污辱民国，官场中，顺此风潮者，则优而容之，逆之则锄而去之。在这样的环境下，虽然他自己也组织学会、组织党派，希望有所作为，但在军阀混战中，终难实现抱负。

于是，他决定退出政界，专心学术。

1918年底，梁启超赴欧洲游历。这次欧洲之行，他的思想发生了极大的跃进。在欧洲的一年多时间，梁启超在英国和法国停留时间最长。他参观了欧洲的国会、银行、商会、教堂、农村、城市，对欧洲社会进行了认真的观察，收获颇丰。他在欧洲的所见所闻也引发了新的思考。那时正是第一次世界大战后，欧洲十分萧条。恰逢天气寒冷，烧的煤比金子还贵，人民生活十分困苦。梁启超感慨，欧洲文明源远流长，又一向以个性解放、自由、法治著称，怎么会发生世界大战这种灾难，怎么会有这样混乱的社会状况。

旅欧期间，梁启超还参加了正在法国举行的解决一战后国际问题的巴黎和会。会上，美、英、法等战胜国列强不顾中国利益，将原德国在山东的权益全部交给日本。这让梁启超对西方各国大失所望。

根据见闻，梁启超提出东西文化各有所长，应取长补短，认为“救知识饥荒，在西方找材料；救精神饥荒，在东方找材料”。由此可见，梁启超对客观事物的看法并不因循守旧，而是采取宽容而开明的态度。在欧洲游历期间，他还不失时机地学习了法文、英文、拉丁文。

1920年春，梁启超从欧洲归国，从此进入了一个以著述讲学为主的新时期。

1920年，蒋方震著《欧洲文艺复兴时代史》，请梁启超作序。孰料梁启超下笔不能自休，一写即成数万言，篇幅几乎与原书相等，只好独立出来，单独出版，这就是著名的《清代学术概论》。1923年冬，梁启超在清华讲中国学术史，讲稿后集编为《中国近三百年学术史》，次年出版，为《清代学术概论》之姊妹篇。二书对于探索17至19世纪的中国思想学术史，至今仍有不可代替的参考价值和史料价值。

1920年回国后，梁启超开始集中地、系统地研读佛经，并围绕佛学这个专题，先后写了三十几万字的文章，不乏有创见的观点和有价值的考辨。1920至1921年期间，他还集中研究过墨子，1921年，脱稿成《墨子学案》一书，对墨子给予很高的评价，在许多观点上有超越前人的真知灼见。

梁启超对于中国历史的兴趣是相当广泛的。他曾有志编写一部大型综合的《中国通史》，虽因种种原因而未成，却也写下几十万字的有关文章。他还立志编著一部包罗万象的《中国文化史》，只可惜天不假年，仅留下一份草拟的全书目录。

他不仅致力于实际历史问题的研究，而且重视史学理论的建树。早在20世纪初，他就写了《中国史叙论》《新史学》等著作。1921年，他在南开大学讲中国历史研究法，第二年将讲义整理出版了《中国历史研究法》。1926年又出版了《中国历史研究法补编》，这两部书是梁启超关于历史理论的代表作，也是中国近代资产阶级的史学理论经典。

在这一时期内，梁启超进行了一些纯文学的理论和实际研究，并留下一批可贵的成果。梁启超之讲学、著述，不仅以全心为之，而且以全力为之，刻苦勤勉，无时或怠。晚年多病还常带病登堂，或至呕血。

梁启超的言行对当时的学生影响深远。著名文学家梁实秋早年在清华就读，他晚年还能回忆起听梁启超先生讲演的经历：“在一个风和日丽的下午，高等科楼上大教堂里坐满了听众，随后走进了一位短小精悍秃头顶宽下巴的人物，穿着肥大的长袍，步履稳健，风神潇洒，左右顾盼，光芒四射，这就是梁任公先生。”“先生的讲演，到紧张处，便成为表演。有时掩面，有时顿足，有时狂笑，有时叹息。讲到他最喜爱的《桃花扇》，讲到‘高皇帝，在九天’那一段，他悲从中来，竟痛哭流涕而不能自已。讲到‘剑外忽传收蓟北，初闻涕泪满衣裳……’，先生又真是于涕泗交流之中张口大笑了。”

梁实秋最后感叹道：“像先生这样，有学问，有文采，有热心肠的学者，求之当世能有几人？”

梁启超54岁时留影

1927年，梁启超身体大不如前，以便血病到协和医院求治，医生首谓病灶在牙，尽拔其牙；继谓病灶在肾，又割去一肾，从此委顿，精力大减。到1928年下半年，病益加剧，然仍不肯休息，卧病榻犹著《辛稼轩年谱》以自遣。1929年1月19日因病溘然长逝，享年56岁。

梁启超曾有一句名言，“战士死于沙场，学者死于讲席”，他真的做到了。

（黄河方）

专家
点评

# 一位不能忘情政治的学者

夏晓虹（北京大学中文系教授）

后人虽然加给梁启超很多“封号”，但实际上最根本的，也为梁启超所承认的，是政治家与学者这两重身份，其他各种头衔都可以分属其下。

梁启超的一生大体可以1917年底脱离政界为标志，划分为从政与治学两个时期。在我看来，梁启超本质上还是个学者，他自己也承认，“两样比较，学问味兴更为浓些”。只是他所处的是一个救亡图存的时代，外在的形势促使感情激越的梁启超走上了政治之途。

梁启超曾自我反省，认为自己只能做“理论的政治家”，而不能适应“实行的政务家”的角色。因为政治理想可以很纯净，而现实政治并不干净。一旦进入官场，也就丧失了批判的立场，必须遵守另一套游戏规则，结果不是同流合污，就只能急流勇退了。梁启超最终选择了后者，用他的话说，就是“做个学者生涯的政论家”；按照我的理解，是成了一位不能忘情政治的学者。

## 但开风气不为师

学界对梁启超学术成就的评价存在不同看法，这很正常。我自己考虑的一个基本前提是，不以今天的标准衡量前人，而应该设身处地，回到历史现场。梁启超确实不断在自我检讨："吾学病爱博，是用浅且芜；尤病在无恒，有获旋失诸。"但他并不能改，或者很可能是并不想改。而这种不断扩张、转移的学术兴趣，使他在收获"浅芜"的同时，也不断寻找到新的学术生长点。梁启超的"爱博"与"无恒"，都是因为被新学说、新学科、新学理、新材料所吸引，趋新求新才是其兴趣转换背后的真正动力。举例来说，即使同样一门课程，在南开讲过的中国历史研究法，再到清华授课时，内容和结构已完全改变，这才有了现在留下的《中国历史研究法补编》。而许多新的学术课题，也正是由于梁启超的发现与开拓，才吸引了众多的后来者。

梁启超这种治学领域广博的学者，现在称之为"百科全书式"，传统的说法则是"通人"。"通人"是很难达到的境界，所以，在这个意义上，我才认为梁启超对于"爱博"与"无恒"未必是要真心戒除，反而会有些得意。《清代学术概论》中，梁启超有一段以第三人称口吻所作的自我审视：一方面他承认自己的"务广而荒"，参与造成了"晚清思想界之粗率浅薄"；但另一方面，他也肯定，"以二十年前思想界之闭塞委靡，非用此种卤莽疏阔手段，不能烈山泽以辟新局"。所以，他自许为"新思想界之陈涉"，或者用他喜欢征引的清代诗人龚自珍的诗句表述，就是"但开风气不为师"。

## "新文化"是他追求的终极目标

梁启超集政论家与学者于一身的著述，使他始终承担了启蒙者的角色。假如稍加区分的话，或者可以说，从政时期，梁启超的贡献更多在思想启蒙，讲学时期则更多在文化启蒙。而无论是在推动社会变革，还是对研究范式的转化上，梁启超的影响都是有目共睹、功不可没的。

梁启超出生在晚清，那是一个西学东渐、中西文化冲突与交融的时代。固守传统文化者不乏其人，但梁启超选择顺应时代潮流，甚至引领潮流，无疑具有前瞻性。1902年，他在《论中国学术思想变迁之大势》中提出过一个流传甚广的比喻：“二十世纪，则（东西）两文明结婚之时代也”，他希望同胞以隆重的仪式“行亲迎之大典”。到1920年游欧归来，梁启超的主张已从输入西方文化转为输出中国文化，这就是他在《欧游心影录》中表达的“中国人对于世界文明之大责任”。不过，这两个工作是连贯的，先是“拿西洋的文明来扩充我的文明，又拿我的文明去补助西洋的文明”，然后，才可以“化合起来成一种新文明”。所以，这种“新文明”或“新文化”，才是梁启超所追求的终极目标。这其实也是现代有眼光的学者共同的体认。

## 他指出中国人认识西方文化的三个阶段

耿云志（中国社会科学院学部委员、近代史研究所研究员、中国现代文化学会会长）

梁启超最早总结出中国人认识西方文化的三个阶段：

第一期，从器物上感觉不足，需要向西方学习。于是有器物与技术工艺的引进。第二期，从制度上感觉不足，需要向西方学习。于是有戊戌变法与辛亥革命，改变国体。第三期，从文化根本上感觉不足，需要向西方学习。于是有新文化运动，要从思想、伦理道德上进行一番改革。

梁启超身历所有这三个阶段。前两个阶段，他都充当了先锋和领袖。最后一个阶段，他也不是一个落伍者，他在相当程度上支持或附和了新文化运动。而且应当指出，早在清末，即第二阶段的时期内，梁启超已经超前地做了一些后来新文化运动时期所做的事情。例如他的《新民说》，强调先有新民而后才会有新制度，提倡自由主义，高扬自我，批判专制主义等等。正因为这些情况，所以，新文化运动一开始，胡适、钱玄同等即认为梁先生是他们的同盟者。

# 匠心赏析

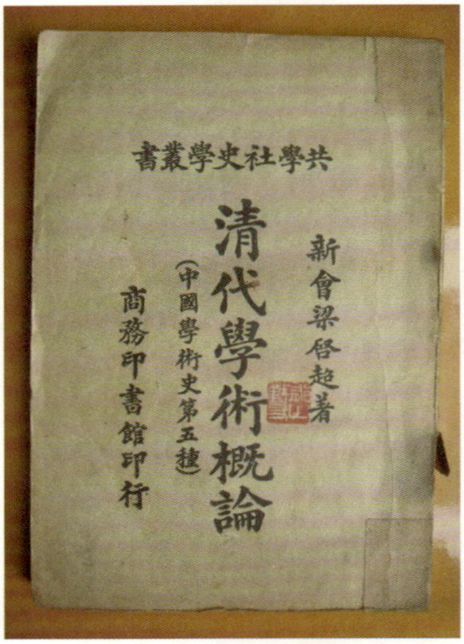


▲ 《清代学术概论》

## 张勇（清华大学历史系教授）

由被刻意渲染和广为流传的梁启超撰述《清代学术概论》缘由的轶闻看来，《清代学术概论》这一清学史经典的问世，似纯属“偶然”。但通过对《清代学术概论》著述背景的梳理，及对其核心概念（“文艺复兴”）、叙述重点（以考据学和今文学为清学两大潮流）等的解读，可以发现《清代学术概论》之作，又绝非率意所为，而是与此一时期任公的心思、志业，有着深刻的契合。此外，围绕《清代学术概论》而发生的梁启超与胡适之间的种种人事纠结，则显示了“新文化运动”中的派分及彼此竞争的面相。凡此皆表明，《清代学术概论》之作的貌似“偶然”中，实有着由来有自的“必然性”。

梁任公三十自述
新中國未來記
上海經緯書局印行

▲　《新中国未来记》

汤克勤（嘉应学院文学院教授）

梁启超受康有为的启迪，以“魁儒硕学，仁人志士”的外国小说家为榜样，亲自创作小说《新中国未来记》，以其创作实践向国内小说家示范，又以“小说界革命”理论，引导越来越多的士人加入小说家队伍。《新中国未来记》的创作及其思想内容和人物形象，都表明梁启超转型为一个近代知识人。作为向知识分子转型的士大夫，梁启超身上明显存在新旧杂糅的痕迹，这正是中国传统之士向现代知识分子转型时普遍存在的特征。

▲　《新大陆游记》（节录）

张驰（北京师范大学文学院教授）

1903年，梁启超游历北美大陆10个月后写成《新大陆游记》，该书除了对于北美的共和政体进行了详细考察之外，还对于北美大陆的自然风光、社会文化环境有丰富的描写，尤其对在美国生活的华人群体所代表的国民性有进一步反思。从《新大陆游记》中，不仅可以看出梁启超本人在政治思想上的转向，同时也可以看出以他为代表的晚清一代知识分子在文学、文化改良革新上的努力和局限。

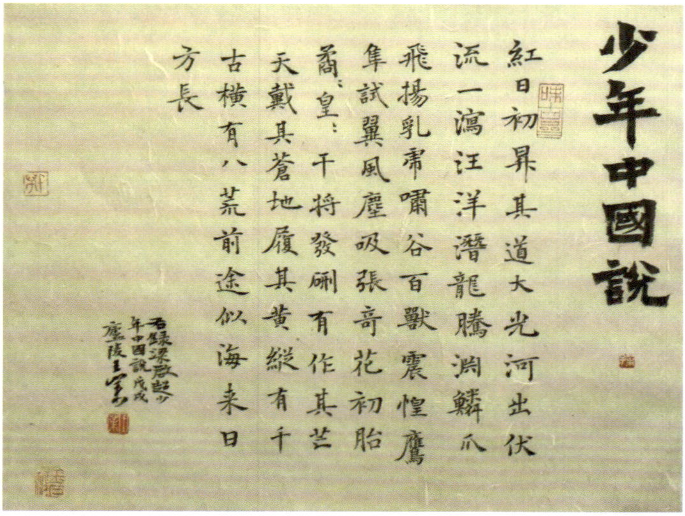


▲　《少年中国说》

**冯恩大（山东省青年管理干部学院文化传播系副教授）**

梁启超出于忧国忧民的认知与情怀，在《少年中国说》中表达了一种启蒙立场的民族主义。忧国之心生发其民族主义的救亡呼吁，忧民之心昭示其民主主义的启蒙立场。致力于国家救亡的民族主义意识与致力于民众启蒙的民主主义意识交相并存，贯穿于20世纪中国历史的两个主旋律都在此文中回旋激荡。学界应该重视此文发自启蒙立场的民主主义内涵，借以引导读者思考现代国家的少年应是怎样的少年、应该具有怎样的国民品质。

# 苏曼殊：契阔死生君莫问 行云流水一孤僧

苏曼殊（1884—1918），原名戬，字子谷，学名元瑛，法名博经，法号曼殊，笔名印禅、苏湜。广东香山（现珠海市前山镇南溪乡沥溪村）人。

苏曼殊1884年出生在日本横滨，父亲为在日华商，母亲是日本人。五岁时随嫡母归国。1898年回横滨，先后在大同学校、早稻田大学学习，参加过中国留学生爱国组织。1903年回国任教于苏州吴中公学，后到上海参加《国民日日报》工作。不久在番禺雷锋山海云寺出家为僧。1904年南游暹罗、锡兰，学习梵文。1906年夏到芜湖皖江中学、安徽公学执教。1907年在日本与章太炎、陈独秀等组织亚洲和亲会，共抗帝国主义。1909年再度南游，任教于爪哇中华学堂。1909年加入南社。辛亥革命后归国，参加上海《太平洋报》工作。1913年发表《反袁宣言》，历数袁世凯窃国的罪恶。1918年5月2日，在上海病逝，年仅34岁。

# 艺术观

◎尝谓诗歌之美，在乎气体；然其情思幼眇，抑亦十方同感。

◎夫文章构造，各自含英，有如吾粤木棉、素馨，迁地弗为良。况歌诗之美，在乎节族长短之间，虑非译意所能尽也。

——苏曼殊

# 创作之路

## 凄凉身世：世上飘零谁似我

苏曼殊1884年10月9日出生在日本横滨。父亲苏杰生是广东香山人，在横滨经营茶叶生意，娶了一个日本妾叫河合仙，又与其妹河合叶子私通，生下苏曼殊。苏曼殊出生未足三月，叶子便被迫断奶离开苏曼殊另行嫁人，将苏曼殊交给河合仙抚养。五岁时苏曼殊与养母分离，随嫡母黄氏归国，回苏家的祖宅——广东省珠海市前山镇南溪乡沥溪村生活。苏曼殊很早便展露绘画天分，他四岁在东京动物园看到狮子后，“伏地绘狮子频伸，状栩栩欲活”。五岁从横滨回香山，途中能将所乘汽船画下来，七岁在村塾“画公仔（公鸡）鹊鸟等甚好”。

因为没有母亲庇护，又顶着混血儿兼私生子的身份，苏曼殊在苏家屡遭庶母大陈氏等的欺凌和族人白眼，“广中重宗法，族人以子谷异类，群摈斥之”，孤独无依，屡受欺凌，幼小心灵遭受极大伤害。在苏曼殊九岁时，家道中落，父亲生意失败后从日本返乡，后带着大妾陈氏及她所生三个女儿去了上海找商机，而苏曼殊被留在家乡。开始有风言风语传他不是苏杰生的亲生儿子，加上甲午之战的民族仇恨，使苏曼殊的处境越发艰难。在他12岁的时候，一次因发烧卧床一个多月，掌家的婶婶竟认为他病入膏肓，将其放在柴房等死。

顽强恢复起来的苏曼殊1896年离开苏家，随二姑母到上海投靠父亲，至此以后再也没有回过沥溪老家。童年缺乏温暖、在苏家受尽欺凌的遭遇使他深深怀疑自己的血统和存在意义，他两度出家，潜心钻研佛学，在诗歌、杂文、小说中书写痛苦，伤感不可知的身世："生身阿母无情甚，为向摩耶问夙缘"，"屡云身世有难言之恫，言哀已叹，感怆万端"。而对于外人的好奇询问，他则讳莫如深，当好友刘三当面询问他究竟是中日混血儿还是日本人时，苏曼殊回答："这不成什么问题，马马虎虎就算了。"柳亚子只好说："苏曼殊是一个浪漫的文学家，连他家世的传诉，也是很浪漫的。他从没有明白地告诉别人。"

## 初恋夭折：涉江谁为采芙蓉

在上海跟随西班牙籍老师庄湘学习英文两年后，1898年春，苏曼殊随表兄林紫垣奔赴日本横滨，入读维新运动领袖康有为的弟子徐勤、汤觉顿等在此创办的大同学校，入乙级班学习中文。15岁的苏曼殊"常于暇时绘僧像，学念经，以为乐。所着之衣，所剃之头，一举一动，酷类僧人"，被笑称为"苏和尚"。但他笔法挺秀的画作让人称奇，"绝无师承，而下笔似老画

苏曼殊与养母

家”，由于学校缺美术教员，苏曼殊便被推荐兼教美术，梁启超及各教员编辑的各种课本，其中插图大半出自苏曼殊手笔。这个时候他受到西方美术的影响，绘画开始了兼容中西的独特画法。

在横滨求学期间，苏曼殊与阔别多年的养母河合仙重逢。在随河合仙去老家逗子樱山村小住的时候，他与邻居一位日本女郎相爱了，这段浪漫而传奇的邂逅极大抚慰了漂泊浪子的孤独与寂寞。但苏曼殊的叔叔认为有伤风化而对曼殊严加惩戒，并到姑娘家对其父母大肆指责，姑娘蹈海殉情。初恋失败后，苏曼殊心灰意冷，突然中断学业回国，到广州蒲涧寺出家，还以自刎要挟方丈为其剃度。然而“以情求道”，脚在空门内，心在空门外，注定这次未遂的出家不过是走个过场，很快苏曼殊又重返大同学校上学。

## 革命激情：国民孤愤英雄泪

20世纪初的中国面临内忧外患，国家羸弱，清廷腐败无能，八国联军铁蹄踏入中国。觉醒的知识分子掀起到日本学习先进思想文化的热潮，同时国内受到镇压迫害的爱国志士也纷纷逃亡日本养精蓄锐，早稻田大学成了反清革命志士云集之地。

1902年从大同学校毕业后，苏曼殊转入东京早稻田大学高等预科中国留学生部。特殊的身世使他对社会黑暗有深切感受，在同学冯自由的介绍下，苏曼殊加入陈独秀、蒋百里等酝酿成立的“以民族主义为宗旨，以破坏主义为目的”的“青年会”，这是他“与革命团体发生关系之开始”。1903年转入成城学校学习陆军学术，先后加入拒俄义勇军、学生军、军国民教育会，军国民教育会的宗旨是“尚武”和民族主义，他和廖仲恺等人组织留学生每天清晨到树林密练射击。组织要求会员每月义务捐款会费4角，苏曼殊一个月只有10元生活费，却每月缴纳1—2元会费。

资助他学习的表兄在得知他参加革命活动后，断绝经济支持。没有经济来源的苏曼殊于1903年回国，在苏州吴中公学教绘画、英文，结交了包天笑、汤国顿等人。苏曼殊的革命热情一直保持，他为包天笑画扇面《扑满图》，一个孩子在敲他的存钱罐，一语双关，寓藏强烈的反满情绪。后在《国民日日报》上发表《留别汤国顿》二首，吟到"易水萧萧人去也，一天明月白如霜"，则用了荆轲刺秦王的典故，表达一种誓死抗争、义无反顾的决心。

10月，得知陈独秀、章士钊在上海创办《国民日日报》后，苏曼殊旋即加入。在短短十几天里，他纵横文笔，激扬文字，写了《女杰郭耳缦》《呜呼广东人》两篇语调急切的革命文学。《女杰郭耳缦》讽刺封建皇帝，赞扬倡导无政府主义的郭耳缦的革命精神；《呜呼广东人》则是不满广东人向英国人摇尾乞怜，给维多利亚纪念碑捐款颇为踊跃，对国内灾变却无动于衷。他还在陈独秀建议下，着手翻译雨果的小说《悲惨世界》，起名《惨世界》在《国民日日报》上连载。这篇翻译小说的独特之处在于他不愿受原著束缚，从第七回的后半回到第十三回的前半回，另起炉灶，塑造了一个革命侠士明男德，大骂皇帝是"独夫民贼"，"孔学是狗屁不如的奴隶教训"，借翻译搞创作，巧妙地表达了对社会黑暗、腐朽的有力揭露、批判和对革命的坚决呼唤。可贵的是，明男德不是符号化的革命人物，他不仅有为革命献身的坚定意志，同时也有血肉，有情感，与孔美丽的爱情颇为动人。可以说，明男德这个形象是中国近代文学史上最早塑造得较为成功的革命者形象之一。

值得一提的是，由于身世和经历的影响，苏曼殊小时没有系统地学习过中国语言，写字缺笔少画，文法有缺陷，音韵、平仄尤其一窍不通，到上海后才在陈独秀、章士钊的指导下学做古诗，习作开始由陈独秀改正，继而由章士钊校正，不过稍加点拨文笔便判若两人，很快，写出的诗"出语殊妙"、浑然天成。《惨世界》翻译虽然经过陈独秀的润饰，但主体是苏曼殊独立完成，他的天赋异禀，可见一斑。

## 漂泊无定：野鹤无粮天地宽

1903年12月，《国民日日报》因为内部工作权限问题闹矛盾，报纸停刊。苏曼殊不顾陈独秀等人的劝阻，偷偷拿了章士钊的钱，去香港投奔担任

《中国日报》编辑的陈少白，这是他后半生足迹飘零、居无定所的漂泊人生的开始。

苏曼殊并未在陈少白处逗留多久，便拿了陈赠与的十多金离去，到番禺雷峰山海云寺受戒，落发为僧，随后到惠州一座古庙挂单，这是苏曼殊第一次正式出家。

由于当时苏曼殊无论是杂文、诗、画还是小说，向世人展现的是一颗充满激情乃至胸怀激愤的革命的文心，因此对于他突然出家的原因，研究者一直众说纷纭。但有共识的一点是，苏曼殊生性浪漫，率性而为。性格上难以抵挡俗世诱惑，贪吃、多情，情怀上对民族民主革命永远保持初心、充满激情，同时又是个心灵上的信仰者，终身伴随着对佛的研究和对禅的参悟。情爱、佛禅和革命，众多矛盾体在他身上毫无障碍地共处切换，亦成就他独特的人格和行为方式。

1904年春，出家不过几个月的苏曼殊忍受不了佛地生活清苦，便偷了已故师兄的度牒和寺庙仅存的银洋二角，回到香港投奔陈少白。因不耻保皇党领袖康有为私吞海外捐款，不兑现抚恤失败党人的行为，向陈少白借枪准备暗杀康有为，经陈少白力劝方作罢。3月，他的父亲病重，希望他能回去侍奉，但苏曼殊拒绝，父亲去世后，他跟苏家彻底断绝往来。在朋友的资助下，苏曼殊出发到南洋诸佛教圣地游历，足迹遍布泰国、斯里兰卡、越南。在泰国曼谷青年会随乔悉磨长老学习梵文，在经越南回国时，他受臂戒，再次皈依佛门。

7月回国后，苏曼殊先后受聘于湖南实业学堂、南京陆军小学、长沙明德学堂、芜湖皖江中学等，“所往还者类多革命豪俊”，结交了杨性恂、杨笃生、赵声、刘三、邓绳侯等一批青年志士，明德学堂学生中有后来出名的陈果夫。在与陈独秀结伴去日本探访母亲时，结识了章太炎、汪东。他积极参与民主革命，参与策划华兴会长沙起义，加入光复会成为中坚力量，但同时性情孤僻，平时少与人来往，行迹飘忽，在一处居住，必不超过一年半载。杨性恂回忆：“香山曼殊居士，……娴文词，工绘事，然亦不常落笔，或绘竟，辄焚之。忽一日，手筇杖，著僧服，云游衡山，则飘然去矣。”

## 潜心译作：可能异域为招魂

1907年2月，苏曼殊随刘师培夫妻东渡日本，在东京《民报》社居住，与章太炎、陈独秀交往甚密。这时期苏曼殊时与志同道合的章太炎、刘师培聚谈佛学与国学，潜心梵文之研究和输入，得章太炎、陈独秀大力支持，编成《梵文典》。《梵文典》系删订英国麦克斯•穆勒（Max Müller）《梵语释》而成，底本即由陈独秀提供。编撰的初衷是："顾汉土梵文作法，久无专书。……惟唐智广所选《悉昙字记》一卷；然音韵既多龃龉，至以文法，一切未祥；此但持咒之资，无以了知文义。"所以他要编一本学习掌握梵文的工具书，消除语言隔阂。国学大师章太炎和刘师培为此书作的序，陈独秀作诗"千年绝学从今起，愿罄全功利有情"，誉佛学为"千年绝学"，称梵文为"天语"，盛赞曼殊于众生浑噩之际超拔尘世。

1909年春夏间，章太炎于智度寺开办梵文讲习班，聘请印度人密尸逻担任讲师。苏曼殊为密尸逻翻译。鲁迅和周作人都曾参加这个讲习班。周作人回忆："这梵文班大约我只去过两次，因为觉得太难，恐不能学成，所以就此中止了。"但其实苏曼殊跟随梵文老师学习时间也不到一年，其余均靠自学悟通。

1907年后，苏曼殊进入文学译介高产期，先后出版四个诗歌译集，全首刊海外：英译汉诗集《文学因缘》是近现代以来中国最早的中英诗歌合集，搜集英译汉诗非常广泛，包括Candlin、James Legge（理雅各）所译《诗经》全部和伯夷、叔齐、百里奚、箕子等的大量诗作，还收集了Middle Kingdom、Francis Davis的译本，"以证异同"；Giles翻译的李白、杜甫、班固、王昌龄、张籍、文天祥的名篇，Mercer的《采茶诗》等；另有诸篇取于群集，没有传译者姓名。第二部《潮音》为英汉诗曲互译和英吉利闺秀诗选，该选本收汉译英诗又收英译汉诗、收曼殊自己译作又收他人译作、收中国人译诗又收外国人译诗。1914年，苏曼殊将一些西译汉诗和自己的汉译西诗，由东京三秀舍合集为《汉英三昧集》，泰东书局翻印时改为《英汉三昧集》。当时中西文化交流尚在启蒙阶段，苏曼殊的远见令人钦佩。

但苏曼殊最被称道的当属他对西方诗歌的翻译介绍，他是系统地向中国译介拜伦的第一人，还译介了西方其他浪漫主义诗人如彭斯、雪莱、豪易特、歌德等的诗作，范围之广无人比肩。最重要的翻译诗歌集《拜伦诗选》，包括《哀希腊》《赞大海》《去国行》等40多首抒情诗杰作，是我国翻译史上第一本外国诗歌翻译集，因此，Ramon Woon（翁聆雨）、Irvingy（罗郁正）合撰的*Poets and Poetry of China's Last Empire*，以严复、林纾、苏曼殊为清末三大翻译专家。

拜伦在清末民初的中国深受热捧，最早是梁启超翻译了拜伦《唐璜》中有关希腊的一节诗，随后马君武又以七言古诗体重译此诗，取名《哀希腊》，但究其原因，是拜伦诗歌及其本人所散发出来的热爱自由、民主、反抗侵略的爱国主义精神与当时中国本土文学的主流风格高度契合。

苏曼殊虽与马君武的思想一脉相承，也赞美拜伦“以诗人去国之忧，寄之吟咏，谋人家国，功成不居，虽与日月争光，可也！”的革命志士形象，但更多的是从文学审美的角度介绍拜伦的诗歌，他在英文的《潮音自序》里写道：“（拜伦的诗）像种有奋激性的酒，人喝得愈多，愈觉着有甜蜜的魔力……他一生的生活，境遇，与著作，都纠缠在恋爱和自由中。”他称拜伦浪漫才华好比李白，曾做诗“丹顿拜伦是我师，才如江海命如丝。朱弦休为佳人绝，孤愤酸情欲语谁？”旅日期间“泛舟中禅寺湖，歌拜伦《哀希腊》之篇。歌已哭，哭复歌”等等，体现了他与拜伦在情感上的高度契合。

苏曼殊在翻译中以中国格律诗独有的韵味和凝练来阐释拜伦的诗情，比如《去国行》第一节：落日照远海，游子行随之，须臾与尔别，故国从此辞。以中国古诗特有的意象“落日”“游子”“故国”非常自然地融合于译诗中，营造苍凉雄浑的诗境，读之令人动容。批评家张定璜说：“在曼殊前尽管也有曾经谈欧洲文学的人，我要说的只是，唯有曼殊才真正教了我们不但知道并且会悟，第一次会悟，非此地原来有的、异乡的风味。……唯有曼殊可以创造拜伦诗。”

译作之余，苏曼殊积极参与同盟会的活动。1907年与章太炎、陈独秀、张继等组织亚洲和亲会，拟联合被压迫民族，共抗帝国主义，并力倡儒释结合，抵抗西洋文化侵略。还为秋瑾的遗诗作序，赞扬秋瑾以女子身为四生请命，是可歌可泣的英雄事迹。同年和鲁迅等人筹办文学杂志《新生》未果。1908年发表《岭海幽光录》，记述明末清初抗清死难的广东英雄烈士事迹。

## 画以寄情：白水青山未尽思

1907年4月《民报》发行临时增刊《天讨》，苏曼殊为章太炎的《讨满洲檄》配图五幅，从中国历史题材找灵感，以抵御外敌的英雄人物为主题。冯自由称赞所做《陈元孝题壁》和《石翼王饮马》二图，“老练精工，有同名宿，……此才谓非出自天授不可也”。苏曼殊是公认的绘画天才，章太炎称赞他“善艺事，尤工绘画”。然而他对画画非常随意，常常画了就烧掉，而且绝不卖画，“虽槁饿，不以片纸求鬻”。所以一生画作量少，现仅存103幅。

在《民报》的时期是苏曼殊画作较为丰产的一年。除了在《天讨》上发表的五幅配图，他还在刘师培夫妇创办的半月刊《天义》上发表了九幅作品，何震将这些作品连同苏曼殊以前的画，集为《曼殊画谱》一册出版。苏曼殊作了自序，指出以王维为代表的南宗主柔和以李思训为代表的北宗主刚的不同艺术特点，也对中国绘画专事临摹、拘泥古人、缺乏创造性的缺点提出批评，体现了他对传统中国绘画的研究水平。何震在后序中则说，“写象属于惟物，而传神近于惟心”，苏曼殊的画“大抵以心造境，于神韵为尤长”。

苏曼殊最喜欢的景色是峰峦、危岩、孤松、垂柳和残月，加上荒凉的城垣、远方的宝塔或庙宇、茅舍或断桥这种阒无人迹的风景，又善于用立体感、空间感和透视等西洋画的手法来表达国画的意境，使绘画达到一种现代中国绘画里罕见的空灵美。陈小蝶《近代六十名家画传》里评价：“喜画衰柳孤僧，有万水千山、行脚打包之意，真乃诗人妙品。”

苏曼殊的画多有寄意，把沉痛的国家兴亡之感寄寓在咫尺山水画中。

他作过《江山无主月空圆图》，画跋：“花柳有愁春正苦，江山无主月空圆。”这是辛亥革命取得成功以前，他借空月表达亡国之恨的作品。苏曼殊还有个特点，就是不轻易为人作画。朋友为了得到苏曼殊的画出尽法宝。《太平洋报》总编叶楚伧利用苏曼殊贪吃的弱点，将他哄骗反锁到一间放着雪茄、摩尔登糖、五香牛肉等食物的房间，要他画完画才能出来。苏曼殊一边吃一边构思，很快便画出《汾堤吊梦图》。易白沙则是在安庆分别的时候强迫苏曼殊画画，苏曼殊落笔极快，数十分钟便画好一幅。

但是对于许诺过赠画的人，苏曼殊言出必行。他在南京与赵声意气相投，赵声曾向其索画，因苏曼殊去日本而未得。1911年黄花岗起义失败后，赵声忧愤成疾，不久便呕血而死。苏曼殊得知噩耗，含悲作了一幅《荒城饮马图》，托友人焚于故友墓前，以示悼念。

## 创作缪斯：万花拥簇一诗僧

苏曼殊作诗和作画一样，“全不用心做作，全靠天才；他的诗完全是自然的流露”。在日本与章太炎、陈独秀同住期间，陈独秀回忆苏曼殊要“章太炎教他做诗，但太炎不曾好好儿的教，只由着曼殊自己去找他爱读的诗，不管是古人的，是现代的，天天拿来读。读了这许多东西之后，诗境便天天进步了”。据说是苏曼殊拿了章太炎给的几本诗集，闭门苦读两个月，自此文思大进，一跃千里，再写出来的诗章太炎也称奇。苏曼殊最密集的写作期在1909年赴爪哇，担任光复会南洋大本营中华学校英文教员之后，这些诗后来多发表在《南社丛刻》上。

柳亚子收集整理苏曼殊存世诗歌84首，绝大部分为爱情诗。苏曼殊很早就皈依佛门，但始终不是一个名副其实的和尚，最突出的表现就是丰富的情爱生活。他做过一首《柬法忍》，“来醉金茎露，胭脂画牡丹。落花深一尺，不用带蒲团”，非常形象地表示尘世享受和参禅拜佛一样都不可少。

苏曼殊喜欢美人，在日本时，他在马路上看见一位美貌歌伎在前面搭电

汾堤吊梦图

车，就赶快跑过去，以致跌倒把牙齿磕掉一颗也不为意。他一画难求，但是只要是女性，拿着自己的照片来便可交换。他吃花酒，在上海时常常出入著名餐馆妓院，叫局吃花酒，处处留情。根据他一份残账，单是与他有交往的歌伎，有名有姓有住址的就有28人之多。酷爱读书的他在买书上的钱只有500多元，而同一时期用在青楼舞馆的钱多达1800元。苏曼殊不仅女友多，而且用情深，与许多女友爱得生生死死，还把深情寄托诗篇当中。如“赠尔多情书一卷，他年重检石榴裙”（《本事诗》），“收将凤纸写相思，莫道人间总不知”，“日日思卿令人老，孤窗无那正黄昏”。

众多女友中，苏曼殊与1908年东渡日本探母遇到的调筝艺伎百助枫子感情最深。苏曼殊为她写了大量诗篇，包括述其身世的《本事诗》十首。慨叹她的身世凄凉“生身阿母无情苦，为向摩耶问夙缘”，与她惺惺相惜，陷入爱河，“华严瀑布高千尺，未及卿卿爱我情”。分别时仍要流泪徘徊上五里路，“送君归去海潮生，点染生绡好赠行。五里徘徊仍远别，未应辛苦为调筝”，然而念及自己和尚的身份，又止步于此：“还卿一钵无情泪，恨不相逢未剃时。”分手依旧难以忘怀，“我本负人今已矣，任他人作乐中筝”。

这就是苏曼殊与女性交往的特点，只有精神之爱，即使同衾共枕也不越雷池一步。他曾对情人花雪南说过这样一番话：“爱情者，灵魂之空气也。灵魂得爱情而永在，……我不欲图肉体之快乐，而伤精神之爱也。故如是，愿卿与我共守之。”

这种精神之爱，同样体现在苏曼殊1912年之后创作的一系列言情小说里。

1912年归国后，苏曼殊应聘《太平洋报》，与柳亚子、叶楚伧等同事，同时加入南社，成为南社中坚力量。他在《太平洋报》发表了根据初恋经历创作的自传体小说《断鸿零雁记》，用痛彻骨髓、柔肠百转的文言文，感慨幽冥永隔的爱恋之苦，引得不少痴情男女泪湿襟衫，甚至有人看了这部小说之后效仿自杀，影响力可见一斑。随后写的《绛纱记》《焚剑记》《碎簪记》和《非梦记》都是类似的风格，情缠绵却不婚娶，有情人难成眷属。

他笔下的男儿都痴情，同时被两位痴情的女子爱着。这些女子无一不温良贤淑、知书达理，有着很高的文化修养，爱情也都非常干净没有杂质，但都没有善终。这里面固然有社会和家庭的因素，因为家庭经济变故出现门第不对，爱情被上辈人反对，但却不是主要因素。《断鸿零雁记》里三郎固然是因为雪梅父亲的反对不能娶雪梅，可又拒绝了两情相悦、备受长辈祝福的静子的爱。《焚剑记》里面对姐姐的大胆表白，公子却以“余孤穷羸弱，何足以当！”《绛纱记》里的梦珠至死深爱秋云，却不说理由地跑去慧龙寺披剃为僧。总之就是每当人物爱到深处时，作者便安排男主角逃离或出家。

这和苏曼殊既入世又出世的矛盾体一脉相承，享受情爱，又心系佛禅，一生无法抵挡出世的诱惑，在写《本事诗》“袈裟点点疑樱瓣，半是脂痕半泪痕”时，同样也有“忏尽情禅空色相，琵琶湖畔枕经眠”的参佛决心。面对这样的矛盾，苏曼殊并不像表面游戏人间那样潇洒，成佛不能，情爱不胜，革命不成，他的内心时时刻刻受着痛苦煎熬。“无端狂笑无端哭，纵有欢肠已似冰”。而无论是浪漫言情小说还是抒情诗歌，都是对其内心痛苦的一种排遣。

## 恣意人生：不向他人行处行

苏曼殊为人称奇的是他的豪饮雄食，到了贪吃无度的地步。

章太炎记载苏曼殊在日本“一日饮冰五六斤，比晚不能动，人以为死，视之犹有气，明日复饮冰如故”。

柳亚子回忆道：“君日食摩尔登糖三袋，谓是茶花女酷嗜之物。余尝以芋头饼二十枚饷之，一夕都尽，明日腹痛弗能起。”

有一次，苏曼殊去易白沙处做客，易白沙用中餐款待他，苏曼殊共吃下炒面一碗，虾脍二盘，春卷十枚，还有许多糖果。易白沙邀他明天再过来坐坐，苏曼殊连连摇头说：“不行，吃多了！明日须病，后日亦病。三日后当再来打扰。”

即使生病也不忌口，他写信给柳亚子，信中谈及自己病中贪食：“因背医生大吃年糕，故连日病势，又属不佳。每日服药三剂，牛乳少许。足下试思之，药岂得如八宝饭之容易入口耶？”

苏曼殊对金钱颇不在意，“生平口不言钱，挥手尽万金”，偶有积蓄，即肆意挥霍。冯自由说他在上海住的时候：“又遇行囊稍丰，即喜居外国饭店，谓一日不住外国饭店，即觉身体不适。”鲁迅说他是：“黄金白银，随手化尽，道是有钱去喝酒风光，没钱去庙里挂单。”

一次他断炊数日，在床上辗转呻吟，有朋友来探望立刻赠他百金。苏曼殊拿了钱去逛街，看到一辆自行车非常漂亮，立刻买下，又救济了一个乞丐，钱就花完了，继续饿肚子。过两天朋友看他还在床上呻吟，问缘故，责备他说：“你不会骑自行车，为何要买？”他说：“无他，从心所欲耳。”

苏曼殊的状貌踪迹，也令人莫测。佚名《记曼殊上人》里说苏曼殊辛亥革命以后从爪哇归来，到广州拜访蔡寒琼时，须长盈尺，朋友都认不出他来。然而回到上海后再寄照片过来，“又复一翩翩少年”。刘师培游西湖韬光寺时，见寺后破屋有个和尚面壁趺坐，破衲、茅榻，累砖为枕，好像闭关多年的模样。仔细看发现，原来是三天前在上海洋楼里衣着华丽盖鹅绒被的苏曼殊。

看似疯癫的行为，其实是他狷介内心的外在表现。陈独秀说：“他眼见举世污浊，厌恶的心肠很热烈，但又找不到其他出路，于是便乱吃乱喝起来，以求速死。……在许多旧朋友中间，像曼殊这样清白的人，真是不可多得了。”

苏曼殊心中始终怀有至纯至净的革命情怀，期望革命早日成功，心情过于迫切。武装起义连连喋血，革命志士滔滔不归使他消沉痛苦。又目睹同志反目（如章太炎与孙中山失和），友人变节（如刘师培夫妇出卖革命党人，投靠清政府）倍感惨然。更让他愤慨的是“借革命以营私”的伪革命者们。他在小说《惨世界》中已经讽刺过只知道穿好衣服坐马车吃花酒的所谓“爱国志士”。在章太炎还对袁世凯抱有幻想，去北京谋职后，他直呼其“太炎”，嘲讽“此公兴致不浅”。1911年12月，武昌起义的消息传到爪哇，苏曼殊兴奋回国。然而回去后发现不少人争名夺利，便故意把挤破头的“众议院议员”写成“众蚁院蚁员”，并在一幅《螃蟹》的画上题写了“大有横行意，青袍误此身”的诗句。

1913年，他以个人名义在《民立报》上发表了词锋凌厉的《释曼殊代十方法侣宣言》讨伐窃取政权的袁世凯。控诉他“作孽作恶”，自己虽然“托身世外”，“亦将起而褫尔之魂”。

“二次革命”失败后，苏曼殊回日本养病。国民党机关刊物《民报》在东京创刊，苏曼殊在该刊发表了小说《天涯红泪记》，重刊《燕子龛随笔》，也经常和孙中山、居正、邵元冲等革命党人往来。苏曼殊一度为孙中山草拟文件，充任临时秘书工作。后来有人问孙对曼殊与太虚法师如何评价，他说：“太虚近伪，曼殊率真。内典工夫，固然曼殊为优；即出世与入世之法，太虚亦逊曼殊多多也。”

苏曼殊墓碑

## 飘然离世：与人无爱亦无嗔

由于苏曼殊自幼身体羸弱，加上毫无节制的饮食习惯，一直为疾病困扰。1917年苏曼殊贫病交加，蒋介石将他接到自己寓所调养。1918年春天，转入广慈医院。在病中他还写信给陈独秀和蔡元培，希望病愈后能够得到赞助，去意大利学习绘画。1918年5月2日，苏曼殊圆寂于上海广慈医院，临终前留下一句："但念东岛老母，一切有情，皆无挂碍。"留给后人无穷感慨。

除了几只粗陋的箱子和一些胭脂香囊，苏曼殊几乎一无所有。他的丧事由汪精卫负责经办，1924年孙中山出资，其友人陈去病将苏曼殊葬在他生前最爱的地方——西湖孤山，和南齐名妓苏小小的墓相望。

"雨笠烟蓑归去也，与人无爱亦无嗔。"这个"不可无一、不可有二"的天才，终于结束了不羁漂泊的短暂一生，归入尘土。

（春晖）

专家
点评

# 天才卓绝的文化导师

温金玉（中国人民大学教授）

苏曼殊非常好地借用了艺术形式传达自己对生命、佛法、世事的看法。所以曼殊多才多艺，以风格独特的诗歌、小说、散文、翻译、绘画树帜文坛，赢得无数读者的仰慕，革命团体光复会追认他为“文化导师”。当时的文化导师相当于我们今天讲的国学大师的称号，所以苏曼殊的小说、绘画样样精通。他也是我国最早的翻译家之一，精通日文、梵文、英文、法文，译述雨果的《悲惨世界》，翻译拜伦、雪莱、歌德等人的诗，并于1908年出版了我国第一本拜伦诗歌专集《拜伦诗选》，由此奠立了他在中外文化交流史上的地位。所以后来的人把苏曼殊称为清末三大翻译家之一。同时他还是一个知识渊博的学者，编撰过《梵文典》《初步梵文典》，梵文是古印度的语言，非常难懂，但苏曼殊居然能编出文典来。

## 在俗圣生活矛盾中苦苦挣扎的心灵

我们看一下苏曼殊小说的成就，苏曼殊的小说当年轰动了全国，一大批少男少女成了曼殊的粉丝。流传下来的有《断鸿零雁记》《天涯红泪记》《绛纱记》《焚剑记》《碎簪记》《非梦记》等六部小说。苏曼殊的小说既保留了中国小说情节曲折、描写简洁等优点，同时又吸收了西洋小说注重描写人物心理等长处，因为他懂外文，阅读了许许多多的外文书籍。

北京大学著名的文学评论家陈平原肯定了苏曼殊的小说是“中国小说叙事模式的转变”，代表了中国文学流派小说品种的转型，说明曼殊在中国文学史上是非常具有地位的，所以他认为曼殊的小说是“一个在东西文化、俗圣生活的矛盾中苦苦挣扎的心灵的告白”。而今天我们在研究曼殊小说的时候，发现他是近代文学史上开启了鸳鸯蝴蝶派的先驱。

## 集浪漫情调与禅子法性于一体的诗人

我们再看看他的诗歌成就，苏曼殊有的诗歌创作主要是文言古体，受李商隐、杜牧、龚自珍的影响很深，很少有诗表达革命豪情，大部分是表达他三思四悲的心情。情思之忧被很多人称为“嚼蕊吹香，幽艳独绝”。这样的一种赞叹，我们今天看这八个字用到苏曼殊身上一点都不夸张！柳无忌在《亦诗亦画话曼殊》指出他“毫不迟疑地引用前人辞藻”。而当时有人评论他是高扬狂热的个性主义。

在研究诗歌的时候，人们看到了苏曼殊诗词中浓烈的佛教色彩，表达苏曼殊的彷徨、痛苦和心灵磨难，所以当时认为苏曼殊的诗表达了“孤愤与酸情”，是一位“集革命气质、浪漫情调与禅子法性于一体”的诗人。许许多多矛盾不可调和的东西奇迹般地被苏曼殊孤独的心灵承载出来，所以他能够成为独一无二的苏曼殊。

# 匠心赏析

▲　《吴门闻笛图》

## 陈世强（学者、美术家）

《吴门闻笛图》中，女子吹笛的委婉情态，使人有“三生花草”之想。从绘画艺术上看，作品人物衣纹与树石的勾勒用笔，俨然中国作风，而形象的比例、动态、建筑的结构、透视，以及明暗影调等西洋画法要素，又把握和运用得相当纯熟。

▲　《拜伦诗选》

## 张定璜（文史学家、批评家）

在曼殊前尽管也有曾经谈欧洲文学的人，我要说的只是，唯有曼殊才真正教了我们不但知道并且会悟，第一次会悟，非此地原来有的、异乡的风味。晦涩也好，疏漏也好，《去国行》和《哀希腊》的香美永远在那里。因此我们感谢，我们满足。若谈晦涩，曼殊的时代是个晦涩的时代。可怪的是在那种晦涩的时代，居然有曼殊其人，有《汉英文学因缘》，今日有《燕子龛遗诗》。人有时候会想，拜伦诗毕竟只有曼殊可以译。翻译是没有的事，除非有两个完全相同，至少也差不多同样是天才的艺术家。那时候已经不是一个艺术家翻译别的一个艺术家，反是一个艺术家那瞬间和另一个艺术家过同一个生活，用同一种形式，在那儿创造。唯有曼殊可以创造拜伦诗。他们前后所处的旧制度虽失了精神但还存躯壳，新生活刚有了萌芽但还没作蕊花的时代，他们多难的境遇，他们为自由而战为改革而战的热情，他们那浪漫的飘荡的诗思，最后他们那悲惨的结局：这些都令人想到，唯曼殊可以创造拜伦诗。

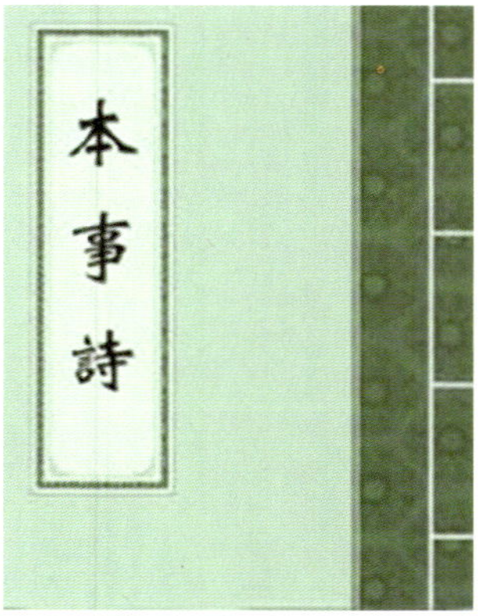


▲　《本事诗》

## 郁达夫（现代作家）

我所说的他在文学史上可以不朽的成绩，是指他的浪漫气质，继承拜伦那一个时代的浪漫气质而言，并非是指他那一首诗，或那一篇小说。

其实苏曼殊的名氏，在中国的文学史上，早已是不朽的了。……笼统讲起来，他的译诗，比他自作的诗好，他的诗比他的画好，他的画比他的小说好，而他的浪漫气质，由这一种浪漫气质而来的行动风度，比他的一切都要好。

他的诗是出于定庵的《己亥杂诗》，而又加上一脉清新的近代味的。所以用词很纤巧，择韵很清谐，使人读下去就能感到一种快味，举几个例出来，就可以明白：

春雨楼头尺八箫，何时归看浙江潮？芒鞋破钵无人识，踏过樱花第几桥。

孤灯引梦记朦胧，风雨邻庵夜半钟。我再来时人已去，涉江谁为采芙蓉？

…………

像这些，都是定庵的得意之作，而曼殊去偷了过来，重加点染，就觉得清新顺口，读之有味了。所以我说他的诗比他的散文小说好，因为他的诗里有清新味，有近代性，这大约是他译外国诗后所得的好处。可惜我读他的诗不多，所以不能再仔细地分析评断他的诗。最后他的诗的清淡味，似乎是得力于放翁、后山的地方也很多。他的小说里，也曾这样的说过，他的杂记里，也把放翁的“衣上征尘杂酒痕，远游无处不消魂，此身合是诗人未，细雨骑驴入剑门”一绝，称道得十分起劲。

# 陈寅恪：

## 文章我自甘沦落
## 不觅封侯但觅诗

陈寅恪（1890—1969），字鹤寿，江西修水人。中国现代最负盛名的集历史学家、古典文学研究家、语言学家、诗人于一身的百年难见的人物，与叶企孙、潘光旦、梅贻琦一起被列为清华大学百年历史上四大哲人，与吕思勉、陈垣、钱穆并称为『前辈史学四大家』。先后任教于清华大学、西南联大、广西大学、燕京大学、岭南大学、中山大学等。著有《隋唐制度渊源略论稿》《唐代政治史述论稿》《元白诗笺证稿》《金明馆丛稿》《柳如是别传》《寒柳堂记梦》等。

# 艺术观

◎天理人事之学，精深博奥者，亘万古、横九垓，而不变。凡时凡地，均可用之。而救国经世，尤必以精神之学问为根基。

◎中国古人，素擅长政治及实践伦理学，与罗马人最相似，其言道德，惟重实用，不究虚理，其长处短处均在此，长处即修齐治平之旨，短处即实事之利害得失观察过明而乏精深远大之思。

◎中国真正的原籍经典（原典）也只不过一百多部，其余的书都是在这些书的基础上互为引述参照而已。

——陈寅恪

# 创作之路

从21世纪初到现在，陈寅恪成为一种现象甚至是一种谈资出现。大学问家是他的标签，但具体是什么学问、学问大在哪里，一般不为人知。

事实上，陈寅恪所做的学问，不管是在现在还是在过去，都属冷门，他留下的论文著作，不论是早年的东方语言学、中年的中国中古（隋唐）政治史，还是晚年的明清才女传记，一般人是难以接近的——看不懂。而且，这些论文著作还被层层包裹在典雅艰深且典故一个套一个的文言句法内，令人望而却步。

有一部分人会把陈寅恪跟“独立之精神，自由之思想”连在一起，已称得上一定程度的了解了，很是难能可贵。

笔者了解到的资料，有一个共识在近现代学术界内应当是成立的，即陈寅恪是王国维以后中国最受同时代人推崇的学者。

据说，他很小的时候就能背诵《十三经》，并遍览中国古代经史子集，晚年双目全盲时还能随口引用这些典籍中的章句。他自12岁起即负笈东瀛，辗转求学于日、法、英、美、德等诸国，在海外游历时间总计长达15年之久，通晓十数门东方语言及当代主要西方语言，能以希腊文阅读荷马史诗、古希腊哲学，能以拉丁文阅读圣奥古斯都的《上帝之城》原著。他对中国中古政治史的研究至今无人能出其右……

## 公子的公子

先说下陈寅恪这个“恪”字的读音。

按照商务印书馆出版的《现代汉语词典》（2002年增补本），陈寅恪“恪”应读作“克”（拼音：kè）。但有资料表明，由于陈寅恪是客家人，而“恪”在客家话中有“quó”的读音，因普通话（时称“国语”）中无此音，于是到中国北方后，便被当地称为“què”了。因袭相承，并成为习惯。

陈寅恪被称为“公子的公子”，这跟他的家世有关。

1890年，庚寅年，陈寅恪出生于湖南长沙，祖母黄夫人为其取名寅恪，恪为兄弟间排辈。祖父陈宝箴是晚清名臣，先后任浙江及湖北按察使、直隶布政使、兵部侍郎、湖南巡抚，被曾国藩称为“海内奇士”，是清末著名维新派骨干。父亲陈三立，世人称为陈散原或散原老人，是晚清著名的“维新四公子”（谭嗣同是其中之一），有“中国最后一位传统诗人”之誉，中举后，历任吏部行走、主事，辅佐自己父亲推行新政，结交和扶持了康有为、梁启超等著名人物。戊戌变法失败后，父子俩被朝廷革职，“永不叙用”。这一年陈寅恪九岁。

家国大难之后，陈宝箴携家带口回到江西老家，陈三立专注于诗歌创作。这个中国近代历史上的显赫门庭，走向了与传统仕宦截然不同的结局。

1897年初春，陈寅恪和兄弟们合影。左起：陈隆恪、陈覃恪、陈衡恪（陈师曾）、陈寅恪、陈方恪

1904年留学日本时合影。左起：陈隆恪、陈寅恪、陈衡恪

陈三立不希望自己的孩子应科考、求功名，在陈寅恪12岁时就把他和哥哥们送去日本。后来陈寅恪因病从日本回国考入复旦公学。复旦公学是上海一所新式学堂，相当于现在的高中。在那里，陈寅恪掌握了德语、法语。1909年，从复旦公学毕业的陈寅恪登上了去西洋的轮船。父亲陈三立赶到上海送别陈寅恪，他把父辈两代人变法图强的希望寄托在儿子身上。陈寅恪一辈子以家族为荣，念念不忘自己的身世，也终生背负着家国的使命。

1914年，第一次世界大战爆发，陈寅恪回国。这一趟留学，他在德国柏林大学、瑞士苏黎世大学、法国巴黎高等政治学校就读。1918年冬，陈寅恪得到江西官费资助，再度出国游学，在美国哈佛大学随蓝曼教授学梵文和巴利文。1921年，转往德国柏林大学随路德施教授攻读东方古文字学，同时向缪勤学习中亚古文字，向黑尼士学习蒙古语。留学期间，陈寅恪勤奋学习、积蓄各方面的知识，具备了阅读梵、巴利、波斯、突厥、西夏、英、法、德八种语言的能力，尤以梵文和巴利文特精。曾有学生问唐筼（陈寅恪的妻子）：“外传陈老师懂30多种文字，是不是真的？”唐答道：“其实没这么多，也才17种而已。”

陈寅恪留洋十数年，进入众多高等学府，欧美日所有名校基本读遍，却没有获得一个学位。他读书跟别人不一样，完全不在乎学位，他自己曾说，考个博士并不难，但两三年被一个专题所束缚，就没有时间学其他知识了。

留学德国期间的陈寅恪

他是为了读书而读书，随心而学，不是为了学位而读。留学十多年，他是出了名的勤奋，没事就去听课，听了做笔记，完全沉浸在学术中。这样的人物，以前中国只陈寅恪一个，现在也只陈寅恪一个。那他在西方学到了什么、感受到了什么呢？是什么支撑着他回国，并一直留在国内呢？清华大学教授张国刚认为，于陈寅恪，感受到的是中国文化在国际地位很高，而现实中中国地位低。陈寅恪后来明确主张中国学术吸收输入外来之学说，不忘本来民族之地位，应该就是从这样一种感受出发的。

## 教授之教授

陈寅恪被称为教授之教授，这跟他的学问有关。

1925年，陈寅恪与王国维、梁启超、赵元任一同被聘为清华研究院的导师。当时的清华大学校长曹云祥开始不同意聘用陈寅恪，质疑："他有何著作？有何学位？”梁启超说：“陈先生的学问胜过我，我著作等身还比不上陈先生寥寥几百字有价值。”

陈寅恪第一次去清华上课，在黑板上写下一副对联：“南海圣人再传弟子，大清皇帝同学少年。”学生看完后大笑，对其深深叹服。康有为是梁启超的老师，故有南海圣人再传弟子一说。王国维当过溥仪的老师，故有大清皇帝同学少年一说。接着，他说了自己的四不讲原则：“前人讲过的，我不讲；近人讲过的，我不讲；外国人讲过的，我不讲；我自己过去讲过的，也不讲。我只讲未曾有人讲过的。”一讲课，学生彻底服气了！他的学问纵横古今、贯通中西。在清华研究院时，每逢陈寅恪讲课，课堂都学生爆满，不但有外校的学生来蹭课，甚至许多著名教授如朱自清、冯友兰、吴宓等都来旁听，室外窗前，皆听讲者也。据说，有时来听课的教授比学生还多，因为有些课他讲的学生根本听不懂，只有教授们能听明白，所以大家称陈寅恪是教授中的教授，博导中的博导。

季羡林1930年考入国立清华大学，回忆陈寅恪时，他写道：“寅恪师讲课，同他写文章一样，先把必要的材料写在黑板上，然后再根据材料进行解释、考证、分析、综合，对地名和人名更是特别注意。他的分析细入毫发，如剥蕉叶，愈剥愈细愈剥愈深，然而本着实事求是的精神，不武断，不夸大，不歪曲，不断章取义。他仿佛引导我们走在山阴道上，盘旋曲折，山重水复，柳暗花明，最终豁然开朗，把我们引上阳关大道。读他的文章，听他

1939年秋，陈寅恪全家在香港

陈寅恪为学生上课

的课，简直是一种享受，无法比拟的享受。在中外众多学者中，能给我这种享受的，国外只有海因里希•吕德斯，在国内只有陈师一人。他被海内外学人公推为考证大师，是完全应该的。”

季羡林回忆，在清华时，除了上课，同陈寅恪的接触并不多，未到先生家去过一次。有时候，在校内林荫道上，在熙往攘来的学生之流中，会见到陈师去上课。身着长袍，朴素无华，肘下夹着一个布包，里面装满了讲课时用的书籍和资料。不认识他的人，会把他看成是琉璃厂某书店到清华来送书的老板，绝不会知道，他就是名扬海内外的大学者。

很多学生则常到陈寅恪家中问学。蓝文徵回忆说：“每到他家，身上总是带几本小册，佣人送上茶果，有时先生也叫我们喝葡萄酒，我们便问其来历，他于是把葡萄原产何处，原名什么，葡萄酒最早出现何处，称什么，何时又传到何处，成为何名，一一讲述，如此这般，从各国文字演变之迹，看它传播之路径。”

金岳霖回忆道：“有一天我到他那里去，有一个学生来找他，问一个材料。他说，你到图书馆去借某一本书，翻到某一页，那一页的页底有一个注，注里把所有你需要的材料都列举出来了，你把它抄下，按照线索去找其余的材料。”

1946年，吴小如在清华大学中文系就读，选修了陈寅恪的“唐诗研究”课。当时陈寅恪已目盲，所以不采取讲授制，凡选修者只须拟定一个论文题目，经他同意，即可自行准备，定期同导师谈话，汇报学习情况。吴小如每次去见陈寅恪，必带去一堆问题。陈寅恪听过之后，语调轻缓、从容不迫地对吴说，这个人的名字似乎见于《新唐书•宰相世系表》，那个人的材料可能出于某人文集中的某篇文章。特别是有些人物传记和典章制度，陈寅恪大都能列举新、旧唐书某卷某传，或某志某条，让吴自己去按图索骥。吴回去检索，十之七八都能找到答案，顿时佩服得五体投地。

在西南联大，陈寅恪被刘文典誉为“国粹”。刘文典素日对自己的学问极为自负，寻常学者、教授从不放在眼里，但对陈寅恪却尊崇有加，公开宣称自己的学问不及陈寅恪之万一，并多次告诉学生们，他对陈寅恪的人格学问不是十分敬佩，而是“十二万分的敬佩”。刘曾经多次在课堂上竖起大拇指说：“这是陈先生！”然后，又翘起小拇指说：“这是刘某人！”他说：“陈先生连波斯文、突厥文都会，跟他比，我还差得远哩。”

1947年陈寅恪在清华园书房

## 两部中古史名著

1937年，抗日战争爆发，北平即将落入敌手。陈寅恪的父亲陈三立忧国忧民，做梦都大喊“杀日本人”。看着一个个城市相继沦陷，这位老人心生绝望，开始绝食，五天后，忧愤而死。

陈寅恪悲痛欲绝，国事，家事，让他难以承受，当时他正患有眼疾，右眼视力因诸多压力急剧下降。他被诊断为右眼视网膜剥离，医生说要及时入院手术治疗，不可延误。若接受手术治疗，须疗养一段时间。但继续久留，他怕会遭到日本人逼迫，成为亡国奴。就算瞎了，他也不愿在沦陷区教书。他毅然放弃手术治疗，带着妻女，离开北平，决心用唯一的左眼继续工作。

一家人开始了流亡生活，跋涉11个省，搬过10余次家，最令他痛心的是，在战乱中，他视为宝贝的书籍文稿都被毁了。陈寅恪做学问的方式不是做卡片，而是在书上随读随记，也就是古人的眉批，眉批上写满了他的思考、见解和引证，这是他学术研究的基础。但书烧毁了，而他随身带的常用、备用的书在绕道去昆明的路上竟也大部分被盗走了。在这个时候，陈寅恪把目光投向了魏晋南北朝和隋唐，也就是学术界通常称的中古史。他在几乎没有参考书籍的情况下，撰述了两部不朽的中古史名著，《隋唐制度渊源略论稿》和《唐代政治史述论稿》。

北京大学教授荣新江说：“他实际上是以论带史，他绝对不是一个考据家。跟早年做的那种语文学到历史学的精细对照完全不同。”复旦大学教授葛兆光表示：“在中古研究里面，他注意到的若干解释中古中国的架构和因素，至今是我们绕不过去的。比如说对宗教、文化、种族的关心，对于家族的关心，这是我们现在做很多家族史、做社会史的人仍然在做的东西。一个大的了不起的学者，他并不是说在具体的研究里面，给你奉献什么非常具体的结果，而是说他开创了一个研究的范式。”

在国际汉学界具有广泛影响的《剑桥中国史》，提到陈寅恪时给予了异乎寻常的褒奖，解释这一时期政治和制度史的第二个大贡献，是伟大的中国史学家陈寅恪做出的。他提出的关于唐代政治和制度的一个观点，远比以往发表的任何观点扎实、严谨和令人信服。牛津大学1939年曾正式聘请陈寅恪担任该校的汉学教授，此后数年一直虚席以待。当时到中国拜访过陈寅恪的西方学者认为，他不但是一个专家学者，也是一个天生的导师。但此时的陈寅恪身处战火之中，无法远渡重洋前往英国就职，而他在国内的工作条件则惊人的恶劣。

陈寅恪女儿陈美延回忆道："他工作的时候是非常苦的，汗流浃背在一个茅草房里，我们那是茅草房啊，不是说假的茅草房，那是真的茅草房。风雨一来，把那个房子都刮塌掉的，是这种样子的房子。他在这种房子里头也没有桌子，就在箱子那里工作。就是一个箱子，搬一个小凳写文章。"

1944年12月12日，陈寅恪唐代三稿的最后一稿《元白诗笺证稿》基本完成。但就在这天早上，陈寅恪起床后痛苦地发现，他的左眼也看不清了。他只得叫女儿去通知学生，今天不能上课了。他在成都的医院做了眼科手术，但手术没有成功。半年后，二战结束，依然记得他的牛津大学，请他赴伦敦治疗眼疾。然而数月奔波，他的双目还是没能看见光明。他联想到30多年前看过的一部名剧——《灭了的光》，不胜感叹。

在抗日战争如此严酷的境遇里，陈寅恪顽强地为后世留下了他对中国唐

陈三立一家，左一为陈寅恪

代历史的系统研究，这是后人难以企及的成就。他是在大灾难面前恪守着一个民族的史学传统，国可以亡，史不可断，只要还有人在书写历史，这个民族的文化就绵延不绝。

## 两部明清才女传记

1948年，国民党准备退守台湾，开始了“抢救学人”活动。当时北平已经被解放军重兵围困，即使这样，国民政府还是派专机把陈寅恪接到了南京。蒋介石曾登门劝陈一起去台湾，蒋离开大陆后，还多次派专机来南京接陈寅恪，但都被陈拒绝，蒋还通过胡适、傅斯年等力劝，陈寅恪就是不从。他来到了位于南国的岭南大学（后来并入中山大学）。岭南大学校长、教育家陈序经一直想把岭南大学办成一流的高等学府，仰慕陈寅恪已久。他率文学院师生和许多著名教授在江边迎接了陈寅恪和他的家人。

南国校园很美，一年四季树木常青，但是陈寅恪看不见。陈寅恪在黑暗中已生活了五年。很多人回忆，他以前上课是很有特点的，讲到深处，他会长时间紧闭双眼。但他眼睛瞎了之后，再也没有人看见他闭着眼睛讲课，他永远睁大着眼睛，一如我们今天见到的他晚年的照片，目光如炬。

为了方便陈寅恪，课堂被搬到了他家里。陈寅恪家的阳台很大，于是就挂上了一块黑板，黑板下放着一张藤椅，这是陈寅恪专用的教椅，围绕藤椅摆了几把椅子，学生们围坐在他周围听课，常来这个特别的课堂听课的还有许多教授。陈寅恪是以古代书院的精神授课的，师生之间以学问道义相期，后来成为陈寅恪助手的胡守为清晰地记得这样一堂课：那天他是唯一的学生，当他来到陈宅时，陈寅恪正在工作，老师在他来后挪步到楼上，下楼时，竟郑重地换了一身装束——长袍。陈寅恪讲到关键处，助手就在黑板上抄写史料，帮助学生理解。有时候，他摸索着亲自写黑板，因为看不见，他写下的字往往重叠在一起。

1953年，在清华时的学生蒋天枢给他寄来了长篇弹词《再生缘》，陈寅恪听了受到极大震动，认为这就是中国诗里的史诗。《再生缘》的作者是陈端生，这个清代的杭州才女用弹词的形式讲述了一个十分离奇曲折的故事。一个封建时代的女性，女扮男妆考科举，连中三元，竟坐到了宰相的位置上。这个故事被改编成戏剧《孟丽君》，变得家喻户晓。陈寅恪在病中用口述的方式撰写《论〈再生缘〉》。他由此开始探索明清的历史和文化。

1954年，陈寅恪自费用蜡版刻印《论〈再生缘〉》，分送友人。他在文末题诗"文章我自甘沦落，不觅封侯但觅诗"，以此隐喻心境和志趣。

1958年，陈寅恪成了学术界"拔白旗"的对象。他不再教课。他专力著述。1961年8月30日午夜，陈寅恪等来了自己的哈佛大学同学、早先清华研究院主任吴宓。

吴宓在当天的日记中这样描述他阔别12年的挚友："寅恪兄双目全不能见物，在室内摸索，以杖缓步，面容如昔，发白甚少，惟前秃顶，眉目成八字形。"陈寅恪把自己的著作《论〈再生缘〉》油印本作为礼物送给吴宓，还透露了自己正在撰写的一部宏伟著作的大纲，这就是后来的那部大书《柳如是别传》。在以往的历史叙述中，柳如是不过是明末清初的一个烟花女子。但经陈寅恪研究发现，柳如是其实是一位有主见的才女，在那样一个大变动的年代里，从事着地下的反清复明运动。陈寅恪很感慨，决定"颂红妆"，为这个被士大夫轻蔑的奇女子柳如是立传。一个倚门卖笑的弱女子在

陈寅恪先生晚年与夫人唐筼在书斋

1957年，陈寅恪及夫人唐筼在中山大学散步

明清易代之际，竟比五尺男儿更看重家国大义。

《柳如是别传》85万言，通过一个人物把明末清初波澜壮阔的历史带了出来。陈寅恪书写得很艰难，用去了整整10年时间。柳如是的遭际触动了他对家族和自己身世的感怀。全书忽庄忽谐，亦文亦史，极其丰富的史料，经过精密的排比和考据，与自由穿插其间的陈寅恪天才般的感悟融为一体，书中浓缩了陈寅恪一生的学养和志趣。《柳如是别传》完成于1964年，这年陈寅恪75岁。

陈寅恪最后的七年大部分时间是不能站立的，有一次他不小心滑倒，导致右腿骨折，只能长期卧榻。

1969年陈寅恪病体已衰弱得不能吃饭，偶有亲友偷偷登门拜望，他躺在病榻上已说不出话，只是眼角不断有泪流出，望者无不凄然。这年10月7日，陈寅恪走完了他79岁的生命历程。

（黄河方）

专家点评

# 他的人格精神超学科超时代

易中天（作家、学者）

陈寅恪真正震撼我们的是：自由思想，独立精神。

什么是自由思想、独立精神？所谓“独立”，就是不依附；所谓“自由”，则不但包括怎样想，也包括想什么，还包括不想什么。也就是说，想不想，怎样想，想什么，都是我的自由。我可以自由地按照这种思路去做学问，也可以自由地按照那种思路去做学问，甚至我还可以不想做学问。当然，学问家还是要做学问的，但如果不把话说到这个地步，则那个“自由思想”仍不自由。

没有人格的独立，哪有独立的精神？没有意志的自由，又何来自由的思想？明白了这一点，我们对陈寅恪也就多了一分理解。

自由思想和独立精神是高于一切的。既高于政治，也高于学术。比方说，尽管有陈寅恪“孰谓空文于治道学术无裨益耶”的夫子自道，友人吴宓“盖藉此以察出当时政治（夷夏）、道德（气节）之真实情况，盖有深素存焉，绝非清闲、风流之行事”的理解回护，还是有不少人对陈寅恪耗费十余年时间撰写《柳如是别传》不解，认为不值得。毕竟也就是一个柳如是么！小题当然也可以大做，但再大也是“小题”，而身为“大师”和“巨匠”的陈寅恪，难道不该去建构更为体大思精的史学广厦？其实，这里没有什么值不值的问题。

问题并不在于做什么，也不在于值不值，而在于它是否本之于“自由思想，独立精神”。如是，则值；如不是，则不值。而且，对于陈寅恪、梁宗岱他们而言，只要是自己的自由选择，哪怕是“著书唯剩颂红妆”，哪怕是“一腔心事付荒唐”，一旦做了，也一定是“天下第一”。一流就是一流，他变不了二三流。

陈寅恪让人震惊和敬重之处也正在这里。这也正是我不想多从学术的角度来谈陈寅恪的原因。毕竟，学术成就再大，也是有限的，但陈寅恪的人格精神却是超学科、超学术、超时代的，也不光是对做学问的人有意义。

# 开创“诗文互证”的历史研究方法

张伯伟（南京大学文学院教授）

陈寅恪在1936年说：“今日中国，旧人有学无术；新人有术无学，识见很好而论断错误，即因所根据之材料不足。”其中，他所谓的“学”指材料，“术”指方法。既重视“学”又追求“术”，既以中国文化为本位，又不断开掘史料，吸取新知，与国际学术对话，这是陈寅恪学术的基本特征。

陈氏学术中与人文学研究方法关系密切者，是他的“以诗证史”，或更确切地说是“以文证史”。他在1933年为冯友兰《中国哲学史》下册写审查报告时作自我评价曰：“寅恪平生为不古不今之学。”觉得自己的学问既不完全符合中国的传统，也不是完全跟着现代学术走，而是斟酌古今，自成一家。表面上是自嘲，其实是自负。他一生的实践也做到了这一点，即不古不今，亦古亦今，贯通中西，继往开来。

他研究学问，无论明言抑或暗示，字里行间往往透露出对术，即方法的追求。但他与一般新派人物（比如胡适、傅斯年）的最大区别在于，他采取的路径并非“忠实输入北美或东欧之思想”，而是追求自创一路的方法。20世纪50年代他讲授“元白诗证史”课，第一讲开宗明义揭示其史料与方法说：

> 中国诗与外国诗不同之点——与历史之关系：中国诗虽短，却包括时间、人事、地理三点。……外国诗则不然，空洞不着人、地、时，为宗教或自然而作。
>
> 中国诗既有此三特点，故与历史发生关系。唐人孟棨有《本事诗》，宋人计有功亦有《唐诗纪事》，但无系统无组织，……即使是某人之年谱附诗，也不过把某一个人之事记下来而已，对于整个历史关系而言则远不够。综合起来，用一种新方法，将各种诗结合起来，证明一件事。把所有分散的诗集合在一起，于时代人物之关系、地域之所在，按照一个观点去研究，联贯起来可以有以下作用：说明一个时代之关系。纠正一件事之发生及经过。可以补充和纠正历史记载之不足。最重要是在纠正。“元白诗证史”即是利用中国诗之特点来研究历史的方法。

从以上陈述中可以看出，这种方法与纯传统或纯西方的都不同，所以称得上“一种新方法”，即开创了利用中国诗之特点来研究历史的方法。

# 匠心赏析

## ▲ 《论〈再生缘〉》和《柳如是别传》

廖可斌（北京大学中文系中国古文献研究中心教授）

陈寅恪先生晚年以惊人的毅力撰写《论〈再生缘〉》和《柳如是别传》，后来许多人对此不理解，有的学者则从表明他对大陆政权的政治态度、对美女的“投射之恋”等角度进行阐释，存在种种曲解和误解。实际上陈寅恪先生的主要动机和根本旨趣，就是要挖掘《再生缘》的重大思想价值，表彰柳如是的高尚人格，以倡导“独立之精神，自由之思想”。其中《论〈再生缘〉》偏重于倡导“自由之思想”，《柳如是别传》偏重于倡导“独立之精神”，两部著作互相呼应，存在着密切的内在联系。在陈寅恪先生看来，无论从思想性还是从艺术性角度着眼，《再生缘》都是非常杰出的作品；无论从个人人格还是从民族气节上看，柳如是都是一个高尚美好、令人尊敬的人物。陈寅恪先生选择这两个人物及其著作生平作为自己晚年的主要研究对象，是根据他的文学观念和思想宗旨做出的慎重选择。他早年提出的关于“独立之精神，自由之思想”的主张，贯穿于他的整个学术研究工作之始终。

▲ 《王观堂挽词并序》

## 徐国利（安徽大学历史系教授）

陈寅恪多从文化立场来评价历史人物，但是，他对中国传统文化的理解又不是偏执和僵化的，往往是与其历史评价的标准相结合的。他的《王观堂挽词并序》提出王国维自沉是为殉其所信奉的传统文化之道。那么，中国传统文化是什么呢？他说："吾中国文化之定义，具于《白虎通》三纲六纪之说，其意义为抽象理想最高之境，犹希腊柏拉图所谓idea者。"可是，这种文化所依托的社会制度在中国近代发生了急剧之变，使纲纪之说无所凭依，"盖今日之赤县神州值数千年未有之巨劫奇变；劫尽变穷，则此文化精神所凝聚之人，安得不与之共命而同尽"。他称赞王国维的"文化殉道"是"以一死见其独立自由之意志"，表彰王国维"此独立之精神，自由之思想，历千万祀，与天壤而同久，共三光而永光"。

## 桃花源記旁證

陳寅恪

陶淵明桃花源記寓意之文,亦紀實之文也。其爲寓意之文,則古今所共知,不待詳論。其爲紀實之文,則昔賢及近人雖頗有論者,而所言多誤。故別擬新解,以成此篇。止就紀實立說,凡關於寓意者,概不涉及,以明界限。

西晉末年戎狄盜賊並起,當時中原避難之人民其能遠離本土遷至他鄉者,北則託庇於慕容之政權,南則僑寄於孫吳之故域。不獨前燕東晉之建國中興與此中原之流民有關,即後來南北朝之士族亦承其系統者也。史籍所載,本末甚明。以



▲ 《桃花源记旁证》

### 李光摩（华南师范大学文学院副教授）

陈寅恪《桃花源记旁证》提出了对《桃花源记》颇为出人意表的解释，引起一些学者的质疑。事实上，桃花源的原型在江南抑或西北，并不重要，重要的是作者因桃花源而兴起的关于坞堡的历史想象与现实寄托。《桃花源记旁证》一文意在借鉴历史上西北坞堡之经验，考古证今，化虚为实，在20世纪30年代民族危亡之关头，提示国人在西北地区创立现实版的桃花源，借以保存种族及文化，以为民族复兴之根基。从某种意义上说，《桃花源记旁证》就是陈寅恪的一篇政论。

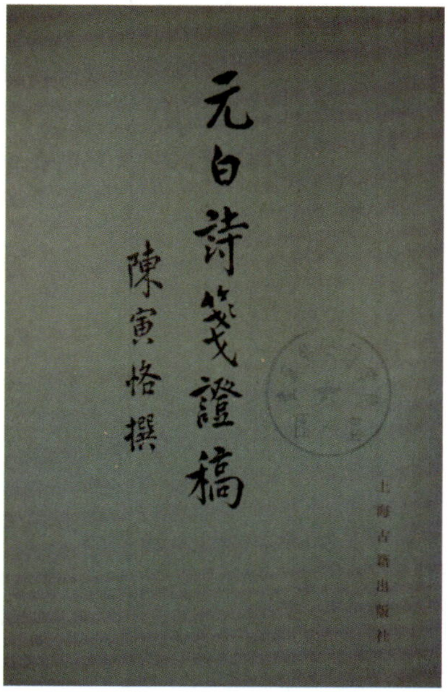


▲　《元白诗笺证稿》

陈才智（中国社会科学院文学研究所副研究员）

白居易研究史中，陈寅恪先生占有重要地位。这不仅源于其历史学家的独特角度，比较分析方法的发覆与娴熟运用，更源自其诗史互证的文化史研究范式，影响深远，沾溉至今。其《元白诗笺证稿》形式是传统的——继承并发扬清代乾嘉学者治史重证据、重事实的精神，但思路是现代的——汲取欧洲近代研究梵文、佛典的传统，及西方的历史演进法。在繁复征引和绵密演绎的深处，还有着诗的才情的潜流，有着超越于史事证述的对人生、对社会的深刻思考，体现出一种古典文学研究中文化史批评的倾向。

# 李金发：

## 文学纵横乃如此
## 金石刻画臣能为

李金发（1900—1976），广东梅县梅南镇人，生于一个华侨富商家庭。1919年受赴法勤工俭学热潮影响赴法，先后在法国第戎美术专科学校、国立巴黎美术学院学习雕塑，其间游学德国柏林。1924年底启程回国，拟任上海美专雕塑系教授，因无学生报考未果。1927年赴武汉任武昌中山大学文学院教授，秋回上海，得蔡元培推荐，任南京大学院秘书处秘书，提倡并参与筹办国立西湖艺术院（现中国美术学院），1928年担任该校雕塑系教授。同年主编的《美育》杂志第一期出版。1931年辞职到广州制作伍廷芳、邓铿铜像。1936年任广州市立美术学校校长，1938年9月因广州遭日军轰炸，全家逃难至越南，在国民党海防运输处任职。1940年到韶关，任广东省革命博物馆馆长。1941年入外交部，曾到柳州外事处协助法越外交工作，1944年获出使伊朗，任使馆一等秘书，1946年调往伊拉克公馆任代办。1951年移民美国，在新泽西州经营养鸡场，后定居纽约长岛，1976年12月因心脏病逝世。

# 艺术观

◎艺术上唯一的目的，就是创造美；艺术家唯一的工作，就是忠实表现自己的世界。所以他的美的世界，是创造在艺术上的……

◎诗人能歌人咏人，但所言不一定是真理，也许是偏执与歪曲，我平日做诗，不曾存在寻求或表现真理的观念，只当它是一种抒情的推敲字句的玩意儿。

◎变动的景象于我们好像是神秘繁复的灵魂之思想，我们的灵魂深处与之和谐。从此，自然于艺术家之前，不再是一件纯粹外表的东西；他爱慕着，寻找着其情绪与大自然之身，他少画些自然之所见，多画些自身之内所见。

——李金发

# 创作之路

## 求学之路："我背负了祖宗之重负，裹足远走"

李金发原名李权兴，又名李淑良，1900年11月21日出生于广东省梅县梅南镇一个富裕的华侨家庭。父亲是在英属毛里求斯群岛经营"糖房店"致富的华侨，在李金发四岁时告老还乡，回到家乡自建的私宅"承德第"居住。为了把儿子们培养成能去海外闯荡的男儿以继承自己的事业，父亲对李金发兄弟们管教严格，要求儿子们"勤俭"，参加各种农事劳动，同时每天练习写字和打算盘。在这种刻板严肃氛围中长大的李金发感受不到生活的乐趣，加上过分节俭造成的自幼营养不良，生病不断，养成了孤独、忧郁的性格，为人拘谨，遇事容易持悲观态度。

李金发六岁在乡里的蒙馆启蒙，15岁到县城高等小学继续读书，与林风眠、黄士奇为同学。毕业时由于教育厅要求学生必须多读半年，秋季毕业，学生们罢课，李金发随大流退学回家。在家闲居阶段，他阅读了大量鸳鸯蝴蝶派的小说，"养成徐枕亚式的多愁多病的青年"，这种多愁善感的精神气质成为他日后在法国选择以忧郁为主要美学特征的象征主义的内在因素。

本着"男儿志在四方"的家训，李金发接受二哥出去读书"光大门楣"的建议，1917年冬赴香港求学，先在谭卫芝补习学校，后在圣约瑟中学学习英文。1919年夏，到上海准备报考复旦中学。此时正值一战结束，法国社会经济元气未复，开明人士吴稚晖、张静江、蔡元培、李石曾主张派大批中国青年到法国去勤工俭学。而经过五四运动洗礼的国内青年求知欲旺盛，受“劳工神圣”的思想影响，也掀起海外勤工俭学的热潮。受同住的几个大学生积极鼓吹，加之上海又是赴法的必经港口，又有“志在四方”的人生信条在，李金发决定加入第六批赴法勤工俭学的队伍。1919年11月，在交纳了300大洋的赴法费用后，他登上去法国的商船，开始了五年的留法生涯，同一批去的中国学生有60多人，包括以后共产党的重要人物李立三、徐特立及王若飞。

## 专业选择：“简约之旅行者，向完全之不识处飞腾”

1919年冬天李金发抵达马赛，随后被安排在离巴黎不远的丹枫白露市立中学学习法语。他学习刻苦，几个月后便能够凭借字典阅读福楼拜、都德等人的作品。赴法后专业选择是个反复考虑的问题，李金发第一次参观卢森堡美术馆时，就被栩栩如生的大理石雕像吸引住了，“醉心于美丽的石像，即有意于雕刻”。不过决定从事西洋雕刻的学习，其实还有更深层次的考虑，一是国内没有这类技术，要出人头地较为容易；二是受五四运动影响，觉得文艺是崇高的学问，可以在历史上留些痕迹。客家文化重实用、功利的价值观，在他的身上可见一斑。

专业确定后，他和同乡兼好友林风眠先申请第戎的国立美术专科学校，获得录取。在风景明丽、人物富庶的第戎度过了半年快乐的时光，主要学习人物模特素描。但由于学校老师少、条件差，他很快申请了巴黎国立美术学院，到巴黎师从布谢教授学习雕塑。虽然居住的是条件艰苦的拉丁区塞纳河路小旅馆，但是李金发怀着能在历史上留名的艺术家梦想，学习非常勤勉，为了做好肖像雕塑，他加强绘画基本功训练，常去艺术家云集的“自由画室”速写人体，还走遍巴黎市的博物馆，观摩艺术珍品。

受文艺复兴时期艺术大家全才的影响，李金发除了尝试泥塑、石雕、炭画、油画等多种形式的艺术创作外，还在音乐和文学上下功夫。他一直没有放弃学习西洋音乐，尤其钟爱小提琴和大提琴，又大量阅读托尔斯泰

李金发（左）与林风眠、林文净在柏林

和罗曼•罗兰的小说，到了神经衰弱的地步。一次他在散步时晕倒，大病一场，病中一直梦见一个白衣金发女神带他在空中遨游，因此病好以后，他几次将“金发”作为笔名发表文章，得到朋友一致认可后，遂将其作为自己唯一的名字。

1922年春，李金发为一起读书的林风眠和刘既漂各做了一个石膏头像，让工匠按照模型制成假花岗石，因为神态逼真，入选巴黎春季展览会，这是中国人的雕塑作品第一次入选巴黎美展，李金发一时名声大震。但他还是过着孤寂清苦的生活，与所处环境格格不入：他恋上一个法国女孩，因种族偏见未成，而另一个他不爱的女孩又苦苦纠缠他。目睹和体验巴黎美院的法国学生对新生肆无忌惮歧视欺凌，美院人体模特为了生计忍受不公，遭遇悲惨。种种情感压抑、人间丑恶使他厌世、远人，思想显得颓废而奇异。他这个时期的雕塑《未腐之先》《耶稣》“满是人类作呻吟或苦楚的状态”。在文学选择上，他也被气质相近的颓废派作品所吸引。李金发称魏尔伦是他的“名誉老师”，“那时因多看人道主义及左倾的读物，渐渐感到人类社会罪

李金发诗集

恶太多，不免有愤世嫉俗的气味，渐渐地喜欢颓废派的作品，鲍德莱（波德莱尔）的《罪恶之花》，以及Verlaine（魏尔伦）的诗集，看得手不释卷，于是逐渐醉心象征派的作风”。

## 创作喷发：“满腔欲滴之诗意，扰乱了每夜的深梦”

遇到心灵契合的文学作品，久压在心中的怨尤终于以诗的渠道发泄了出来。1923年2月，李金发完成了第一本诗集《微雨》，诗集收入了诗歌100题、124首，其中译诗40多首。在该书导言中说，诗集里的作品除了少数几首写于1920年和1921年，其余大多是在1922年下半年至1923年初，在七八个月的时间里写成的。1922年底为了改变一下生活环境，趁着德国一战后经济崩溃，马克贬值的时候，他和林风眠、黄士奇等人到德国“换换空气”。在柏林，他继续保持诗歌创作的热情，过了两三个月，即1923年5月，李金发又完成了他的第二本诗集《食客与凶年》，这一集共收诗作89题、110首。计算起来，在柏林的半年，李金发平均每天可创作新作一首。

在创作《微雨》期间，李金发读魏尔伦、波德莱尔、萨曼、雷尼耶等的诗最多。从诗集后面的译诗中还可发现他已接触到了福尔•瓦雷里、耶麦等人的作品，但在整体的取材、情调、语言表达方面，对他产生过明显影响的，还是波德莱尔与魏尔伦。李金发的两本诗集继承了象征主义诗人创作手法，强调抒发主观情感，强调表现瞬间的感受，表现想象、幻想和直觉，同时使用含蓄的象征形象，朦胧的暗示手法，使诗歌思想意旨扑朔迷离，晦涩难解。

不过，不管李金发这两本诗集的内容如何晦涩难解，我们仍然可以从许多诗篇读出诗人思想情感的基调，那就是哀叹人生艰辛，悲前途渺茫，时光易逝，爱情、希望破灭，令人消沉颓废、绝望厌世。李金发笔下的生命内容是凄冷残酷的，如“枯骨”“荒野”“残月”“人尸”“夜枭”“恶魔”等等。视灵魂之孤独有如“荒野的寺钟”（《我的灵……》），诗人拄着一支与自己形影相吊的手杖，在“冷风细雨”和“死神般之疾视”下，走过“荒凉”而“广漠之野”（《手杖》）。视月夜下笼罩着浪漫光芒的细流、凸树、短墙、芦苇等生命体如“罪恶的良友”，依稀的星光则是“神秘的顾盼与恶魔之作揖，同扰乱夜潮激荡之音”（《月夜》）。自己孤独地跋涉，已经走得“鞋破了”“手足蜷屈了”，“终将死休于道途”（《恸哭》）。

诗人的内心也希求振作，挣脱苦闷的枷锁。“张手在斜阳下，正待拯救者之引带”（《过去之情热》），他渴望“黎明”，赞颂黎明“明星”是人生的“灯塔之光”（《明星出现之歌》），也曾怀着欢欣“寄语篱边的清水，长睡到春笑回来”（《冬》）。也寄希望于爱情给他振作的力量：“你的欲望将获得美丽之果实”，“一切‘理想’将为自己之花冠”（《她》），或者思念千里之外的故乡带来的甜蜜乡愁：“记取晨光未散时，——日光含羞在山后，我们拉手疾跳着，践过浅草与溪流。”（《故乡》）然而最后爱人走了，往日美丽的生命回忆“如道旁朽兽，发出奇臭”（《夜之歌》），这个背负了“祖宗之重负，裹足远走”的“简约之游行者”，终于“倒睡路侧”，“在永续之恶梦里流着汗，向完全之不识处飞腾”（《我背负了》）。

现实生活中，李金发并非像诗中所写那么悲观绝望，而是一个勤奋刻苦，“创作欲、好名心”都极强的人。他一直刻苦学习雕刻，即使在德国，也还准备拜著名的俄裔雕刻家亚历山大•阿尔西品科为师，后因艺术理念不同未成。在编订完诗集《食客与凶年》后，李金发也并没有贸然寄给国内的书局，而是经过仔细考量，把它连同《微雨》一起，寄给国内声望正盛的周作人，“望他‘一经品题，身价十倍’”。周作人果然非常赏识，给李金发回信，说了“许多赞美的话，称这种诗是国内所无，别开生面的作品”，并自任编辑，把它列入“新潮社文艺丛书”，推荐给北新书局。

创作得到认可，同时爱情也有收获，李金发在德国期间认识了一位学习绘画的德国少女屐妲，两人兴趣相投，陷入热恋。为了躲避德国人不得与外国人通婚的政策，他们回到法国结为夫妻，李金发继续学习雕刻之余，不忘诗歌创作，产量颇丰。从1924年初到回国前不到一年的时间里，他完成第三本诗集《为幸福而歌》，集中收录诗111题、121首。因为有爱情的滋润，诗集不再是绝望颓废的风格，而是充满爱与幸福，“无涯的幻想，喁喁的情话”。诗集第一首就是写给屐妲的《初心》，“啊，我手足期盼与你攀援”，写爱情最初的表白；还有相守白头的誓言，“你我两心相爱了，便互为永世的囚徒”（《小诗》）。他喜欢写爱情诗，多次表示“但我结果还是愿永久做爱情诗，因为女性美，是可永久歌咏而不倦的”。

但这本诗集也充满着一种怕永远得不到或得而复失幸福爱情的悲哀，写恋人幽会时，也会闪过如“魔鬼张着手”的“坟田木架”的阴影。争议最大的便是《有感》：

如残叶溅
血在我们
脚上，
生命便是
死神唇边
的笑。

残叶的飘零使诗人想到生命的脆弱，死亡是人的最终归宿。如在旷野般的孤独感驱使人去寻找慰藉，一方面渴望同情理解和爱，一方面又因对他人疑惧而羞怯，想固守自己的孤独。幸福生活仍晃动着忧郁悲观的身影，源自诗人对生命的形而上学的思考。在德国逗留期间，李金发读了包括叔本华在内的很多德国哲学书籍，“不幸深受叔本华暗示，种下悲观的人生观”，以致在歌唱幸福的时候，仍不忘向多难的现实投下一瞥。

## 学成归国：“白云正摇荡，我的期望将太阳般露出来”

因为婚后的经济负担加大，李金发不愿意继续接受哥哥的资助，便与当时在上海美专任校长的刘海粟联系，刘海粟答应聘请他为雕刻系教授。1924年11月，李金发带着妻子结束五年的欧洲游学之旅，取道意大利回国。为了进一步了解意大利的文艺复兴历史，两人游览了威尼斯、佛罗伦萨，又在罗马逗留了四个月，去艺术学院听课，参观博物馆美术馆，到图书馆查阅意大利历史和艺术的书籍，在短短的两个月时间内竟完成《意大利及其艺术概要》和《雕刻家米西盎则罗》两本书的写作。《意大利及其艺术概要》是我国系统介绍、评述意大利艺术的第一本专书，它系统地介绍了意大利的历史、自然环境文学艺术，特别是文艺复兴的伟大成就。《雕刻家米西盎则罗》则根据罗曼•罗兰的《巨人三传》编译而成，还收集了米开朗基罗的塑像、壁画照片，是介绍巨人生平的专业书籍。

1925年6月李金发抵达上海，怀着远大抱负，准备“造成一点东西出来，改换中国民族面目及思想”。然而初到伊始，便连遭挫折。先是被刘海粟向孙科推荐制作中山陵里的孙中山铜像，由于葬事筹备处一干人不相信中国艺术家而盲目迷信西洋人，忽视李金发的成品，花巨资请了法国的雕刻家来制作。第二年又被介绍制作重庆中央公园的中山铜像，然而由于经费不足，最终搁浅。此时上海美专方面，国内学生对雕塑毫无了解，学习美术只是为了混张文凭解决就业问题，因此无人报考雕塑专业，李金发雕塑系教授的工作也告吹。生计只能靠家里接济和不时接点做塑像的活计来维持。

在文学方面，1925年初李金发将三本诗集里的一些诗歌陆续在有影响力的杂志和报纸副刊上发表，最先发表的诗作是《弃妇》，发表在1925年2月16日的《语丝》上，署名“李淑良”。截至1926年底，李金发一共在《语丝》《时事新报•学灯》《文学周刊》《小说月报》和《黎明》等刊物上发表诗歌24首。经周作人肯定并安排出版的诗集《微雨》终于在1925年11月由北京新潮社出版，《为幸福而歌》被列入文学研究会丛书，1926年11月由上海商务印书馆出版；《食客与凶年》1927年5月由北京新潮社出版。

自从诗集连续出版，李金发就备受大小舆论关注，其人其诗都被臧否，褒贬不一。赞美与肯定的，包括周作人、钟敬文、黄参岛、宗白华等。周作人称赞李金发的诗歌是“别开生面之作”，钟敬文觉得读了《弃妇》和《给蜂鸣》“突然有一股新异的感觉，潮上了心头”，“像这样新奇怪丽的歌声，在冷漠到了零度的文艺界，怎不叫人顿起很深的注意？”黄参岛最早对李金发的三本诗集进行较为全面的评价，他在1928年《美育杂志》第2期发表的《〈微雨〉及其作者》，对李金发的诗持热烈赞赏和充分肯定，认为诗人以“人生的悲哀”为基本主题，表现的是“对于生命欲揶揄的神秘及悲哀的美丽”，称他为“诗怪”，为“中国抒情诗第一人”。

但是激烈的批评者也不少，集中在诗歌用词和内容的晦涩暧昧、难以理解上，胡适直接称李金发的诗是“笨谜”，梁实秋进一步批判：“是人就得说人话，人话以明白清楚为第一要义。”赵景深引用宾那特的话：“既然作者的目的就是要取得别人的同情，而作者却不想自己的作品使别人了解，……这真是稀奇极了。”穆木天最为激烈，称“还没听见这一类的中国话”，甚至连“金发”这两个字都不喜欢。

虽然许多人抱怨看不懂，然而许多人却在模仿。当时许多青年男女写信给李金发，表达崇仰之意，用“尽美矣，又尽善矣”来赞誉李金发的“学术和为人”，普遍表示愿意“步先生之后尘”，学为诗人。20世纪20年代诗坛一批年轻诗人，如胡也频、姚蓬子，都直接受到李金发诗歌的影响。

尽管在文坛上崭露头角，李金发的诗歌创作欲反而消沉。他在《为幸福而歌》的“弁言”中说，前两本诗集“因为印刷的耽搁”，“所有诗兴都因之打消，后除作本集稿子外，简直一年来没动笔作诗”这是原因之一，另外

李金发与蔡元培等合影

的原因，是回国后一直没有固定工作，生存为第一大要义，需要四处谋划。他经郑振铎介绍加入文学研究会，结识茅盾、叶绍钧、夏丏尊、赵景深等代表新文学主流的作家，但因生活阅历和文学理念的不同，无法融入其中。1926年他应《申报》的要求为蔡元培塑胸像，从而结识蔡元培。两人一见如故，蔡元培还为李金发在意大利所著的两本书题写书名，并赠对联一副："文学纵横乃如此，金石刻画臣能为"，表示对他文学与艺术才华的激赏。雕塑之余，李金发开始做翻译工作，翻译了法国作家皮埃尔·路易斯的散文诗《古希腊恋歌》。他认为中国的文学病了很久，需要用欧美文学名著来补点元气，这是他积极从事文学译介工作的目的。

## 仕途奔波："我全是沉闷，静寂，排列在空间之隙"

1927年初北伐军攻克武汉，国民政府由广州迁往武汉，李金发也跟着前往寻找出路。在上海制作孙中山雕像时结识的孙科当时任国民政府交通部长，兼武昌中山大学的校务委员会委员。通过他写的推荐信，李金发顺利被

李金发作伍廷芳塑像

聘为中山大学文学院教授。后又兼任国际编译局编译、美术学校雕刻指导，还短暂进入武汉政府的外交部任秘书，结交了一批政界名流。

1927年9月宁汉合流后，武汉国民政府解散，李金发随即携家眷回到上海。不久，他在报纸上看见蔡元培任大学院院长的消息，便去南京拜访蔡元培。蔡元培对李金发的才能很赏识，当即让他担任大学院秘书处秘书，代表蔡元培会客，“静听那些国民诉苦”；同时兼大学院艺术委员会委员，根据蔡元培提倡的“以美育代宗教”的观点，提议并参与谋划建立国内第一所国立艺术大学——国立西湖艺术院。

1928年3月艺术院成立，李金发的好友林风眠任校长，他任雕刻系教授。但是教授生涯并不如意，攻读雕刻的学生最后只剩下2人，原来答应支付的教授薪酬也没兑现，和林风眠共事后两人又产生龃龉，多年友情出现裂缝。这个时候上海家的邻居、外交部长伍朝枢的妻弟邀请他合办一个雕刻公司，为当时名流和戏院做铜像，但公司开了三年也以倒闭告终。1931年冬李金发辞去杭州艺专的职务，到广州找机会，开始了接订单铸铜像的商业生涯。

起初是孙科请他制作伍廷芳的铜像。鉴于当时中国工业落后，还没有人可以铸铜。李金发自己做石膏模，找了佛山的铜匠琢磨铸铜，成功完成高九英尺的伍廷芳铜像。随后又为广东省主席陈济棠的上司邓铿做铜像，此外还有陈济棠的母亲、陈友仁、黄少强、蒋介石等大大小小几十件人物塑像或雕像。李金发的塑像采用写实手法，注重传达人物的精神气质，是中国雕塑史上“第一位学习西洋雕塑和第一位引进西洋雕塑的人”。但由于人物塑像大部分是为了谋生而作，成品需要迎合顾客的需求和趣味，因此除了孙中山、蔡元培、邓铿、伍廷芳等人物塑像，李金发其他有价值的塑像作品不多。

1928年1月，由李金发主编、商务印书馆出版的《美育》杂志正式创刊。重视美育，是五四以后中国美学和教育的一种重要思潮。代表人物蔡元培积极倡导美育，提出“以美育代宗教”的著名口号，在理论与实践的结合上形成了比较系统的美育思想。李金发受蔡元培影响很深，认为“国人之生活”实在是“丑态百出，有足令人骇异者”，而一个民族文明与否，“可以凭其民族审美性之高下”来评判，所以李金发试图以“美”来“育”读者，

《美育》杂志同仁

使他们能从艺术中“觉到人生尚到处是美，尚有一息可以留恋”。1926年他在上海的时候就开始筹备《美育》杂志，截至1937年，一共出版四期，大量介绍西方美术思潮和中外艺术精品，也向刘半农、李烈钧、蔡元培等约稿。

除了倡导全民性的审美教育，杂志也是李金发表达自己美育思想的战地，他在杂志上总共发表了关于艺术理论的三篇译文和六篇论文，核心是对艺术的本质和功用问题的认识，多次谈到艺术的作用是“快慰身心，而至于陶冶性情”。他还翻译了许多德国、法国文学作品，利用回梅县探亲的机会收集家乡情歌，编成《岭东恋歌》。但这个时期李金发原创的诗歌作品不多，除了发表在《美育》杂志的几十首诗歌，便是应《现代》主编施蛰存的邀请，1932至1934年陆续在《现代》上发表的数十首诗，加入现代派潮流。诗歌“已非当年气概”，特点依旧是效仿象征主义诗人，通过展现丑唱出悲观绝望。

1930年李金发家庭发生变故，德国妻子屐妲无法适应中国的生活，带儿子明心返回德国，两人七年的婚姻宣告破裂。1932年初李金发结识了小同乡——黄遵宪的外孙女梁智因，两人交往半年后结为夫妻，次年生下小儿子猛省。1935年广东政局变革，曾养甫任市长，李金发经陈立夫介绍结识曾，在1936年秋天得以出任广州市立美术学校校长。上任伊始，他便启用岭南派画家，大刀阔斧地对教学内容和教学秩序进行改革，在位两年时间培养了一批优秀人才。直到1938年秋广州沦陷，李金发才带领家人离开学校，加入逃难的大军。

## 战时飘零：“漂泊之年岁，带去我们之嘻笑”

1938年10月，离开广州后，李金发原计划带着全家到英属毛里求斯投奔哥哥，到达越南河内后，因洪水被困，后遇到香港读书时的同学，经过他推荐，李金发在国民党海防运输处管理密码，后管人事。1940年日本胁迫越南停止对中国的物质运输，海防运输处解散，李金发带着妻儿经凉山返回中国，一路颠沛流离，目睹日军轰炸的残暴、当地官僚的腐败，以及苦难中仍为抗日尽力和牺牲的修路工人与战士，思想境界发生了很大变化，认识到“抗战的岁月愈久，愈显得中国的伟大”。

1940年夏天抵达粤北的韶关后，设在韶关的广东省政府奉命成立文化运动委员会，李金发被聘为委员会委员和广东省革命博物馆馆长。抗日战争的爆发激发李金发的爱国热情，他把写作的屋子命名为“仰天堂”，典出岳飞《满江红》的“仰天长啸”之句。他对政治问题也表现出前所未有的关注，周作人“在苦雨斋屋顶，悬起太阳旗来”俯首事敌，李金发公开发文指出这是“贻羞中国文化人”，痛斥汪精卫“认贼作父”，“枉食中国数十年的米谷”。他这个时期的文集《异国情怀》里收录的11首诗歌，《飞剪号带来的英勇》等短篇小说，从内容到主题思想都以控诉日寇侵华罪行，歌颂保家卫国的英勇将士、支持抗日的海外侨胞等现实主义题材为主，象征主义色彩几乎不见踪影。

客家人血液里闯荡的基因使李金发并不甘心一直呆在偏僻的粤北小城，1941年8月初他到达重庆，拜见当时的外交部长郭泰祺，被郭任命为外交部欧洲司第二科专员，在部里工作两年，等待外放。1942年11月，由于设在柳州的第四战区长官司令部的外事处需要懂法文的人，李金发受命前往，任外事处外事科上校科长，受战区司令长官张发奎领导。1943年底，结束从军生涯返回外交部，等待外放出国。经过数次等待和竞争，李金发获得驻伊朗公使馆一等秘书的职位。

1945年1月，李金发带领家人前往伊朗，大有“冲出牢笼、海阔天空”之感，但3月抵达伊朗后，发现伊朗公使馆也充满了拉帮结派，勾心斗角。大使李铁铮贪污营私，不按机要规定呈送公文，泄露国家机密。李金发联合其他使馆工作人员收集事实和证据向重庆政府举报，然而石沉大海，让李金发深深感到国民政府的无能腐败。1946年李铁铮不再兼任伊拉克公使，李金发被调往伊拉克公使馆任代办。任职期间，他在国庆日举办游园会，请伊拉克朝野人士500人参加，展现中国作为“五强之一”的气势，又严厉反驳伊拉克元老说中国不及荷兰及北欧诸国进步，说“如中国不和日本抗战，则全亚洲都已变色”，表达了维护国家荣誉的坚定态度。

赴伊拉克公使馆任代办

由于远离祖国，信息资源接收不畅，周围又无同胞往来，李金发的创作也大量减少，除了几篇介绍伊拉克风光、伊朗文学的散文，还有数篇短篇小说，别无建树。1950年，国民党政府驻外使馆各自飘零，李金发不愿意去台湾，这个时候长子明心在哈佛大学毕业，小儿子猛省在新泽西州读高中，为了孩子的学业，李金发最后决定全家移民美国。

## 息影林泉："窗外之夜色，染蓝了孤客之心"

1951年李金发离开生活五年的巴格达，经欧洲横渡大西洋到达纽约。经过一番考量，在新泽西州林湖附近的农场，买下一个养鸡场。又发挥客家人勤奋拼搏、吃苦耐劳的性格和经商天分，研究美国政府的农业政策，从银行贷款扩大养鸡场的规模，使之成为一个有九千只鸡的养鸡场。两夫妇自己经营，农场兴旺，利润丰厚，成为华人中的传奇。但1954年以后，美国鸡蛋产量过剩，鸡蛋价格大跌，李金发苦苦支撑五年后，1959年初破产，只得把农场交给银行抵债。后来他又开过服装店，也以失败告终。1962年他结束一切生意，到纽约长岛定居，除了偶尔依靠老本行接一些雕刻的活计外，开始安

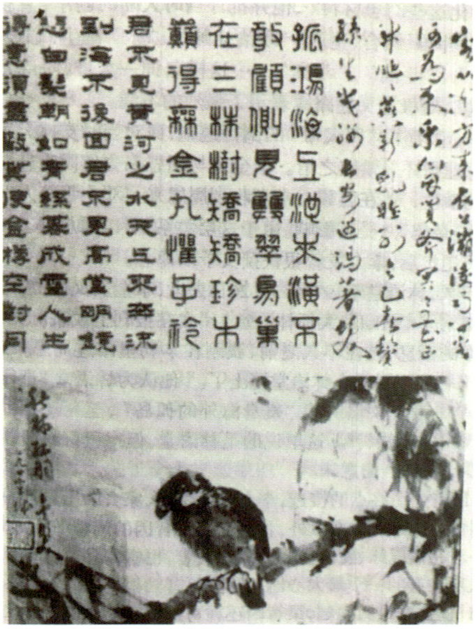

李金发晚年字画

度晚年。在创作上已经完全停止了新诗写作，只是写一些小说，还有回忆性散文，在香港、台湾等地发表出版。

虽然身居美国，但李金发非常思念故乡。他借小说里的人物表达眷念祖国的心情，又描写故乡的美景，让游子梦萦魂牵。晚年夫妻二人给家乡的朋友写信，希望能够回国落叶归根。但是当时正是“文革”时期，这样的愿望显然无法实现。

1976年12月25日，李金发因心脏病复发，在长岛布里瓦医院治疗无效逝世，仅有《纽约时报》刊登了一则简短的讣告。这位在中国20世纪20年代诗坛投下一块巨石、激起褒贬不一巨浪的象征主义诗人，却安息在异国他乡，如同他的诗作《故乡》中对离开故乡勇士的那般哀叹：

何以他们掉了故乡，
另有乐土么？

（春晖）

专家
点评

# "诗怪"李金发

方长安（武汉大学文学院教授）

## 象征主义"晦涩"问题

苏雪林说："李金发的诗没有一首可以完全让人了解，分开来看句句可懂，合拢来看则有些莫名其妙。但它也不是一首毫无意义的作品，不过文字不照寻常习惯安排，所以变成这样形象。"朱自清打了一个很形象的比喻："他的诗没有寻常的章法，一部分一部分可以懂，合起来却没有意思。他要表现的不是意思而是感觉或情感；仿佛大大小小红红绿绿一串珠子，他却藏起那串儿，你得自己穿着瞧。"

晦涩，是读者对作品的一种感受和评价，涉及到文本接受层面的问题。象征主义的艺术原则，暗示、远取譬、通感等修辞手法，省略、生造词、歧义等独特文法，集合在李金发的诗歌中，使他的作品难懂，长期以来为广大读者诟病。不少研究者过于纠结李金发诗歌的"晦涩"这一外在形式问题，甚至产生过度解读的现象，以至于一提起他的诗歌大家立马给他贴上这个标签，而忽略了对诗歌内在思想和诗人个体性的研究。读李金发的诗歌，我们必须首先树立一个意识：象征主义的一个本质特征就是以某种符号象征、暗示某种情感或观念，也就是暗示人独特的内在世界，所以"晦涩"是象征诗的固有特征。

## “弃妇”现象重写

李金发的《弃妇》与古代诗歌表达同情的一般叙述完全不同。第一节，以第一人称的方式写，头发披在两眼之前，隔断了与外在世界的联系，虽然写得很文雅，但让人想到的却是蓬头垢面的情景。诗歌里是一个被抛弃的女子，弃妇的内心是绝望的。第二节写妇女和丈夫之间的关系。在男权世界里，正如教徒和上帝之间的关系，妇女的灵魂就寄托在夫家那里，被遗弃后，灵魂就无处安放，“靠一根草儿”，可见灵魂的安放是很脆弱的。没有人能理解自己，惟有“游蜂”可以听到自己的声音。第三节“弃妇之隐忧堆积在动作上”，这句话怎么理解很重要。诗歌从这一节开始，诗人出现，叙述主体发生变化。弃妇的隐忧靠动作而非语言，妇女的痛苦不仅是表面的、肉体的，更达到了灵魂的、文化的深刻层面，弃妇的惨痛是文化本身导致的结果。在写法上，很多人说这一节采用了意识流的写法。“游鸦”乃不祥之物，弃妇来到海边，看到一叶扁舟，扁舟是很容易被大海吞没的，这是弃妇真实的生活状态。第四节“衰老的裙裾”象征弃妇，这个世界以弃妇来“装饰”，当然是很有问题的。所以，李金发的《弃妇》不像古代弃妇诗一样表达简单的同情，他有对中国文化的深刻揭露、反思。

# 匠心赏析

**有感**

李金发

如残叶溅
血在我们
脚上，

生命便是
死神唇边
的笑。

半死的月下，
载饮载歌，
裂喉的音
随北风飘散。
吁！
抚慰你所爱的去。

开你户牖
使其羞怯，
征尘蒙其
可爱之眼了。
此是生命
之羞怯
与愤怒么？

如残叶溅
血在我们
脚上

生命便是
死神唇边
的笑

▲ 《有感》

## 琚静斋（中央民族大学教师）

《有感》以一种新奇独异的形式表达对人生的深沉思考，意味蕴藉。这主要缘于诗人将中西诗艺有机地结合在一起。一方面，李金发的象征主义诗歌创作主要受法国象征诗派的影响。《有感》吸收以波德莱尔为代表的法国象征诗派的表现技巧，如重视象征、暗示、通感等。以开头那两句诗为例。李金发巧用象征手法，创设了“残叶溅血”这样一幅新奇的画面。“残叶”与“溅血”，“生命”与“死神唇边的笑”，它们之间本不相干，而诗人却偏偏将它们联系到一起。当“残叶”被作为短暂生命的象征，“残叶溅血”就不是无理之语，而成了颇有张力的奇语。通过暗示，它很巧妙地为抽象的“生命”做了极富形象的注解：“死神唇边的笑”。生命的存在与否是由不得人的，而是受死神的掌控。诗人借此深深哀叹生命脆弱易逝，人生变化无常。经过诗人的这一精心构设，这两句诗堪称经典，而且成为这首诗的精髓所在。

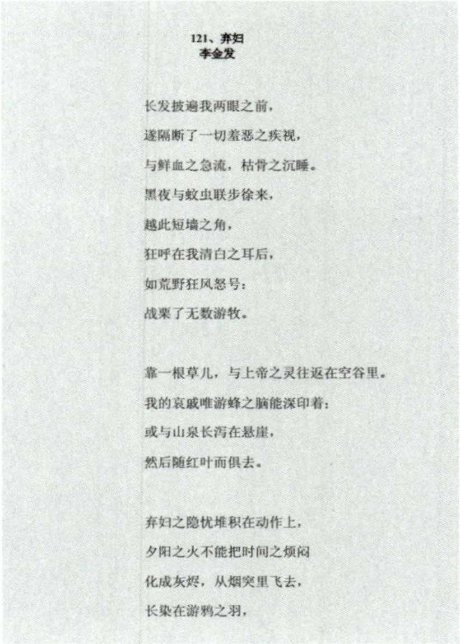

**121、弃妇**
**李金发**

长发披遍我两眼之前，
遂隔断了一切羞恶之疾视，
与鲜血之急流，枯骨之沉睡。
黑夜与蚊虫联步徐来，
越此短墙之角，
狂呼在我清白之耳后，
如荒野狂风怒号：
战栗了无数游牧。

靠一根草儿，与上帝之灵往返在空谷里。
我的哀戚唯游蜂之脑能深印着；
或与山泉长泻在悬崖，
然后随红叶而俱去。

弃妇之隐忧堆积在动作上，
夕阳之火不能把时间之烦闷
化成灰烬，从烟突里飞去，
长染在游鸦之羽，

▲　《弃妇》

## 黄晓玲（山东艺术学院教师）

全诗从“弃妇”遮盖两眼的长发写到她那发出哀吟的“衰老的裙据”，把一连串的物象堆积到这个“弃妇”身上。剧烈情感在好像互不相干的物象之间流动，在诗人眼里，人生就是彷徨在死亡者墓前的弃妇。弃妇的痛苦和伤悲是无法为世人所理解的。李金发特别注意意象与意象、词语与词语之间的跳跃性。一些意象或诗句表面看没有什么连贯性，甚至打破了语法逻辑的规范。如“与鲜血之急流，枯骨之沉睡”，字面意义与内涵有很大的距离；“荒野狂风怒吼”形容蚊虫的嘤嘤声，似乎不合情理，但仔细品味，就理解诗人是为了凸现“弃妇”饱受世人冷眼欺凌，而极度虚弱、过敏的感觉。这位备受冷漠、饱受歧视的妇女，内心隐藏着深深的“隐忧”，弃妇的动作是迟缓的、沉重的，时间也是如此之慢。弃妇彷徨在丘墓之侧，哭干了双眼。《弃妇》一诗中有种奇特的观念联络，读者只有运用自己的联想去填补这些单独的观念暗示，一个完整的意象才会出现：妇人被社会抛弃，饱受狂风怒吼，像小草般的孤独、脆弱，她哭干了双眼，再没有热泪点滴在草地上，来装饰这冷漠的世界了。这个意象清晰完整，诗中既有对弃妇的同情，也有诗人对人生世事的感慨和不平。诗人用弃妇这一悲剧性形象，表达了自己对人世、痛苦和绝望的复杂理解。

# 黄药眠：

## 虽无美丽缤纷色
## 自有凌霄挺立姿

黄药眠（1903—1987），广东梅县人。原名黄访、黄恍，中国现代政治活动家，著名的教育家、文艺理论家、美学家和作家，北京师范大学一级教授、博士生导师。

他以学术上鲜明的倾向、独特的见解、丰硕的成果而享誉国内外。新中国成立后，历任第一届全国人大代表，第三、四、五届全国政协委员，第六届全国政协常委，民盟中央常委、参议委员会副主任，中国文联常务理事兼副秘书长，作协顾问，中国文艺理论学会副会长等职务。

1987年9月，黄药眠完成最后一部著作《动荡：我所经历的半个世纪》后，安然离世。

## 艺术观

◎真理是客观的，人人不得而私；至于谁先找到它，那不是十分重要的事情。

◎不是真理属于我，而是我属于真理。服膺真理，修正错误，这是一个学者的基本品质。

◎书读得多当然好，但是如果不会动脑筋，不能发现问题，提出问题，那书读得再多也没有多大用处。

◎做学问，不能老是引别人的话，孔子怎么说，庄子怎么说，柏拉图怎么说，亚里士多德怎么说，关键是你自己怎么说。

◎我们要向现实面对面思考，而不是借古人的头脑来思考。

——黄药眠

# 创作之路

文学家，特别是诗人，往往总是敏感的。

情感上灌注得多了，人就比较单纯。

黄药眠即是如此。以他的经历、资历、才华、能力，要在政治上有一番作为并不难，但他却从未把政治当职业。他，始终是个诗人、学者。

把他放在一块文化园地，那怕只有一点点阳光和雨露，他也能慢慢生长，开出美丽的花朵。在创造社时是如此，在北师大时亦是如此。

终究，诗歌与学术才是他心之所系，前提是，国家独立民族富强。

## 岭东爱国一少年

1903年，黄药眠出生在粤东北嘉应州，即现在的梅州。

在他的自传中，他说自己是拖油瓶，不知道父亲是谁。其实，他母亲是黄体仁的偏房（他称黄体仁为“养父”）。由于黄家一贯不准纳妾，黄体仁慑于老父的威严，一直不敢带母子俩回家，在城西门的月宫巷买了套住房“寄庐”，将母子俩安置在那里。直到老父亲去世，才将他们接回黄家老屋。小时候，老屋的人常拿黄药眠来开玩笑，说他不是黄屋人，是带来的，他长大了又不敢问母亲，因此产生了一些关于自己身世的猜测。

这，或许就是他一直想远走高飞的一个重要原因。

黄家家境殷实，给黄药眠请了老师，后来还请了刚在县立高等小学毕业的罗陆宗来教他数学，从加减乘除，一直到分数、比例，同时兼教一点作文。补习半年后，黄药眠考上了县立高等小学。

在县立高等小学读了三年后，黄药眠的古文写作有了基础，史论、游记也都能写了。他记性好，《滕王阁序》读五遍就能背诵。学业上，黄药眠没有遇上大的困难。三年后，黄药眠从高等小学毕业，考进梅县城里省立第五中学。

这是一个关键时期。就是在这个时候，黄药眠的文学热情与爱国热情都被激发起来，并成为一生的底色。

他喜欢上泰戈尔，觉得他不仅主张民主和平，而且还是东方人，诗作带有特殊的韵味。他爱看《小说月报》这样的文艺刊物，在上面，他读到了冰心的《繁星》《春水》等作品。此外，《新青年》、少年中国学会出的刊物以及《北京晨报》副刊、上海《时事新报》的《学灯》，都是他爱看的读物，他还开始模仿上面的文章写作。当时梅州中学有一位叫孙波庵的先生曾在他一篇习作中写道："你如能再加努力，将来不难在文坛上获得一席地位。"这句话，黄药眠一生不忘。

黄药眠读到三四年级的时候，全国学生运动非常活跃，梅州虽然是偏僻之地，也组织了全县的学生会——岭东学生联合会梅县分会。黄药眠是积极分子，任梅县分会的秘书，负责起草一切文件，如声明、宣言、章程、通电等。他为此颇洋洋得意，自命为"岭东爱国一少年"。

黄药眠教授在北京

黄药眠《再见》

## 创造社后起最具实力诗人

在1921年，黄药眠从梅州中学毕业了。当时的家庭经济状况，已经不允许他像两位哥哥一样出国留学，于是他进入广东高等师范学校就读，选择英文作为专业。

大学四年，黄药眠诗情迸发，写了不少诗，但生活上非常困顿，一件破布棉袄一穿就是四年。每天早上，有钱的同学早餐有豆浆、西点、牛奶，他只能喝两碗稀饭。但无论怎样，他还是坚持到了毕业。在都市体会了种种世态炎凉的黄药眠，毕业后决定远离都市，他接受了广东白堠（今广东梅州大埔县百侯镇）一所新创办的中学的教职邀请，起身前往。

白堠的风景优美，兼之在深山僻野之处，颇有世外桃源的情调。黄药眠常在村子周围游山玩水。有一次他看见一座小山上，树木葱茏，丛林繁密，还有几片浮云残留在山上。“白云生处有人家”的诗句，一下子跃入他的脑海。他沿着曲折的山径，去找这白云深处的人家。走了半天，终遇人家，他站在屋门前，推门进去，看见了一个老太太和一个小孩。屋子里一片漆黑，床上没有被褥，只有一大堆破碎发黑的棉絮，小孩子三岁左右，光着全身，嘴边流着鼻涕，看见门外有生人走来，就急忙抱着婆婆的脚，惊恐地哭起来。黄药眠看他们神态紧张，就问："你们没有男子在家吗？"回答当然是没有。

这件事，对黄药眠触动很大，这白云深处的人家，远看是多么美呀，到跟前一看，简直是破烂一堆。他觉得，人怎么会生活在这样贫穷落后的地方呢？

山中岁月静好，但黄药眠的内心却难以平静下来。他不由自主地关注起外面世界的动向：思潮正汹涌，广东大学改为中山大学；学生非常活跃，积极参加政治活动，还分成两派：一派是接近共产党的新学生社，一派是标榜恪守孙中山学说的孙文主义学会。

黄药眠觉得，时局这样动荡，人和人之间的关系这样剧烈地变化，白堠地方偏僻，所见所闻有限，会影响到自己的认识和进步。他决定投身社会洪流，而非回避。

带着仅能到上海的旅费，黄药眠离开了白堠，去了一个对他有特别意义的地方——创造社。

在白堠中学时，黄药眠曾寄过作品给郭沫若，郭沫若回了一张明信片，称赞他诗写得好。这次能到创造社工作，对黄药眠是非常难得的机会，正是在创造社期间，他正式登上中国文坛，中国新诗坛由此升起一颗独具实力的新星。

1927年夏，创造社的《洪水》半月刊第三卷32期上，发表了黄药眠一首60行的爱情诗《晚风——呈MISS LI之灵》，我们来欣赏其中一小节：

晚年黄药眠与友人合影

杨之光所绘黄药眠画像

晚风，激情了缥缈的寒波
白沫，抱着了凄凉的故国
我送你，在一个春花明媚的江头
我哭你，在一个冷落无人的荒陌！
守望着往远江海的轻舟，但海上的骚魂何以归得。
…………

众人感叹其文采斐然。当时很多新诗人都写爱情诗，但极少有内容如此真情动人，形式又如此柔美的。当时发表作品一般是没有编者按的，除非是非常重要的诗人的优秀诗作，才会配编者按。这首诗不仅配了编者按，而且是由当时极有影响的诗人、创造社“四巨头”之一的王独清写的，全文如下：

我们这次到了广州，毕竟不算空去。因为认识了许多无名的青年作家。只就我个人来说，虽然还是两手空空地折返上海，但一想到这层，倒真像是发现了宝藏而归，心中感到无限的安慰。黄药眠君也正是能使我们得到安慰的一个人，他底诗，要算据我所知道的广州青年底作品中是最有希望的。我这次到上海来，带了许多广州青年朋友底作品，但在这许多的礼物之中，只有黄君的最为丰富。我将陆续地给他选择发表。现在先借这里郑重地介绍这位诗人，并望黄君继续努力。独清六月二十八日。

同期刊物上，还发表了黄药眠的诗论《梦的创造》。在当时诗坛，同一期刊物发表一位新作者的诗作、诗论，还有名诗人写的编者按，这种现象几乎是前所未有的。由此可见，诗人黄药眠初入诗坛就光彩夺目，被“隆重”推出，并得到诗坛高度重视。

关于创造社，新文化运动以后，有两大文学团体对中国新文学的发展起了重大作用，一是以茅盾为首的文学研究会，一是以郭沫若为首的创造社。这两个团体发表过许多优秀的作品，产生了许多杰出的作家，黄药眠就是其中的一位。

黄药眠到创造社后，还幸运地在出版部堆放旧文稿的书柜里发现了他投寄给郭沫若的诗稿，惊喜之余他把自己这些诗稿又重新修订了一遍，汇编成一本诗集，交主编成仿吾审批，并于1928年出版。这就是当年十分著名并奠定了黄药眠浪漫主义诗人地位的《黄花岗上》。

他的诗突出表现了浪漫主义的生命创造、理想追求和个性表现等特征。龙泉明在《中国新诗流变论》中把黄药眠归类在创造社天才诗人群中，并列为创造社后起最具实力的诗人。

不过，发表了诗论出版了诗集的黄药眠，接下来没有在诗歌上继续发力。

## 低调的政治活动家

在黄药眠的一生中，创造社这段时间的生活是优裕的。他可以到咖啡馆喝咖啡，并阔绰地给小费，可以时常请同事下馆子，还借钱给不认识的人。但所有这一切，并不能缓解一直以来压在他心头的对家国苦难的忧虑。

到上海不久，有一天他在马路上正走着，碰到了“抄靶子的”，英租界的警察搜查他的身子，并问他“你什么时候到大英帝国来的？”黄药眠当时气得发抖。上海公园大门口挂的“华人与狗不准进内”的牌子也让他不胜愤慨。这些对中国人的侮辱，在广州、汕头不大能看到，但在上海，黄药眠真

1949年元旦，于香港坚尼地道，左一为黄药眠

真切切地感受到乃至经历着，这让他痛苦异常。

中国要如何才能够找到出路？中国的希望，到底在哪里？经过一天天的苦闷与彷徨，黄药眠找到了出路，那就是中国共产党，他决心跟党走，决意为中国人民的自由和幸福而献身。他开始读马列主义方面的书，但凡能找到的都读。《共产党宣言》《社会主义从空想到科学之发展》《政治经济学导言》《费尔巴哈论纲》等等，还有普列汉诺夫的著作、意大利马克思主义者莱贝利奥拉等的著作。那时，普列汉诺夫和莱贝利奥拉的著作还没有中译本，他就读克尔出版公司的英译著作。

1928年五、六月间，黄药眠申请入党，不久就被批准。

1929年秋冬，黄药眠被派往苏联青年共产国际东方部。路经德国汉堡时，遇到了廖承志。在莫斯科，先看到瞿秋白，尔后是王明、康生，他参与他们在莫斯科的活动，并在莫斯科住了三年。

1933年，黄药眠提出回国的请求。当时，从东方部到青年共产国际的主持人都对他说："黄格（黄药眠在莫斯科用的名字）同志，你还怀念自己祖国，要回去工作，这很好。不过，你们国家的革命者还处在地下，工作中困难很多，回去后需要小心谨慎，又要勇敢作战。"

1933年冬，他绕道符拉迪沃斯托克回到白色恐怖笼罩下的上海，向上海党中央局传达了共产国际关于建立抗日民族统一战线的战略决策。之后任共青团中央宣传部长。1934年，由于被叛徒出卖，团中央局遭到大破坏，他在法租界李梅路二楼被捕，并被判处10年徒刑。

直到抗战爆发，国共第二次合作，黄药眠才走出南京中央军人监狱的大门。当时，华东、华南各大城市一一沦陷在日军铁蹄下，黄药眠选择前往延安寻找党组织。抗日战争期间，他奔走于武汉、桂林、香港、梅县、成都之间，原来准备写狱中生活，因忙于抗战宣传工作，没有时间，只写了《美丽的黑海》和《抒情小品》等一些文章。在桂林，他写了《暗影》和《再见》等短篇小说。

在国际新闻社，他的工作相当于总编辑，此时他的心态是：做一个无名的小卒，做一点平凡的工作。他在《动荡：我所经历的半个世纪》中写道："（在国新社）我只管两件事情，一件是修改文稿，一件是当大家学习、讨论时，发表一些意见。因为我在这个环境里起的作用就像是教师一样，因此由长江带头称之为'大师'。"

长江，指的是国新社两位创办人之一范长江，当时已经是著名的新闻家与活动家。对黄药眠，范长江是极为欣赏的，这从他称黄药眠为"大师"可见一斑。虽然此时的黄药眠极力地往低里去，但金子，总是会发光的。

再是在作家协会桂林分会，他被选为分会的理事，后来又被选为常务理事。他实际上负责除四川之外的西南大后方抗战文艺的理论导向工作，发表了《抗战文艺的任务及其方向》《目前文艺运动的主流》等长篇论文。他还负责组织了桂林文化界"关于民族形式问题"的讨论。经常组织举办有关诗歌创作、诗歌形式的研讨会，并发表了大量的关于诗歌批评的论文，像《诗歌的民族形式之我见》《论诗歌的创作方向》《论诗歌的手法及其它》《论诗底美、诗底形象》等，对当时中国诗歌创作的发展产生了很大影响。

抗战胜利后，黄药眠再度赴香港，主编《民主与文化》，兼任农工民主党机关刊物《人民报》主笔。后为培养革命人才，与友人创办了达德学院，任文哲系主任。同时，黄药眠兼做民主同盟南方总支部的宣传工作，主编《光明报》，并活跃在香港进步文坛上。这一时期，黄药眠的文学创作和理论研究成果颇丰，主要有：论文集《论约瑟夫的外套》《走私的哲学》，小说集《暗影》《再见》，长诗《桂林的撤退》，散文集《抒情小品》，政论集《民主运动讲话》等，并兼任中华文协香港分会的主席。

1949年春，黄药眠应邀去北平参加第一次文代会和全国政协会议。新中国成立后，黄药眠在北京师范大学任教。1957年整风期间，任民盟中央宣传部长，是民盟的杰出理论家和宣传家，民盟高校领导体制改革小组的负责人，后被定为“六教授成员之一”，成为著名的大右派。

反右运动中，他被剥夺教课资格，与被划右派之前相比，工作和地位发生了极大落差，但他淡然处之，没有戚戚然、悻悻然。

虽然他早年就参加革命文学活动和实际革命活动，是创造社成员，加入过共产党，去过莫斯科，到过延安。在莫斯科期间，和斯大林、瞿秋白、王明等人一起开过会，这样的经历，就是在许多“职业革命家”中也不多见，但他却从未把政治当作职业。他的一生都在寻求民族出路，却又始终伴着书生意气。

这跟他所处的时代有关，也跟他的家国情怀有关。历史的浪潮将他以及像他那样有志于民族振兴的才俊推上了风口浪尖，他们在改变中国命运的同时，也改变了自己的人生轨迹。他们对历史的进程，对国家的富强以及民族的振兴，做出了卓越的贡献。他们主动选择了把自己个人与民族存亡紧密联系在一起，并终生不悔。这不能不让人肃然起敬。

在盛世，黄药眠会是一位诗人；在乱世，他选择成为战士，一位握笔的战士。这就是会有政治活动家黄药眠的根本原因。

## 文论家与美学家

作为文论家的黄药眠诞生于20世纪50年代任教北师大期间。

他发表的长篇论文《论小说人物的登场》和《论人物描写》，是中国叙事学研究领域的开山之作。在这两篇论文中，他思考小说中如何叙述故事和人物的问题。

在北师大的文学理论教学中，他非常重视对作品的分析，他认为，分析作品是硬功夫，搞理论若无此硬功夫作基础，那就是空中楼阁。他带着学生先后系统分析过《三千里江山》《三里湾》，对作品的得失做出了独到的分析，与当时文坛上一片赞扬声绝不相同。

他对一些作品的分析极有见地。如鲁迅的《药》在写华老栓拿人血馒头回家时，写："太阳也出来了，在他面前显出一条大道，直到他的家中。"黄药眠分析说，为什么鲁迅先生不这样写："太阳也出来了，他就顺着大路很快地回家去。"这样写不是把动作也写出来了吗？但如果我们仔细体会，这样的句子显然就不如鲁迅的原句。因为原句不仅写出华老栓一路跑回家，而且还写出华老栓快乐的心情、光明的希望和不知不觉跑回家的情景。"面前显出一条大道"，这是写他心里快活，眼前就露出一条光明大道，而且眼中只看到这一条光明大道，别的奇奇怪怪的人他也看不到了。老栓跑得很快，但鲁迅没有写，因为华老栓心里一高兴，自己都忘了跑得很快了。

在20世纪50年代初、中期，黄药眠冲破苏联文论的教条化倾向，提出"生活实践"论的文艺观。他认为美的对象是"从人类生活实践中的立场去显现出来的"。每个人的生活实践不同，对各个对象的美的判断也就不同。黄药眠谈到自然美的时候，并不承认有单纯的自然美，认为文学描写自然形象的时候，常常是人的本质力量的对象化，表现的是人的境界、人的感觉和理想。民族传统也是客观存在，是美与艺术的第二根源，是使美成为美的深层原因。

在注重文艺的客观性同时，他强调"作家个人的具体感受"、作家的"主观世界"、作家的"创作心理"，认为时代的和阶级的东西是不能直接宣讲出来的，必须通过作家个人全部的经验和体验以及全部的智慧才能进行创造。他意识到单一的认识论，即"存在—意识"的二项关系式，不能解决全部文学问题，而认为马克思的实践论和价值论对于文学艺术问题更具有阐释力。在中国20世纪50年代初的大环境中，思想批判运动不断，黄药眠提出这样的观点，不得不说是有理论家的勇气的。

作为1949年前后最为活跃的美学家，黄药眠组织的"美学论坛"直接引发并推动了"美学大讨论"的进行。朱光潜的"形象的直觉"与黄药眠的

“生活实践”，演绎了一场著名的“梅花之辩”。

当时朱光潜心理学的研究路径，代表着20世纪初期西方现代美学的最新成果，他在《文艺心理学》中曾引用梅花的例子来评说“无所为而为”的关照学说，并且借此例子来建立“形相直觉”的学说，进而说明整个艺术文学现象。

黄药眠对朱光潜关于梅花成为审美对象的观点提出异议，他认为“当我们把梅花当作为审美的对象的时候，也绝不是如朱先生所说，把它和时间上其它一切存在分割开来，成为孤立绝缘的东西去欣赏的”，并在《论食利者的美学——评朱光潜美学思想》中论述“梅花之所以能成为某一些人的审美对象，成为吟咏中的主要题材，其原因并不是梅花的‘孤立绝缘的形相’或具有什么其他神秘的意义”，梅花之所以成为诗的形象在于“诗人们把梅花这个形象和自己的生活实践、过去的经验联系起来，这样才看出它的形象的意义”。

在北师大，黄药眠迎来了自己学术上的春天。他活动家身份沉淀下来的敏锐触觉，让他在学术上也同样敏感，走在时代前列，在文论、美学领域发出前人未有之见。这一特质一直伴随着他。

1978年，党的十一届三中全会后，罗织在黄药眠身上的一切不实之词被推翻，他恢复了名誉。此时，他虽年事已高，学术上却依然不失敏锐触觉，提出“我们的文艺创作和文艺理论的研究也必然要面向世界”的观点；在中国的学术界刚复苏之际，他向北师大提出建立比较文学研究室，并且在国家教委设立了博士点科研基金后，主持“中西比较诗学”的科研项目。他的文学创作和文学批判，都充分显示出他的文学才华和思辨能力。

1986年，即他去世前一年，他给自己题了一联：“虽无美丽缤纷色，自有凌霄挺立姿。”这确是他一生的自期、自许、自信与自评。

（黄河方）

专家
点评

# 他是中国运用价值论来解释美的本质的第一人

童庆炳（文艺理论家）

## 凤姐登场分析第一人

20世纪50年代文论界，大家关注的都是写什么，即题材问题，很少研究怎么写，即文学叙事问题。然而，在1950年，黄药眠先生刚从香港回内地不久，他撰写了长篇论文《论小说人物的登场》，1954年又撰写了论文《谈人物描写》。这两篇论文集中思考的是小说中如何叙述故事和人物的问题，可以视为中国现代文论中比较早的叙事学研究。

在《论小说人物的登场》一文中，他分析了《水浒传》中李逵出场的描写，《三国志演义》中刘备、张飞、关羽、诸葛亮等人出场的描写，《红楼梦》中王熙凤出场的描写，巴尔扎克《欧也尼•葛朗台》中葛朗台出场的描写，列夫•托尔斯泰《战争与和平》开场的舞会场面人物出场的描写。作者以细读的方法，十分具体地、透彻地解读了这些人物出场描写的不同特点。在这种解读中，作者充分注意到人物的不同出身、地位和性格特点，以及不同的生活环境特点，根据小说的描写实际做出独特的分析。作者的目的不是归纳出叙述的公式，而是从这些精彩的人物出场的叙述中寻找“何以如此”的原因，从中探问出的不是写作的模式，而是其发人深思的艺术组织。

例如黄先生对《红楼梦》王熙凤出场的分析，先生指出《红楼梦》第二回，冷子兴演说荣国府的时候，“虚写”了王熙凤一笔，说王“模样极标志，言谈又极爽利，心机又极深细，竟是个男人万不及一的”。这还不是人物正式登场。凤姐的正式登场是林黛玉第一次来到贾府会见她的外祖母以及舅母和表姐妹时，这才是实写。

对王熙凤和林黛玉这次著名的见面描写，很少人知道最先是由黄先生发现的。他不但详细解读和分析了凤姐与林黛玉会面的全过程，而且总结了这种叙述的特点：“这种写法，正像戏台上要特写一个人物时一样，他一出台立即把所有的照明都集中在他身上，这样来加深观众对这个人物的印象。《红楼梦》作者对于王熙凤登场时的背景和环境，是曾经煞费苦心布置过的，他要她在贾母王夫人邢夫人林黛玉诸姐妹都在座的时候出场，这就使王熙凤这个人物有机会从各个方面来表现她自己的性格。像这样生动而充满动作、对话的人物登场，不仅在中国文学作品里很少见到，就是在西洋名著里也很难见到。

## “美是评价”说提出者

他的著作论文都是他自己独立思考的结果。

他表示：“如果认为画一个图画，其色彩线条等都很好就美，这是离开社会内容而成为形式主义的美。看来好像唯物实证，实为形式主义。离开人的生活去谈线条色彩也是不对的，因为线条色彩只有在人的社会生活实践中才有意义，故美不是存在于事物本身中，而是人对于客观事物的美的评价，一个人若是感到某一个事物的存在，这是生理的事实，我们看到花，并不构成美的现象。光是存在并不发生美的现象。”可以说，先生是中国运用价值论来解释美的本质的第一人。苏联在经过了许多争论后，到20世纪七八十年代才有人从价值论的观点系统地来解释审美问题，先生的“美是评价”的观点是具有超前性的，是20世纪50年代中国对美的本质的一种新鲜的观点。

# 匠心赏析

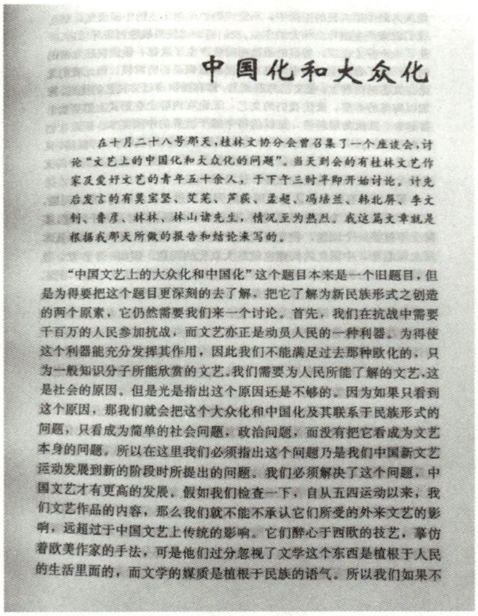

## 中国化和大众化

在十月二十八号那天，桂林文协分会曾召集了一个座谈会，讨论“文艺上的中国化和大众化的问题”。当天到会的有桂林文艺作家及爱好文艺的青年五十余人，于下午三时半即开始讨论。计先后发言的有粪宝坚、艾芜、芦荻、孟超、冯培兰、韩北屏、李文钊、鲁彦、林林、林山诸先生，情况至为热烈。我这篇文章就是根据我那天所做的报告和结论来写的。

“中国文艺上的大众化和中国化”这个题目本来是一个旧题目，但是为得要把这个题目更深刻的去了解，把它了解为新民族形式之创造的两个原素，它仍然需要我们来一个讨论。首先，我们在抗战中需要千百万的人民参加抗战，而文艺亦正是动员人民的一种利器。为得使这个利器能充分发挥其作用，因此我们不能满足过去那种欧化的，只为一般知识分子所能欣赏的文艺。我们需要为人民所能了解的文艺，这是社会的原因。但是光是指出这个原因还是不够的。因为如果只看到这个原因，那我们就会把这个大众化和中国化及其联系于民族形式的问题，只看成为简单的社会问题，政治问题，而没有把它看成为文艺本身的问题。所以在这里我们必须指出这个问题乃是我们中国新文艺运动发展到新的阶段时所提出的问题。我们必须解决了这个问题，中国文艺才有更高的发展。假如我们检查一下，自从五四运动以来，我们文艺作品的内容，那么我们就不能不承认它们所受的外来文艺的影响，远超过于中国文艺上传统的影响。它们醉心于西欧的技艺，摹仿着欧美作家的手法，可是他们过分忽视了文学这个东西是植根于人民的生活里面的，而文学的媒质是植根于民族的语气。所以我们如果不

▲ 《中国化和大众化》

林分份（北京师范大学文学院副教授）

这篇文论发表于1939年12月10日香港《大公报·文艺副刊》。黄药眠在文中提出：文艺的“中国化和大众化”问题的核心不应该仅止于理论探讨，而应视为一种运动，在创作实践中寻求解决。他认为，要创作出具有“中国化和大众化”特色的伟大作品，作家必须深入中国人民的生活中，必须“纯熟地运用土生的中国语气”，其方法是“更多地应用地方土语”，“以目前所流行的普通话为骨干，而不断地补充以各地的方言，使它一天天的丰富起来”，最终使地方土语慢慢成为写作语言（新的普通话）的构成部分。

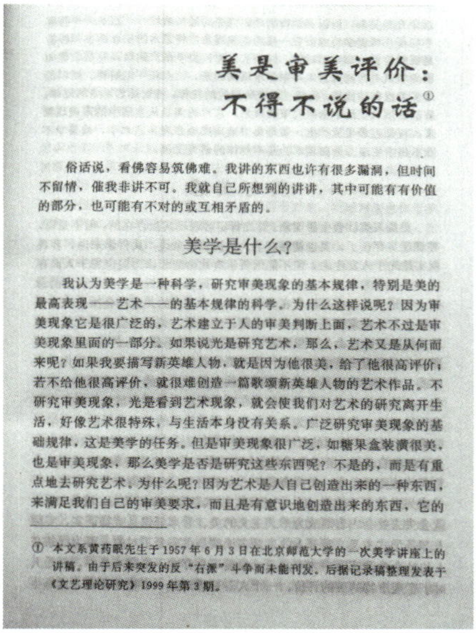

美是审美评价：不得不说的话[①]

俗话说，看佛容易筑佛难。我讲的东西也许有很多漏洞，但时间不留情，催我非讲不可。我就自己所想到的讲讲，其中可能有有价值的部分，也可能有不对的或互相矛盾的。

美学是什么？

我认为美学是一种科学，研究审美现象的基本规律，特别是美的最高表现——艺术——的基本规律的科学。为什么这样说呢？因为审美现象它是很广泛的，艺术建立于人的审美判断上面，艺术不过是审美现象里面的一部分。如果说光是研究艺术，那么，艺术又是从何而来呢？如果我要描写新英雄人物，就是因为他很美，给了他很高评价；若不给他很高评价，就很难创造一篇歌颂新英雄人物的艺术作品。不研究审美现象，光是看到艺术现象，就会使我们对艺术的研究离开生活，好像艺术很特殊，与生活本身没有关系。广泛研究审美现象的基础规律，这是美学的任务。但是审美现象很广泛，如糖果盒装潢很美，也是审美现象，那么美学是否是研究这些东西呢？不是的，而是有重点地去研究艺术。为什么呢？因为艺术是人自己创造出来的一种东西，来满足我们自己的审美要求，而且是有意识地创造出来的东西，它的

① 本文系黄药眠先生于1957年6月3日在北京师范大学的一次美学讲座上的讲稿。由于后来突发的反“右派”斗争而未能刊发。后据记录稿整理发表于《文艺理论研究》1999年第3期。

▲　《美是审美评价：不得不说的话》

## 陈雪虎（北京师范大学中文系教授）

1957年，黄药眠先后邀请蔡仪、朱光潜和李泽厚到北京师范大学进行学术辩论。细心聆听各家意见之后，他于6月3日，亦即反右风潮来临的前几日，发表了这篇对学术辩论的总结性演讲——《美是审美评价：不得不说的话》。在这次讲演中，黄药眠为自己的美学思想进行了辩解，对认识论美学在中国的教条化政治化倾向进行了严厉的批判，并提出了自己的“审美评价”说。在今天，或许只有从反思20世纪50年代美学论争的角度来考察这篇演讲，我们才能窥见黄药眠在时代热潮中坚持自己美学思路的独特性，领会到他力图以圆融的思想和理论素养捍卫生活和美感本身权利的难能可贵。

# 梁宗岱：人生岂局促 与子且高歌

梁宗岱（1903—1983），广东新会人。现代著名诗人、诗论家、翻译家和教育家。1918年考入广州培正中学，1921年起在《学生杂志》《太平洋杂志》和《小说月报》发表诗作和译作，1922年加入文学研究会。1923年免试进入岭南大学英文系初级班。同年成立文学研究会广州分会，出版旬刊《文学》。1924年赴法，1926年进入巴黎大学文学系，并游览欧洲，学习德、英、法、意等国语言，留学期间得到法国象征派诗歌大师保尔·瓦雷里和文学大师罗曼·罗兰赏识，并将瓦雷里的诗作译成中文，把陶渊明部分作品译成法文。回国后，先后受聘任北京大学法文系主任、南开大学英文系教授、复旦大学外国文学系教授。1944年返回广西百色研究制药。1945年与人合办广西西江学院，收容沦陷区失学学子，并任教务长、代理院长。1950年当选广西省第一届政协委员，1983年11月6日因病去世。

## 艺术观

◎真是诗底唯一深固的始基，诗是真底最高与最终的实现。

◎我以为中国今日的诗人，如要有重大的贡献，一方面要注意艺术底修养，一方面还要热热烈烈地生活，到民间去，到自然去，到爱人的怀里去，到你自己底灵魂里去。

◎形式是一切文艺品永生的原理，只有形式能够保存精神的经营，因为只有形式能够抵抗时间底侵蚀。

——梁宗岱

# 创作之路

梁宗岱的一生充满传奇。卞之琳在纪念他的文章《人事固多乖》中，把他比作希腊神话里善变的神祇普罗透斯。他学贯中西，通晓西方主要数国语言。作为专业，既涉足文学创作、翻译、教研、编书，中年以后又跨入医药科学的领域，研发的绿素酊救人无数。同时他也像普罗透斯一样容易陷入厄运，又不肯花言巧语说些趋炎附势的话，招致了多乖的命运。不过他兼具陶渊明的洒脱和陶朱公的精明，哪怕在否绝的逆境中，依旧兴高采烈，从不认输，一生坚守陶渊明"宠非己荣，涅岂吾缁"的人生信条。

## 南国诗人：求学道路步步高，银瓶乍破诗情迸

梁宗岱，字世琦，1903年9月5日出生在广东新会一个生意人家。父亲梁星坡在他出生前便追随祖父的步伐，到广西百色摆摊做零售贩，后来与同族兄弟合伙做烟草生意，逐渐发家，跻身百色大烟庄之列。梁宗岱六岁的时候母亲生病去世，他便到百色随父亲居住。梁星坡虽然是生意人，但很重视子女的教育，晚上亲自教授古文典籍，"灯前夜读，听解诗文"，使梁宗岱从小就对文学有浓厚兴趣。梁星坡喜欢研制草药，赠送给看不起病的穷人。受父亲影响，梁宗岱也对中药产生了无穷的好奇心，神往"家有六羽玲，生疮生不成"等卖武者韵语，翻阅《医宗全鉴》等药书，还有采草药的经历。总的来说，除了丧母之痛外，梁宗岱的童年还是过得有滋有味的。他性格硬，事事要争第一，为了踢毽子夺冠，他可以苦练达到用膝盖或脚尖不间断踢两

三百下的功夫。而读高小时，由于辛亥革命结束不久，强身健体保家卫国的民族意识高涨，从那时起梁宗岱就锻炼了一副强壮体魄，冬天也单衣上阵，“帽子、棉袄、雨伞都成了我的死敌”。

梁宗岱从小就显出文学的天赋，在上小学时，国文老师给他的作文打了125分的高分，有人问：“作文满分才是100分，为何你给125分？”国文老师答：“梁宗岱的文章，我都写不出来，所以我给他多加25分。”他在县立经正小学读完高小二年级，就越级投考当地中学，以第一名被录取。但是小学校长坚决要他读完高小三年级，梁宗岱愤然决定回到老家新会报考中学，并顺利考上了新会最好的中学，即县立中学。一年后，他又到广州，投考培正学校初中部。培正中学是一所由华人医生创立的教会学校，全套照搬美国中学的教育，除国文一科以外，全部用英文教学。梁宗岱此前并未学过英文，因此必须依旧从初中一年级读起，修英文专修科一年。他以一种不服输的精神，用一年时间就完成别人读三年的英文课程，自此开启德智体美劳全面发展的学霸模式。他热爱体育活动，常常划艇绕东湖一周，直到筋疲力尽才返回；曾经担任童子军队长，在五四运动中参加广州学生联合会各种请愿

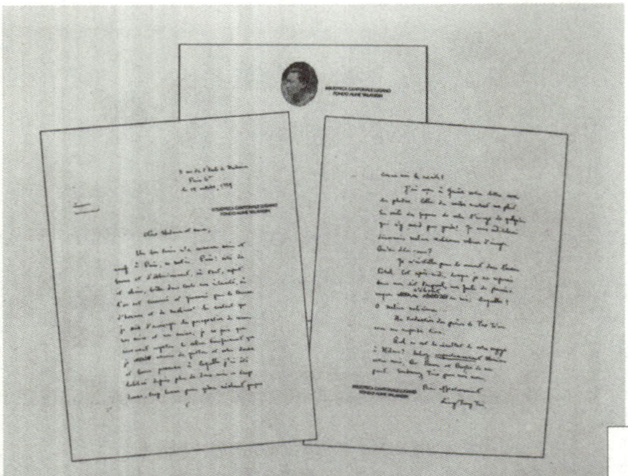
梁宗岱致阿琳娜·瓦朗让信（1929年）
瑞士卢加诺州立图书馆收藏（Biblioteca Cantonale di Lugano）

梁宗岱致阿琳娜·瓦朗让信（1929年）

活动；因为每周的礼拜接触了西洋音乐，为日后做文学研究时用来与文学或艺术相比较打下良好基础；他的学业成绩优良，1923年代表培正中学参加广州市演说比赛获得第三名。

不过最突出的还是他的文学创作研究。他如饥似渴地阅读培正中学收藏的外文书籍，接触泰戈尔、华兹华斯、拜伦、歌德、惠特曼等古典大家的作品，甚至连但丁《神曲》这样宏大艰深的著作也无所畏惧。根据梁宗岱自己的回忆，他在进培正中学之前，所接触的书籍只有小说和散文，进培正后与诗歌的邂逅，"便给它那么不由分说地抓住了，以致我不论古今中外新旧的诗都兼收并蓄"。他在全国性刊物发表的第一个作品，就是1921年10月在商务印书馆《学生》杂志上刊登的白话文翻译的泰戈尔的诗《他为什么不回来呢？》。同时，如岩浆在胸口涌动的诗情，也让他提笔开始写新诗，1921年商务印书馆另一本刊物《太平洋杂志》刊登他的诗《小娃子》，两个月后《小说月报》刊登他的诗《失望》。

梁宗岱的诗歌创作从1922年下半年开始到1923年中学毕业时，进入一个飞速发展期，在《小说月报》《文学》《学生》《太平洋杂志》等刊物发表诗歌几十首。他的新诗充满对造物主的慈爱的感慨，如"从纷蓝荧荧的天河里/隐隐的起了/是夜色深深，/造物的慈爱深深，/心灵的感觉深深"（《星空》）和对亲情的呼唤："母亲啊！当我从这孤苦崎岖的旷野，回到你长眠的乐土的时候，还是一样的把那淘米的水浆给我喝罢！"（《归梦》）诗歌语言毫不艰涩，重视诗歌的节奏和韵律，注重意境的创造，在美学、诗艺上达到一个独特的高度。如他为中学心仪女生创作的情诗："在那一刹那里——/直到如今犹觉得——/心弦感着了如梦的/沉默，羞怯，与微笑的颤动"（《途遇》），道尽初感爱慕的微妙心情。

1924年初文学研究会《文学》纪念刊《星海（上）》收录梁宗岱的组诗《太空》，1925年文学研究会又为其出版诗集《晚祷》，收录诗歌19首，含组诗《散后》33首，可见当时文坛对他新诗创作的肯定。

1923年梁宗岱中学毕业后，获得岭南大学的奖学金，免试进入岭南大学英文系就读，与好友、日后著名的画家司徒乔和日本诗人草野心平为校友。

梁宗岱在1922年应沈雁冰、郑振铎的邀请加入文学研究会，在他入读岭南大学后，郑振铎叮嘱他成立广州分会。1923年8月梁宗岱牵头成立了文学研究会广州分会，同时出版旬刊《文学》，但由于资金不足且管理者为毫无经验的学生，出版半年后便不得不终止。

## 游学欧洲：译罢陶潜吟水仙，大师青睐获益多

在培正中学毕业后，梁宗岱曾向美籍华裔教师李宝荣谈自己去美国留学的打算，但这位有远见的老师鼓励他追随对文学诗歌的兴趣，到文化中心法国去深造。因此在岭南大学读了一年书后，1924年秋天，梁宗岱便从香港搭船出发前往法国。10月抵达马赛，他首先前往瑞士日内瓦，在日内瓦大学补习班学习一年法语，攻克语言关。他学习刻苦，一年以后，即便是辅修的德语，也足够读懂原版的《浮士德》。在学习期间梁宗岱写了诗歌《白薇曲》，歌咏一位在瑞士邂逅的女性，1925年6月发表在《小说月报》上，这也是他新诗创作的终曲，从此他再未进行过新诗创作。

1925秋梁宗岱抵达巴黎，初在巴黎郊区的玫瑰村落脚，一年后搬入巴黎市区，就读巴黎大学文学院，专攻法国文学。在他本人《我的简史》里记载他的专业选择，“决定自由选课，自由阅读，以多结交外国朋友，尽可能汲取西方文化的‘菁华’为主”。这也是他在欧洲六年的游历写照。

到达巴黎后，他和玫瑰村及巴黎的中国朋友交往频繁，相处愉快，还一起成立了一个叫华胥社的文艺组织，成员包括在国内的徐志摩，在巴黎留学的刘海粟、傅雷、朱光潜、王了一和在德国留学的王光祈等。1931年由商务印书馆出版了《华胥社文艺论集》，梁宗岱是主要倡导者和负责人，文集中他的作品全部都是翻译，包括路易的《女神的黄昏》、里尔克的《罗丹论》、歌德的《流浪者之夜歌》和爱伦•坡的《赠海伦》。前两位作家在当时的中国还不为人知。这是因为梁宗岱认识到当时中国知识界的混乱，青年人狂热追捧欧洲文学，能接触的却是粗制滥造的日文译本、英文译本，所以他想继续新文化运动的启蒙工作，在文学作品和欧洲价值观的等级分类上做

梁宗岱在法国与友人泛舟

努力，向中国读者推荐西方重要作家和作品。

不久后，他“多结交外国朋友”的愿望，也以与两个名字如雷贯耳的法国名人的交往圆满实现。

1926年10月，梁宗岱在文学院的一位美国同学约他一起拜访法国当代最著名的诗人瓦雷里。怀着对诗人的仰慕和尊敬，他向瓦雷里呈现一些自己用英文和法文写的诗歌。瓦雷里非常欣赏，给予直截了当的肯定：“比起大部分请我或勒令我读诗的人，他的诗的确出类拔萃。”同时欣赏的还有梁宗岱对文学艺术的痴迷：“他跟我谈诗带着一种热情，一进入这个崇高的话题，就收敛笑容，甚至露出几分狂热。这种罕见的火焰令我喜欢。”这两位年龄相差三十几岁的诗人成为知音，梁宗岱得以追随瓦雷里左右，得到他的指点，豁然开朗。1927年梁宗岱将自己的新诗《途遇》译成法文发表，随后又翻译了唐朝诗人王维的《酬张少府》。1929年他利用寒假把晋代诗人陶渊明的散文三篇和诗10余首译成法文，印成《法译陶潜诗选》单行本，瓦雷里给予极高评价，欣然为序，称赞他的翻译“为我们提取语言之间巨大差距所能容许提取的东西”，也赞美陶诗是“极端的精巧”之后达到的“极端的朴实”。

瓦雷里曾带梁宗岱去布罗涅森林，亲自讲解自己创作《水仙辞》的意境，回来后梁宗岱夜不能寐，写信给瓦雷里倾诉自己的感受，并在不久后将这首长诗译成中文，同时又把瓦雷里年轻时所作的另一首《水仙辞》译出。瓦雷里的诗歌音乐性很强，这和梁宗岱诗歌创作所追求的音乐美是相通的。他译《水仙辞》，通过大量使用既双声又叠韵的叠音词，如“茸茸”“霭霭”“悠悠”等来保持原诗的音乐与节奏。针对诗歌文字含义深刻、意境深邃的特点，由于得到作者解说，梁宗岱除了从中国传统中去寻找对应的象征，使用大量典雅词语，文白夹杂，重现文字风格外，更加大胆再创造，把诗歌唯美意境忠实地传递给读者。译诗于1927年和1928年分别发表在《小说月报》上，为中国读者打开了认识西方现代诗歌，尤其是象征主义的大门。

罗曼•罗兰在中国享有崇高的地位，他对写信给他寻求帮助的留法学生非常照顾和慷慨，许多留学生一到法国就给罗曼•罗兰写信求而见面。但是梁宗岱直到1929年1月才给罗曼•罗兰写信，讲述自己对《约翰•克里斯朵夫》的喜爱，以及他为了尊重原著而学习法语的努力，还附上翻译的陶渊明的散文诗歌，并请求得到《歌德与贝多芬》的翻译权。罗曼•罗兰很欣赏他对法语的精通，认为陶渊明诗歌传递的情感与法国乡土哲学惺惺相惜，还提出把译稿放在《欧洲》杂志上刊登的提议。1929年10月梁宗岱结束瑞士假期返回巴黎途中，在峨尔伽别墅第一次拜访了罗曼•罗兰。他们热烈交谈对中

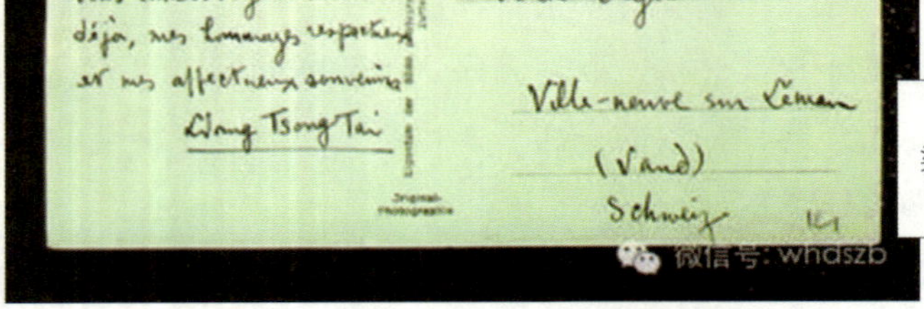
Liang Tsong Tai
Mon cher Maître Rolland,
Je vous adresse, de cette pittoresque petite ville que vous connaissez certainement déjà, mes hommages respectueux et mes affectueux souvenirs.
Liang Tsong Tai

Villa Olga
Villeneuve sur Léman
(Vaud)
Schweiz

梁宗岱致瓦雷里明信片

罗曼·罗兰赠梁宗岱题辞

法文坛的看法，歌德的诗歌，巴赫、贝多芬的音乐等等，梁宗岱也为罗曼·罗兰对《约翰·克里斯多夫》中文译者敬隐渔的关切而感动。

1930年《法译陶潜诗选》出版后，梁宗岱寄了一本给罗曼·罗兰，罗曼·罗兰极其诚恳地赞美，阐释他通过译文对陶渊明诗歌的理解，延续他第一封信的观点，把陶渊明与维吉尔相提并论。1931年9月18日，梁宗岱在回国前从意大利到日内瓦时，第二次拜访了罗曼·罗兰。罗曼·罗兰与他讨论了中法民族极大的相似性，还阐述了自己对苏维埃政权的看法，支持的同时也没有放弃一个个人主义者和人道主义者的坚持。临别时他赠给梁宗岱《贝多芬：他的伟大的创造时期》和《歌德与贝多芬》两本书，还送了一套四卷本《约翰·克里斯朵夫》，在扉页上题了古罗马诗人卢坎的拉丁文名句："难时见坚忍。"

这几乎是一个预言，因为就在他们会面的当天，"九一八"事变爆发了。梁宗岱原计划用四年时间游历欧洲，学习德语、意大利语和西班牙语，然而日本侵华战争的爆发打断了他的这个计划。留学生们纷纷回国为国家贡献力量，梁宗岱也不例外。1931年11月，他在马赛登船，离开了生活七年的欧洲，此生再未回来。

梁宗岱在瑞士

## 执教北大：众人拥簇才子狂，诗与真里论象征

回国后不久，梁宗岱就接受了胡适的邀请，任北京大学法文系主任兼教授，当时年仅28岁。在20世纪30年代的北京，国内最高学府清华、北大聚集了大批人才，他们在“思想自由，兼容并包”的办学理念下，倡导学术民主，张扬学术个性，追求思想自由，学术氛围浓厚。这样的学术环境使梁宗岱如鱼得水。他上课时从不带稿，信手拈来，观点新颖，见解精辟，非常受学生的欢迎。每次上课，连窗口和走廊都挤满了学生。许多学生在课余纷纷前往他的寓所拜访请教，其中就有日后著名的诗人卞之琳和翻译家罗大冈。其中还有一段佳话，准备从英文系毕业的学生周庆陶，因仰慕梁宗岱，又重新就读法文系一年级。

1933年起朱光潜在自己家里定期举办诗歌朗读会，探讨诗歌格律和实验诗朗诵。朗读会云集当时文艺界的名人，如冰心、凌叔华、林徽因、郑振铎、冯至、周作人、沈从文、卞之琳、何其芳、朱自清、萧乾等等，梁宗岱是常客，最喜欢与朱光潜争辩。当时的北大英文系主任温源宁在其著作《一知半解》中，留下了一段关于梁宗岱个性的生动描述："宗岱喜好辩论。对于他，辩论简直是练武术，手、腿、头、眼、身一起参加……老是打一场架才算完。"吴宓曾形容梁宗岱是"中国的拜伦"，而用他自己的话来说，"我只有坏脾气这一点像他（指拜伦）"。

当然这些争辩并不是毫无意义的口水战，而是关于文学、文艺理论的火花碰撞。1934年7月梁宗岱出版了诗论集《诗与真》，里面收录了他几年来写的论文和演讲稿，不乏文学沙龙口头争辩的继续。在这本论文集里，梁宗岱集中精力从文学史及理论上解决何谓象征主义的问题。在《象征主义》一文中他反驳朱光潜认为象征是把具体事物代替抽象的观念，认为象征属于生命诗学的范畴，表现生命的"灵境""真义"。"象征之道"在于心灵与万物互融的"契合"，达到形神两忘的无我境界。在中国古典诗学领域与"起情者依微以拟义"的"兴"近似；在近代西方哲学则与阿米耶尔"一片自然风景是一个心灵底境界"相仿。这本文集也是梁宗岱针对当时诗坛存在的流弊进行匡正的努力。20世纪二三十年代左翼革命诗风盛行，一些左翼批评家动辄把文学视为政治的留声机和宣传工具，完全取消了文学的审美功能，导致中国现代文学发生期的浮躁和浅薄。在《论诗》一文里他强调真是评判诗歌的唯一标准，并以"纸花、瓶花、生花"为喻，只有看不出作者心机和手迹的生花才是艺术最高境界，一流的诗歌是"作者的灵指偶然从大宇宙的洪钟敲出来的逸响、圆融……超神入化的"。脍炙人口的诗歌，是诗人毕生积淀的精华。而"一个伟大的运动更要经过长期的酝酿、暗涌，才有豁然开朗的一天"，并勉励大家要为中国文化"牺牲了最后一滴血"。

## 从日到津：旅居叶山译诗歌，执教南开论新诗

1934年8月，梁宗岱辞去北大职务，和当时的爱人、女作家沉樱东渡日本。到日本后，梁宗岱与沉樱在日本叶山（神奈川县三浦郡叶山町）租了一间木屋居住，靠翻译和写文章维持生活。梁宗岱在此期间翻译了大量欧洲著名诗人的作品，后收集为译诗集《一切的峰顶》，翻译收录了德国诗人歌德

的《流浪者之歌》等诗歌八首，英国诗人勃莱克的《天真的预言》等两首，英国诗人雪莱的《问月》等两首，法国诗人雨果的《播种季——傍晚》，法国诗人波德莱尔的《祝福》等四首，德国诗人尼采的《流浪人》等九首，法国诗人魏尔伦的《月光曲》等五首，奥地利诗人里尔克《严重的时刻》等三首，印度诗人泰戈尔的《无题》等，共计37首。

书名来自歌德的名诗《流浪者之夜歌》的首句“一切的峰顶”，因为这是梁宗岱最喜欢的一首诗。梁宗岱对原作的选择是十分审慎的。他认为只有当译者能够完全体味原作的韵味与意义时，译者才有可能在译作中传达原作的精神风貌，创作出高质量的译品。他在译诗集《一切的峰顶》的序言里这样写道：“假如译者敢有丝毫的自信和辩解，那就是这里面的诗差不多没有一首不是他反复吟咏，百读不厌的每位大诗人的登峰造极之作，就是说，他自己深信能够体会个中奥义，领略个中韵味。”以《流浪者之夜歌》为例，他在1929年到瑞士阿尔卑斯山上的古堡避暑时，夜晚登堡顶冥想，俨然是脚

梁宗岱、沉樱夫妇与马思聪夫妇

下群松和众峰底主人翁，聆听谷底松风瀑布与天上流云合奏，心头起伏回荡诗人诗歌里"一缕光明的凄意"，与作者的心灵达到融洽无间的境界，所以他翻译的版本"一切的峰顶/无声/一切的树尖/全不见/丝儿风影/小鸟们在林间梦深/少待呵：俄顷/你也要安静"，被公认为名作佳品，传诵一时。

梁宗岱的翻译作品大多以直译为主，不仅一行一行地译，而且一字一字地翻译推敲，有时连节奏和用韵也极力模仿原作。这是因为他认为经过大诗人选定的字句和次序是至善至美的。如果译者能够找到适当对照的字眼和成语，除了少数文法上地道的构造，几乎可以原封不动地移植过来。这样更加可以传达原作的气韵。因此，梁宗岱的译品虽不算多，但总能以质取胜，抵得住时间尘埃的侵蚀，保持其青春的鲜艳与活力。

1935年秋，梁宗岱返回北平，在天津大公报《诗特刊》任编辑，并恢复和文艺界友人交往，与司徒乔、凌叔华、王莹、秦宣夫等交往密切。1936年初，受时任南开大学英文系主任柳无忌的邀请，被聘为南开大学英文系教授。这是梁宗岱生活比较舒适静谧的时期，同事关系良好，教授薪水稳定，因此他除了授课，还翻译了《蒙田试笔》，并继续兼任《诗特刊》的编辑工作，继续深入研究诗歌理论。

面对当时的中国现代新诗的状况——白话文体之散文化，内容之贫乏，语言之浅易，感情之平淡，急需寻求新诗发展的"航海灯"，1935年11月他在《诗特刊》发表发刊辞《新诗底十字路口》，指出20世纪30年代中期中国新诗已经到了需要充分自我反省并改变原有方向的历史时刻。他从四个方面否定新诗运动初期"诗体解放""否定传统""言之有物""平易近人"的美学观念和评价标准，指出好的诗歌"必定要经过我们全人格底浸润与陶冶"，不能脱离形式，不能够完全抛弃三千年诗歌传统，而且"愈伟大的作品有时愈不容易被理解"。梁宗岱要以此打破中国新诗唯"自由体"独尊的局面，发起对"格律"和诗歌"音乐性"问题的讨论和创作实践，重建新诗，以期达到一种兼顾汉语语言特征和旧诗传统的"纯诗"理想。

1936年夏，他把在日本和南开时写的诗歌理论结集出版，就是《诗与真

梁宗岱与岭南大学学生合影

二集》。这本论文集以“纯诗”为理想，以融合中西古今诗学为方法，在诗歌语言的“音”与“义”的关系中探索，关注形式元素，继续进行对意象、象征和格律化等方面的探索。同时还关注宇宙人生奥义的哲学层面。他强调好的诗歌，是对大自然的感觉和诠释。李白、歌德的诗常能展示一个“旷邈，深宏，而又单纯，亲切的华严宇宙”（《李白与歌德》）。孔子的“逝者如斯夫”，“是川流也是宇宙底不息的动，所以便觉得诗意葱茏了”（《说“逝者如斯夫”》）。他探讨诗人与客观世界的关系，认为“诗人是两重观察者”（《论诗》）。瓦雷里（梵乐希）是“用经过了客观洞照的心灵去体验和辨认客观的事物”，歌德则“用体验事物得来的结果来启发和展拓心灵底眼界”，都是对宇宙普遍观念或法则的探求，殊途同归，是“两重观察者”的向导与典型（《歌德与梵乐希》）。

## 辗转西南：谢绝权贵辞名利，战火纷飞做研究

1937年七七事变后，驻津日军炮轰南开大学，梁宗岱带领全家辗转上海、广东新会，最后到广西百色父亲处暂避。1938年初，从上海迁往重庆的复旦大学招聘老师充实队伍，梁宗岱受聘外文系教授，举家搬到重庆居住。1941年，梁宗岱受聘复旦大学外国文学系主任，跻身著名教授行列，他的《诗与真》《诗与真二集》在抗战期间，被西南联大中国文学系指定为十种课外读物之一。

中日战争全面爆发，重庆也时时处于炸弹的威胁中，梁宗岱积极为抗日救国呼号。1939年他发表题为《胜利底条件》的抗战文章，抨击腐败，呼吁抗战到底。1941年端午节，抗战大后方的诗人及诗歌工作者联合发起定每年端午为诗人节，效仿屈原精神，诅咒侵略，讴歌创造。梁宗岱撰写了五万字的长篇论文《屈原》，对比屈原与但丁两个伟大诗人，讴歌作为灵魂歌者的诗人，为追求理想“虽九死其犹未悔”的高洁爱国情怀。目睹日军轰炸重庆北碚，七名复旦师生遇难后，梁宗岱在集会上慷慨激昂号召抗日，同时斥责国民党政府消极抗日、积极内战，因此对于国民党政府的拉拢，他一直洁身自好，拒绝做官。1943年，时任国民党中央宣传部部长、梁宗岱的广东老乡梁寒操提名梁宗岱任“立法委员”，被他断然拒绝。1944年，国民党政府在北碚创办议员训练班，聘任梁宗岱为训练班主任兼教授，身份是中将军衔，但梁拒穿国民党政府送来的中将军服。同年秋，蒋介石派人持其手函先后三次来复旦召见梁宗岱，试图邀其加入蒋氏智囊团，最后一次由他的留德同学徐道麟坐蒋介石的高级轿车来迎接，均被梁宗岱婉拒。

即使是战火纷飞的动荡环境，梁宗岱依旧没有放弃学术研究，成果丰硕。1941年，他将奥地利著名诗人里尔克撰写的《罗丹论》译成中文，以《罗丹》为题交由桂林华胥社出版，向中国读者介绍了法国雕刻大师罗丹这位被誉为雕刻史上最伟大的肖像雕刻家，目的是让专注的读者找到“精神上的启迪和灵感”。同年3月，他把自己从1923—1936年间陆续译成的小说、剧本以《交错集》为题，交由桂林华胥社出版。1942年翻译出版了法国

大作家罗曼•罗兰的《歌德与贝多芬》，圆了12年前在法国的梦想。他崇拜罗曼•罗兰，也敬仰贝多芬，从这位音乐巨子的音乐中领悟到了人类之爱和坚定的信仰。他曾经在复旦大学的文艺晚会上介绍贝多芬第六交响曲《田园》，并随着乐声解说它的内容，让学生听得如痴如醉。

梁宗岱的研究涉猎不仅限于文艺，对于自然科学也有自己的独特见解。1942年1月27日，《大公报》发表通讯《沦陷后的巴黎》，里面用讽刺的口吻提到法国留学生刘子华依据易经八卦，结合西方现代天文数据，推定太阳系存在第十颗行星，获巴黎大学颁发的法国国家博士学位，“下士闻道而大笑之，我与读者诸君，其慎之哉勿为下士也。”梁宗岱读完该文感慨万端，写下长文《非古复古与科学精神》，刊登在西南联大《学术季刊》创刊号上，批评中国自海通以来对传统文化抱有两种偏颇的态度：“夜郎自大”与“妄自菲薄”。“我们缺乏一种平心静气不偏不倚的研究精神。这种精神也可叫做科学精神。”所谓科学精神，“就是那无所为而为的好奇心，就是那超厉害的求知欲望，就是那对于事物的平正通达的客观关照”。“即以巴黎大学赠刘君理科博士一事而论，我们亦可看出人家知识上的虚心。……我们相信，如果刘君真能用现代的科学术语和数学公式去说明他的推算，持之有故，言之成理，我相信那些科学家们必定用极大的好奇心去倾听从这辽远的东方的更辽远的过去带来的行星的消息。我觉得单是这点就已经值得我们反省和效法。”观点高屋建瓴，思想深邃，令国人警醒反思。

## 芦笛诗韵：任他谣诼起纷纭，不惜为卿千万劫

1940年3月，梁宗岱父亲病逝，他赶回百色，为父操办了丧事，家业交给侄子管理。但是侄子游手好闲，还企图霸占祖业。梁宗岱的继母催促他回来处理，加之为了躲避加入蒋介石的智囊团，1941年梁宗岱回百色处理家业。在此期间他偶识粤剧演员甘少苏。一出才子佳人戏《午夜盗香妃》深深吸引了梁宗岱，激发了诗人久违了的诗情。他开始提笔写诗，盛赞甘少苏的唱功，并由甘少苏的逼真表演，引发好奇心，进一步了解她的身世。知道

甘少苏的无赖丈夫钟树辉把她当作摇钱树、非打即骂后，梁宗岱产生无比的同情，甚至下决心拯救她出苦海。两人从相恋到结合，闹出了社会绯闻，南宁、桂林报纸都报道梁教授为女伶“大演全武行”。结果是梁宗岱出钱帮助甘少苏离开无赖丈夫，在南宁与甘少苏摆酒成亲。沉樱在得知梁宗岱与甘少苏的关系后，毅然携三个子女弃梁而去。

1943年，梁宗岱把1941年冬至1943年春写的诗词编辑，自费在桂林华胥社出版，取名《芦笛风》。《芦笛风》主要是旧体诗词，创作缘起虽然有与甘少苏相恋的情感因素在，但选择了古典诗词的创作方式，却蕴含诗人的创作理想。他在1944年写的长文《试论直觉与表现》中，开端便解释了这一缘由。他坦诚自己过去对新诗是一个爱唱高调而一无所成的人，并认为自己青年时代的《晚祷》并非成功的作品，而中年转填古诗词是自然的感情倾向。“我以为在艺术领域里，每个作家都必须为自己寻找那最适合自己个性的方式；有谁能够勉强或诱掖谁，也没有方式可以自诩占有绝对的优越。……譬如我自己在生活上是最爱野朴与自然，在艺术上却极醉于格律与谨严，而我最大的野心就是要在极端的谨严中创造极端的自然。”梁宗岱选择了符合自己个性的艺术表达方式。这种方式并未游离他的诗学观念和主张：真的追求

梁宗岱与甘少苏

与美的创造。诗人用这种方式来维护自己的诗学理想，表达了对艺术功利性的抵抗。

1944年暑假，梁宗岱辞去复旦大学教职，返回百色，隐于商贾，不再发表文章，专心翻译《蒙田试笔》和歌德的《浮士德》。1945年，他应广西长期从事教育的雷沛鸿邀请，合办西江学院，旨在收容因沦陷而失学的学子。梁担任教授、教务长，其后是代理院长，直至1947年继母去世，梁宗岱返回百色。至此他一直留在百色，重拾童年兴趣，开始研制草药，和药师上山采药，又筹建制药厂。译稿《浮士德》也交罗念生联系出版社出版，但出版社失火，译稿险遭焚毁。到新中国成立后，又由于已经有了郭沫若的版本而搁浅。

新中国成立后，1950年10月，梁宗岱被推选为广西省第一届政协委员兼省参事，协助百色当地政府工作。1951年因“清匪反霸”运动在“左”的思潮影响下扩大化，梁宗岱属于“剥削家庭”出身，性格又耿直、好胜，在当地得罪不少要人。9月17日他在家中被“敦请”入狱，后经过好友积极奔走，胡乔木批示交上级部门审理，梁宗岱又写信给毛主席、冯至、朱光潜等人求助，方才于1954年6月被无罪释放。

1956年，广州中山大学筹办法语专业，罗念生向外语系主任戴镏龄推荐梁宗岱。于是在阔别教坛十几年后，梁宗岱重新回到校园，并被定为二级教授，不久成为中大学术委员会委员，成为中大学术骨干。1957年又加入中国民主促进会，任广东分会理事。

1966年，“文革”开始，梁宗岱家前后被抄20次，烧去罗曼•罗兰信6封、瓦雷里信13封。梁的译著手稿《蒙田试笔》、《莎士比亚的十四行诗》、《浮士德》（上卷）被毁。即使这样，梁宗岱依旧践行陶渊明“宠非己荣，涅岂吾缁”的格言，坦然生活。

1968年底，梁宗岱被下放粤北坪石干校劳动，下山背米不幸跌入山坑，送回广州治疗，被确诊患上迁移性浓阳菌“败血症”并发急性黄疸，危在旦夕，靠绿素酊挽回性命。1969年下半年，梁宗岱获得“解放”，拿回被冻结工资和存款。1970年，中山大学外语系并入广州外国语学院，梁宗岱转至广外，任法语教授。至广外后，曾参与翻译联合国文件，参与《新简明法汉词典》的编订工作，审校《恩格斯与保尔•拉法格、劳拉•拉法格通信集（二）》。教研工作之余，他的主要精力放在重译《莎士比亚十四行诗》《浮士德》和《蒙田试笔》上。同时继续研制中草药，并施药、赠药，写下一万二千余字的《我学制药的经过》文稿。1978年，梁宗岱所译的《莎士比亚十四行诗》问世，收入人民文学出版社《莎士比亚全集》11卷中。1981年，梁宗岱开始瘫痪，反复住院。1983年11月6日，梁宗岱因脑动脉硬化兼败血症医治无效辞世，享年80岁。

尽管后半生际遇坎坷，梁宗岱刚正率真，充满乐观。他对生之热爱，如同温源宁对他的描绘："事实是，宗岱热爱人生，热爱得要命。对于他，活着就是上了天堂。他一息尚存，便心满意足。他笑着过生活。"这种笑一直保持到他生命的尽头，"文革"浩劫后他给沉樱写信："陶渊明的'聊乘化以归尽，乐夫天命复奚疑'从开始就是我的'盲公竹'。……白浪宁的'Grow old along with me，The best is yet to be!（跟我一起朝前走，最好景还在后头！）'仍是我最常哼的两句诗。"

非常欣赏梁宗岱的法国文学大师罗曼•罗兰曾经说过：世上只有一种真正的英雄主义，那就是在认清生活真相后，依然热爱生活。用这句话来评价梁宗岱的一生，真真是最贴切不过了。

（春晖）

专家
点评

# 梁宗岱的文学翻译及其精神遗产

黄荭（南京大学外国语学院法语系教授）

在新文化运动时期，引进西方文化、“用其长以补吾短”最直接的手段莫过于翻译。译什么？为什么译？这些都是最考验译者眼界和功力的。梁宗岱的选择是：瓦雷里、罗曼•罗兰、波德莱尔、都德、帕斯卡尔、蒙田、歌德、里尔克、尼采、莎士比亚、布莱克、泰戈尔……国别不同、风格不同、体裁不同，交错间又有一条清晰的线索，这些都是诗人眼中外国文学的峰顶，可以助我们“出黑暗而登光明之境”。而同时，作为“用一种（中文）跳跃的声音，抑扬顿挫，清脆奇异，像铃声颤抖，穿透出一种青柠檬的微妙酸味”朗读《水仙辞》的中国人，梁宗岱也奋力去治疗西方对中国的无知，他翻译庄子、屈原、陶潜、李白、王维……并用一种比较文学和世界文学的眼光，去发现、去铺设中西文化对话可能的途径。而且他的译作在国内外都是由最著名的文学杂志和出版社出版，得到文学界的认可和喜爱，这么年轻就到了巅峰状态，到了我们一辈子努力都无法企及的高度。

我们这一代人也译过很多书，跟梁宗岱比起来可能量多，但是人家是质胜，从他选择翻译对象和文本就可以看到他的高度。他选的都是最好的作家、最好的文本，精华的精华。而且我们也可以看到，在某种程度上来讲，他也考虑到中国的需求，不是迎合中国普通民众的喜好，而是怀抱着“为求学识的充裕，为求社会的进步，为求国家的幸福”去选择他的翻译文本的，另一方面也考虑到了白话文发展的需求。

说到这里，我想特别推荐一下《交错集》。在这本译文集里，梁宗岱选的都是一些诗文交错的文本，里面有小说、戏剧、诗歌，选择的作家也是各个国家都有，所以，这里的“交错”就体现了梁宗岱世界文学的眼光。

我们这一代跟梁先生那代人比起来，古文水平实在太差，别说翻译，就是让我们阅读陶渊明、屈原的作品，都会觉得困难。梁宗岱不仅翻译了陶渊明、屈原、王维的作品，而且对这些作品都有很深的认识。在《诗与真》《诗与真二集》里有不少诗论，或者说文艺理论，不仅仅局限在诗歌，也有论画、论翻译，而且是跟胡适、徐志摩、郭沫若等一代才子文人论道。回想一下，20世纪三四十年代真的是现代文学的一个巅峰期。各个领域都出现了非常了不起的人物。而且这帮人还都是平时在一起玩的朋友，有一种各大门派华山论剑的味道。那时候他们都有一个迫切认识世界，同时希望世界认识中国的心情。作为中国20世纪三四十年代的知识分子，他们处在中西文化之中，他们的使命就是要尽量吸收，然后融会贯通，从而开辟出一个新局面。

# 匠心赏析

▲ 《晚祷》

周世煊（温州师范学院教授）

《晚祷》中的诗，写于1921—1924年。诗歌题材大都描写自然，描写爱情，但始终围绕“为人生”这一主题。1921年，梁宗岱应郑振铎等人之邀，加入文学研究会，接受了“为人生而艺术”的创作宗旨，《晚祷》的出版，正是他这一文学主张的印证。“只有忧郁时的脚印，/却沉重的永远的镌着。”（《散后·十五》）“死亡象夜幕。/温柔严静地/把我们旅途上疲倦的尘永远的洗掉了。”（《散后·三十三》）不可否认，这些诗都蒙上一层淡淡的灰色的影子，他虽哀怨却又不甘沉沦于哀怨，时时显露出对人生的积极态度。《夜枭》是对黑暗现实的咒词，作者要把这种社会“努力地诅咒”，他也向往光明，渴望“晨雀”“唱出绵婉的喜曲/讴歌那丝丝溶着的晨光/在夭香流着的朝气里，/带着婴儿般的希望临降”（《晨雀》）。而作者所歌颂的悲哀，却能安慰人生：“我是礁石，/我要在你坦荡荡的流水中/溅起了无数的雪花似的很花，/使你越觉得美丽。”（《散后·二十四》）五四以后，中国的社会愈加黑暗。1919年以前的那种孤寂和苦闷又左右着诗人一度激昂的情绪。在众多的“为人生”的诗人中，虽然有不少人在揭露社会黑暗和诅咒灰色人生，却极少像梁宗岱那样，通过对悲哀、黑暗、死亡的抒唱，暗示对光明和欢乐的追求。

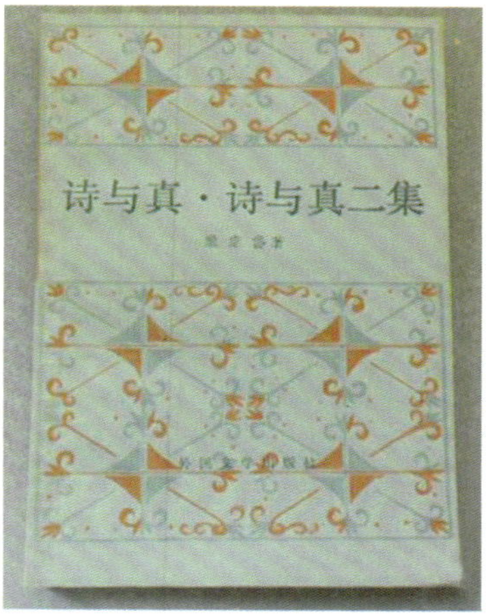


▲　《诗与真》《诗与真二集》

张中（南京师范大学教授）

《诗与真》和《诗与真二集》，出版于1935年和1936年。在这两部论著中，梁宗岱先生对东西方文化进行了广泛深入的比较。他以诗人的敏锐的感受，以内行人的眼光，带着亲身创作体验，沉潜于不同民族的创作深处，做了幽微的追寻，有时能够达到诗学和美学的高度。他腾身于东西两半球的上空，做鸟瞰式的观察，而后取其最鲜明处做比较和开掘。例如，在《诗与真二集》中的《谈诗》一文中，他说："（法国的）马拉美酷似我国底姜白石。他们底诗学，同是趋难避易（姜白石曾说，'难处见作者'，马拉美也有'不难就等于零'一语），他们底诗艺，同是注重格调和音乐，他们底诗境，同是空明澄澈，令人有高处不胜寒之感，尤奇的，连他们癖爱的字眼如'清''苦'，'寒''冷'等也相同。""我说'连他们癖爱的字眼……'其实有些字是诗人们最隐秘最深沉的心声，代表他们精神底本质或灵魂底怅望的，往往在他们凝神握管的刹那有意无意地流露出来。"他结合自己诗歌鉴赏的经验，比较了陈子昂的《登幽州台歌》和歌德的《浪游人的夜歌》，说这两首诗的"情调和造诣""无独有偶"。它们都使人感受到一种对于宇宙与人生的深思与彻悟。而这两首诗，梁宗岱都是在登临眺远时才真正感觉到了它们"最深微最隽永的震荡与回响"。由此他体味到："阅历与经验，对于创造和理解一样重要。""文字以外的微妙，却往往非当境不能彻底领会。"像梁先生这样的比较研究，是一种诗人的比较和读者的比较。这不仅对从事文学研究的学生和学者们有益，而且对一般从事文学创作的人和一般爱好文学的读者们也深有启发。

# 黄谷柳：

## 文誉《虾球传》

## 心系流浪儿

黄谷柳（1908—1977），曾用名海星、冬青、丁冬，祖籍广东省防城县（今属广西），出生于越南海防市，我国著名作家。

1927年4月在云南省第一师范学校参加中国共产主义青年团。蒋介石发动『四一二』反革命政变后，与组织失去联系，进循环日报社当校对，开始走上文学创作道路。20世纪30年代，曾在国民党军队里任职，抗日战争时参加淞沪会战和南京战役，后在重庆参加文协，从事小说、戏剧创作。1949年2月17日，经夏衍和周而复介绍，在香港加入中国共产党，同年7月投身我国解放战争，任粤桂边纵队司令部秘书。

解放后，任《南路人民报》编辑、《南方日报》驻海南记者，1951年和1952年两次以记者身份随团出访朝鲜慰问志愿军，荣立三等功，获朝鲜颁发的『军功章』一枚。1952年底以后，从事专业文艺创作，曾任中国作家协会理事、中国作协广东分会常务理事、广东省政协委员，1977年1月2日因脑溢血在广州病逝。

# 艺术观

◎我正要向香港的那些章回小说家学习，这是一个很好的练习机会。

◎很奇怪，对于描写旧社会的痛苦和伤残，我已经不像过去那样有兴趣了，我在朝鲜战场上，看到过不少新的英雄人物，我想通过他们来刻划亚洲巨人的兴起。

◎青少年是祖国的未来，他们当中不少人受了毒害，我们作为教师和文艺工作者，应该首先关心他们，要把他们抢救过来。

——黄谷柳

# 创作之路

满纸荒唐言，一把辛酸泪。

这是曹雪芹对自己写《红楼梦》的概言，“一把辛酸泪”道尽个中艰辛。这把“泪”用在黄谷柳身上也很合适，他最具代表性的作品《虾球传》的写作以及他的人生，何尝不是泪一把。

1947年，《虾球传》甫在报刊上发表，文中的流浪儿虾球就开始牵动万千读者的心，读者们追着每期报纸了解虾球，一路看，一路泪，与虾球同喜同悲。乃至于作者出小说本时，一年内重版了5次。这在中外出版界都是罕见的。那一年，是1948年。

茅盾曾说：“1948年，在华南最受读者欢迎的小说，恐怕第一要数《虾球传》的第一、二部了。”确实，纵观当时整个中国，再没有比《虾球传》更引起大众关心的作品了。

1981年，《虾球传》拍成电视剧播出时，引发万人空巷的盛况，上海的一个小木楼因太多观众挤在一起观看，不堪重负发生崩塌……后来香港电视购买了该片的播映权，《虾球传》成为第一部打进香港、东南亚地区的内地电视剧……

以前，有一个“港都孤儿”名叫“虾球”，他走街串巷，吃遍了人间的苦，但他从不放弃希望，奔着心中的美好而去。他的苦他的乐他的泪，感动的不只是20世纪40年代的人们，还有今天的我们。

## 抗争的童年与少年

黄谷柳“一把辛酸泪”的人生，从一出生就开始了。

他原名黄显襄，祖籍广东防城（现广西防城港）。曾祖父是太平天国的一名下级军官，太平天国失败后逃往越南广宁省定居。到他祖父一辈时已颇有田产。其父黄天佑还当过鞋店小老板，后来成为赌徒，不务正业。母亲是云南河口贫家女，嫁给其父作偏房。正怀谷柳期间，被大母所逐，离越返滇，在海防的旅馆中生下了黄谷柳。这一天是1908年11月15日。

黄谷柳从小寄居在外祖母家。外祖母摆小摊，舅父是一名小学教师，生活颇为拮据。好在一家人有读书的意识，家里也还有一个读书人。黄谷柳从小跟随舅父念书识字，但舅父婚后弃教从商，结果赔光老本，步其父亲后尘，沦为赌徒，最终抑郁而死。九岁时，黄谷柳上小学，他聪慧而努力，毕业时成绩优异，获当地“勤学”银质奖章。尔后，他来到云南省城，考入昆明市民办联合中学，但因无力缴纳学费和膳食费，读了半年就辍学了。而后他又考入公费云南省立第一师范学校。在这所全新的学校里，他衣食无忧，全身心地接受新的知识。他明白了“阶级”“革命”和“斗争”的含义，他开始由一个自卑的“弃儿”变成了一个热血沸腾的“红色青年”，他有了自己的政治倾向，并在同班同学甘汝松的介绍下，于1927年4月加入了中国共

1947年春，黄谷柳与家人摄于屯门青山达德学院内。其时他最小的女儿燕虹尚未出世。上一年3月，他在广州辞去正中书局的职务，脱离国民党控制，带领一家五口重回香港，开始卖文为生

1947年11月，左起：三女燕娟，二女燕鸣，妻德英，黄谷柳和小女燕虹，聪儿，大女燕芬，摄于香港九龙联合道，其时《虾球传》已开始在《华商报》逐日连载

产主义青年团。这一年，黄谷柳18岁。

毕业前夕，其父为其包办婚姻，他不喜欢，但最后被迫接受。当时，学潮一波接一波，校长被驱逐，学校不上课。黄谷柳看不到希望，情绪低落，精神消沉。就在这时，他从报上看到一个让他心动的好消息，他几乎不加思考就做出了一个大胆的决定——奔赴武汉。原来北伐军攻占武汉后，设在那里的中央军事政治学校准备扩大招生，为准备发动第二次北伐战争培养更多的连排级人才。黄谷柳非常向往军营，当军人的梦想在心中收存已久。现在有这样的好机会，他不想放过。

但命运似乎和他开了个玩笑。

他偕新婚妻子，拟取道海防、香港转赴武汉参加革命军政学校。但在海防遇到了越人与华侨的大规模械斗，滞留旅馆四天。待他到达香港时，国内已经“清党”，革命军政学校也就不复存在。黄谷柳的“革命”美梦破灭，只好在香港谋生。他和妻子摆小摊，开理发店，生活十分清苦。即便如此，他心中仍然存着对生活热切的期望。

白天工作，晚上他就去香港文坛前辈黄天石主办的新闻学社读夜校。毕业后，经黄天石介绍，在循环日报社当校对。不久，他写出了自己的散文处女作《过海防》，受到《大光报》副刊编辑谢晨光的赏识，得以发表。从

1953年，黄谷柳在上甘岭战区

此，他与文学结下了不解之缘。他如饥似渴地阅读所能找到的文学作品，模仿，学习。他还结识了谢晨光、侣伦、张吻冰、岑卓云等香港文学青年，时常一起探讨写作问题。

这时，他的小说《换票》在自己当校对的《循环日报》上发表。他受到了更大的鼓舞，拼命写作，但因劳累过度加上营养不良而病倒，而且到了咯血的地步，连班也上不了，因而丢掉了报社校对的工作。他的生活和事业再次陷入困境。

## 经历南京大屠杀

生存的重负摆在黄谷柳面前。

稍愈后，经亲友介绍他到广东军阀陈济棠部当一名中尉科员。1936年5月升任中校。一年后，他竟然被派去参加了全部由校级以上军官参加的“庐山训练团”，亲自听取了蒋介石、汪精卫、陈立夫等国民党首脑人物的报告。不久，卢沟桥事变爆发，黄谷柳随军开赴上海前线并逐步撤退至南京，后遭日军围困。他遭遇了震惊中外的南京大屠杀。

当时，凶残的日本鬼子大肆搜捕和滥杀失去武器的军人，黄谷柳把自己化装成一个老百姓，与一群广东官兵隐藏在一家煤炭店的地下室里。最后在店家老板娘——一位可亲可敬的“老干妈”冒死掩护下，他们幸免于难，得以逃出险境。

1938年3月，黄谷柳安全返回广州。他忘不了那段极其恐怖的日子，忘不了舍身救下他们的“老干妈”，他很快写出了纪实文学作品《干妈》，发表在茅盾主编的著名抗战刊物《文艺阵地》第三卷第15号。这篇作品可说是一篇无比真实的“目击记”，至今读来仍令人为之动容。

作品一开始就把读者带到了大屠杀的恐怖气氛中，用血淋淋的事实揭露了日本侵略者的罪恶，他用颤抖的笔写下：“从水西门外驶进的军用汽车用油布密密盖着，不让人民晓得上面堆垒得满满的是什么东西。可是在汽车上面正盘旋着追逐腥臭的乌鸦，汽车下面正淌滴着鲜红的血水……”在这种血腥的背景下，老干妈出现了。她为了掩护黄谷柳等官兵，不惜倾家荡产，甚至还遭到了日本鬼子的强暴。但她没被敌人的屠刀吓倒。每当日军的铁蹄声从门前响过，她总要咒骂：“天总是有眼的。杀千刀的东洋鬼子，看你哪天尸也拖不回去！”她常常强忍伤痛说：“你们能平安出去了，一切都有望了，我受罪算得了什么？”在那段地狱般的日子里，她每天为官兵们的安全

1965年，黄谷柳在广州

提心吊胆、担惊受怕。

据考证，黄谷柳发表的《干妈》是第一篇揭露日本侵略者南京大屠杀滔天罪恶的文艺作品。

劫后余生的黄谷柳逃到上海，辗转回到广州，找到了他原来的部队。

那是1938年3月，正值国共第二次合作初期，黄谷柳所在的部队整编后，从原19路军提升来了一位喜欢新文艺的团长吴履逊。有一天，在广州《救亡日报》工作的夏衍，应吴团长的邀约，到萝岗参观该团的营地和附近的一些名胜古迹。参观即将结束时，吴团长派来一位校级军官作陪。这位校级军官笑着对夏衍一行说："欢迎你们再来，这次时机不好，早几个月来可以看到著名的'萝岗香雪'，迟几个月来可以吃到这里的特产——糯米糍荔枝，但现在只能请你们望梅止渴了。"这几句话，给了夏衍一个奇异的印象，这个年轻人不像一个普通的国民党军官，而像一个颇有才气的知识青年。当时的夏衍虽然只听吴团长叫他黄秘书，连他的名字也不知道，但却深深记住了他。

这位黄秘书就是黄谷柳，他们这次见面，为多年后《虾球传》的诞生埋下了伏笔，留下了悬念。

经过八年抗战，中国人民终于赢得了最后胜利。可是，黄谷柳却在这时从国民党部队中"逃"了出来，离开重庆，再次回到广州。他为什么要当"逃兵"呢？我们在他后来的《自传》中找到了答案。他说："我曾经在广东南雄县水口圩参加过一场剧烈的反共战争（1932年7月），后来又在上海近郊和广州郊区参加过两场剧烈的抗日战争（1937年9月和1938年10月），两种性质不同的战争我都经历过了。我厌恶内战，拥护抗战。当我闻到有一股又要打内战的火药味时，为了个人的安全，我自动离开了国民党军队。"

当时，有人要他去正中书局广州分店工作，这在当时算是一个铁饭碗。但他因为这家书局名声不好而放弃了。他说，"我会全家搬到香港去的。过好日子也罢，过苦日子也罢，只要能够活下去就行！"他的朋友黄秋耘听了他这话后认为："在我的心目中，谷柳也许还不能够算是一个坚定的民主人士，但至少不失为一个正直善良的人，他的是非之心远远超过了利禄之念，

黄谷柳，摄于1950年解放海南前夕

在那种时代里，这毕竟还是相当难能可贵的。”

此时的黄谷柳已是一家之长，父母已经去世，妻子和三个女儿、一个儿子正在越南避难。他把妻子、儿女接来广州，一家人迁到香港谋生。

## 《虾球传》扬名四海

在香港，黄谷柳以卖文为生。他天天向报纸投稿，但十个稿件中有八九个无法发表，一家人的生活陷入了绝境，妻子和正在上学的三个女儿不得不去纱厂打零工。日子难过到什么程度呢？女儿黄燕娟后来回忆说：“1947年农历除夕那天，有钱人家都忙着杀鸡杀鸭，准备团年了，可是，我们家里什么也没有，冷冷清清的。那时候，我才十一岁，爸爸把我叫来，交给我一封信，叫我到一位叔叔家去借钱。大概那位叔叔手头也并不宽裕，他没有拿钱给我，而是给了我一个小小的金指环。于是，我紧紧捏着这个指环，生怕它在我手里漏掉了，也怕被过路的人抢去。当我把这个宝贝东西拿给了爸爸，他便赶紧叫妈妈把它拿去典当，当了一些钱，才赶紧去买米，妈妈还买了两只小小的猪手，就这样，我们才算过上了年。”

黄谷柳在香港的家，是一间八九平方米仅堪容膝的房间，一家七口全都住在里面，真真正正的家徒四壁，十分清寒。他的书桌是用一个肥皂箱造的

海南岛解放，儿童把敌人坦克当玩具。1950年5月，黄谷柳摄

的，家里实在挤不出一丁点地方放，只好占了房东一点便宜，放到走廊里。黄谷柳就在那张摇摇晃晃的破书桌上，异常勤奋地写作着，那部扬名四海的长篇小说《虾球传》第一部《春风秋雨》就是在这样的环境中诞生的。

1947年秋，他小心翼翼地拿着这部心血之作，找到了当时在《华商报》文艺副刊当编辑的夏衍。他一见夏衍就说："你可能已经忘记了，十年前我在萝岗见过你。"夏衍仔细打量了眼前这个消瘦憔悴的中年男人，突然想起来他就是当年陪同他们参观萝岗的那位穿着军装的文学青年——黄秘书。

夏衍当晚看了他的作品，非常兴奋，认为是一部不可多得的好作品，决定在《华商报》上连载。而甫一刊登，就引起了读者追看的热情，越来越多的读者加入到读报关注虾球流浪生活的行列中，且一跟就是将近三年。黄谷柳的兴奋与开心是可以想象的。他接着完成了《虾球传》的第二、三部——《白云珠海》和《山长水远》。1949年，当三部连载结束后，香港新民主出版社首次推出了《虾球传》单行本，很快售罄。紧接着多次再版，并被翻译成英文、日文，在国外发行。特别是在日本，不仅九次再版，而且还被改编为话剧在东京上演。

用现在的话来说，黄谷柳可谓一夜成名，震惊文坛。全家人的生活得到了改善，搬到了地方大些的住房，他甚至用较为丰厚的稿酬买了人生第一件

“奢侈品”——一部徕卡相机。

这究竟是一部怎样的作品呢？

从内容上看，这是一部不折不扣的“红色经典”。它讲述了香港草根少年虾球从一个“马仔”成长为“革命战士”、由“黑”到“红”的传奇经历。它描写了这个贫苦少年从香港浪迹广州，最后进入东江游击区的曲折经历。虾球的转变过程，既让人看到了黑暗势力的内幕，也表现了他所走过的漫长道路。

小说中，虾球的父亲在他还没出生时，就做了“猪仔”，到美国旧金山打拼。15年后，带着多年辛苦积蓄下来的一点血汗钱返乡，刚一踏上香港的土地，就遇上了扒手。这个扒手不是别人，正是自己未曾见过的儿子——虾球。当时，虾球在王狗仔的指挥下，“成功”扒窃了这位从美国归来的“唐山伯”，王狗仔仅赏给他100元，吞没了所有的“战利品”。当虾球兴奋地回到家中，准备孝敬自己可怜的母亲时，蓦然发现那个被偷的“唐山伯”正躺在自家床上，露出“一副死人一样的绝望的神色”。这时，母亲告诉他，躺在床上已经疯了的那个老人就是他的父亲。此情此景，让“虾球觉得这个鬼地方不能再待下去了。再待下去，他也许会苦闷得发疯，也许会干出一些连自己也料想不到的危险的事情出来。他决心离开这个鬼地方。到哪里都可以，做什么事情都可以，只是再也不做扒手了”。

这部作品在艺术上可以说就是一部传统章回体小说，但它打破了章回体小说的原有模式，力求创新，不再使用对偶式的标题。全书3部66节，几乎每一部每一节都留下一个悬念，既具有武侠小说险象环生的吸引力，又能让人体验到中国小说“无奇不传”的美妙神韵，同时还让人感受到了美国作家马克•吐温在《汤姆•索亚历险记》中的那种幻想、冒险和童趣。另外，这部作品充满了乡土气息和民族色彩，其中对南方风俗的生动描绘和地方俗语的恰当运用，让这部小说表现出更加迷人的色彩。

其实，我们现在看到的《虾球传》并没有写完，黄谷柳原计划写四部，但却只写了前三部。即使如此，这部没有写完的长篇小说依然在《中国现代文学史》里留下了浓重的一笔，被认为是讲述了“小人物的悲欢”，却是

“大时代写照”的一部文学名著。

1957年以后，《虾球传》和它的作者一样经历了20多年的磨难，1979年重见天日，由广东人民出版社重版二次，1981年被广东电视台改编为电视系列片，广东台播出后，中央台跟着转播，赢得了数以百万观众的认可。为此，香港两家出版社及时翻版了广东人民出版社1979年版。这段时间，全国上下掀起了一股虾球热，据说中央电视台播映时，上海某里弄房子因观众太挤房子倒塌……

毫无疑问，《虾球传》是一部经典小说，从诞生之日起，在经历了几十年的大浪淘沙之后，依然散发着深邃而迷人的艺术光辉。这是一部饱含着黄谷柳真实人生体验的小说，小说中的虾球就是黄谷柳的影子，这个从旧社会走过来的“苦人”，与他笔下的虾球一样，在飘摇的乱世中经历了太多的苦难和离奇曲折的人生。

跟黄谷柳一样以流浪儿童为主人翁进行创作，且几乎同期刊登于报纸的，是张乐平的《三毛流浪记》。一个是小说，一个是漫画，均创造出经典形象。只不过，今天知道三毛的人会更多些，知道虾球的比较少。而在当时，以出版次数和翻译的外文来看，《虾球传》的影响更大。

人到中年的黄谷柳

## 朝鲜战场上的勇士

黄谷柳的传奇人生在他出版《虾球传》后，还一直继续着。

1947年底，他把二女儿燕鸣送到十万大山参加游击战争。1948年春，他申请参加中国共产党。经过一年考察，他获得组织批准，于1949年2月17日宣誓入党。入党介绍人正是中国新文化运动的先驱者之一、著名文学艺术家、社会活动家夏衍和著名作家周而复。

1949年6月，他放弃自己在香港如日中天的写作事业，进入粤桂边游击区，担任中国人民解放军粤桂边纵队司令部秘书，后来又参加了解放海南岛的战役。他再次实现了自己心中的军人梦，且这一次不再是为了生计而为。他充满热情地投入其中，连计划中的《虾球传》第四部也放下了。

抗美援朝时期，他以《南方日报》特派记者的身份，参加了以巴金为首的文学艺术工作者赴朝鲜战地访问团。在上甘岭战役中，他站在一位指挥员的身旁，当听到一颗重型炸弹发出嘶鸣时，他冒着生命危险扑倒在那位指挥员的身上，用自己的身体掩护了战友，因而被弹片擦伤面部。

在朝鲜的两年，他几乎每天坚持写战地日记，把许多发生在战场上的故事、细节，都记录下来，并用自己的徕卡相机拍摄了大量的照片。这些日记和照片从未发表过，直至2006年12月才由黄谷柳的后人挖掘出来，以《黄谷柳朝鲜战地写真》公开出版发行。这不是一个作家的个人史，而是一个作家关于半个世纪前那场反侵略战争的真实的“大记录”。

1977年1月2日，黄谷柳走完了他血泪传奇的一生，在广州郊区一家简陋的乡村医院病逝，终年69岁。

如果没有萝岗的那一见，《虾球传》能否在动荡的1947年顺利发表呢？如果在《虾球传》的基础上继续前进，黄谷柳应该会有更多的文学成就吧。然而，生活没有如果。黄谷柳的一生，是一把辛酸泪，但我们会永远记得那个名叫虾球的流浪小孩。

（黄河方）

## 专家点评

# 他是一位很有个性、很有特色的作家

夏衍（作家）

我看完第一章，就使我很惊奇，这是一部很有特色的作品（《虾球传》），写广东下层市民生活，既有时代特征又有鲜明的地方色彩，特别是文字朴素、语言精练。我决定把这个长篇在副刊上逐日连载。

这部小说连载后，立刻引起了广大读者的欢迎。有一次我问他："你生在越南，长在云南河口，为什么能那样熟悉广东下层社会的生活？"他乐呵呵地说："那主要是因为生活穷困，做过苦力，当过兵，和穷人、烂仔捞家经常打交道的缘故。"他的小说有独特的风格，这正是文如其人，他有顽强的性格，不怕困难，愿意和最穷困的人们交朋友。他告诉我，他曾为一个像小说中的主人公虾球那样的流浪儿打抱不平而遭到烂仔们的殴打。谷柳同情这些人，但又没有办法援助他们，这才迫使他开始寻找解放穷人的真理。

在近代中国文学史上，黄谷柳同志是一位很有个性，很有特色的作家。他的一生是始终和劳动人民紧密联系的一生，他为人正直，不隐讳自己的观点，在生活上他不避艰险，敢于走别人不敢走的最困难的道路。在创作上敢于创新，又善于吸取传统和外国的经验。茅盾同志曾评价过他的作品，说他的作品能"从城市市民生活的表现中激发了读者的不满、反抗与追求新的前途的情绪"，而在风格上"打破了'五四'传统形式的限制而力求向民族形式与大众化的方向发展"。我认为这是很恰当的。

# 他在通俗小说方面开拓了新领域

钟敬文（民俗学家、民间文学家、作家）

作为一个作家，谷柳在通俗小说方面开拓了新领域。作品也真像他所冀望的，在一定程度上，做到了“夺回读者大众”的地步。记得在国外，有人曾把它去和赵树理同志的作品相比较，并说明了他们中间的同异。这是颇有意思的。

香港是受英国殖民统治，支配一切的是金钱。什么正义，什么道德，什么同情，……在那社会里，都被看作不值一文钱的东西。那里虽然也有一些左派方面办的报刊，乃至于出版机构，但是，它大都“富于道义，贫于资金”，要靠它养活一家人，并不是容易的事。财主们办的报馆和书店是有的。但是，有一个条件，你的作品或言论，必须符合主人的意愿，方有可能被接受。而在正直的作家，要满足他们这种条件，却是比挨饿更可怕的事。

《虾球传》是谷柳的出世作，同时也是他的代表作。一开始，它就深得夏衍同志的赏识，被连载在他所主持的《华商报》上。它很快广泛地受到华南进步文艺界的注意，他们曾经为它专门召开过座谈会。正在那个时期里，我和日本中国语言、文学研究者实藤惠秀博士，恢复了因中日战争中断十年的通信关系。我常请他购寄一些彼邦新出的神话、民俗方面的著作，作为酬报，我也采购了一些当时新出的语言、文学书刊给他。《虾球传》，就是其中的一种。实藤博士接到这小说后，很感兴味，就把它的故事梗概写述出来，介绍给日本学界；同时岛田正雄君也注意到这本具有新鲜内容和风格的中国小说。后来，他们就把它合译成日文，名为《虾球物语》。听说，当时日本读者对它的反应并不坏。

# 匠心赏析

▲ 《干妈》

## 张绰（文艺评论家）

这是黄谷柳20世纪30年代的一篇主要作品。这篇小说写于1938年9月，是通过欧阳山送到茅盾主编的《文艺阵地》上发表的，后来被翻译为世界语文字。这虽然是短篇小说，但是在很大的程度上也是作者的亲身经历。小说用第一人称的手法，描写南京沦陷时，“我们的干妈”掩护了“我们”，并帮助“我们”逃出南京的事。写出了“干妈”的爱国热忱和崇高品德。这是一篇上乘之作。

▲ 《虾球传》

## 张绰（文艺评论家）

这部小说1946年至1948年在香港《华商报》副刊连载，随后分《春风秋雨》《白云珠海》和《山长水远》三部出版了单行本，在当时国统区特别是华南地区曾广泛流传，产生过很大的影响，在香港、北京曾多次出版发行。除了英译本外，日本作家把它译成日文，叫《虾球物语》，先后印了九版并改编为话剧在东京演出。

这部作品具有鲜明的“广味”，这是它获得大众认同的一大原因。作品中时常映现出一幅幅20世纪40年代粤港的市井风俗画，突出了珠江三角洲一带的风土人情、世态习俗。论人物，这里有各式各样的妓女、舞女，有大大小小的捞家，有老谋深算的大天二，有亚娣那样的艇家妹，有谁要就给谁享受的洪少奶……

# 欧阳山：

## 拼将热血书青史
## 留得冰心净玉壶

欧阳山（1908—2000），原名杨凤岐，笔名凡鸟、罗西、龙贡公等。1908年12月出生在湖北荆州，因家贫，数月大被卖给广东杨姓人家抚养，在广州长大。1924年在中学读书时发表第一篇短篇小说《那一夜》。1926年组织广州文学会，创办《广州文学》周刊。1927年发表第一部中篇小说《玫瑰残了》，同年组织南中国文学会。1928年到上海，成为职业小说家。1930年以后接受马克思主义启蒙和革命文学的影响。抗战爆发后，在广州、长沙、沅陵、重庆等地开展抗日救亡文化运动。1940年在重庆加入中国共产党。1941年到延安，参加了延安文艺座谈会和整风运动。1946年写作长篇小说《高干大》，是较早一部反映解放区生活的长篇小说。1957年开始了鸿篇巨著《一代风流》的写作，全书由《三家巷》《苦斗》5个长篇组成，1985年全部完成。新中国成立后，长期担任文艺界的领导工作，历任中国作协广东分会主席、广东省文联主席、中国作协副主席、中顾委委员等职。

# 艺术观

◎作家应下决心，从有限的时间、源泉里，汲取丰富养料。

◎各种人物都有不同的作用，都各有一定作用，不写好各种人物，就不能很好地发挥革命文艺的战斗作用。

◎在艺术上则应该放手，提倡各种不同的形式、风格和流派，让作者的才能有充分驰骋的余地。

◎我提出一个口号，叫做“古今中外法，东西南北调”，它一方面解决语言大众化的问题，它同时也是表现形式的民族化的问题。

——欧阳山

# 创作之路

欧阳山的生命历程跨越了将近一个世纪，见证了20世纪中华民族的抗争史、奋斗史。他以作家的敏锐眼光和独特视角捕捉时代变革，创造了大量优秀作品，记录下个人的生命体验和民族国家的发展历程。从1924年发表处女作《那一夜》到2000年去世前最后一篇文章《〈伟人周恩来〉首发式贺信》，欧阳山在每个文学创作阶段都力求不断超越自我，追求新的艺术范式，显出与同时期文学思潮不同的格调，产生不同的论争与反响，几乎使欧阳山在20世纪中国文学史的各个阶段都留下了自己鲜明的印迹。欧阳山的文学创作善于借鉴古今中外一切的优秀表现手法，吸收中国各地方言的精华，体现兼容并包的气度和勇于创新的精神。

1942年毛泽东《在延安文艺座谈会上的讲话》发表后，欧阳山成为民族化、大众化的现实主义文学的坚定追随者和实践者，创作出被公认为是解放区优秀长篇小说的《高干大》。此后他坚持沿着民族的大众文学写作方向，创作长篇小说《一代风流》的第一、二部《三家巷》《苦斗》，20世纪80年代完成后三部《柳暗花明》《圣地》《万年春》的创作，是革命现实主义最具代表性的作家之一。

## 漂泊童年：摇篮动荡颠簸，凡鸟初试啼声

1907年和1909年湖北荆州连续两次遭遇特大洪水。1909年初，一对眼看就要活不下去的年轻夫妇，狠心把出生才三个月的儿子卖给了一个在将军府

做文书工作的杨姓广东家庭，这个孩子就是欧阳山。养父杨鹤畴祖籍山东，为满清八旗贵族系列下的汉八旗，祖先在清末被派去屯边，落籍广东南海。

辛亥革命以后，养父失去将军府的工作，带领一家四处择地谋生，欧阳山在七岁以前的整个童年时期，先后往返于武昌、郑州、西安、北京、镇江、上海等地，这种颠沛流离和贫苦的生活，给了年幼的欧阳山宝贵的人生经历和社会体验，使他在童年时期就广泛地接触和熟悉社会下层各种人物，开阔了眼界。

杨鹤畴是个受过良好教育的读书人，非常懂得文化教育的重要性。在西安生活稍微安定的时候，便把欧阳山送去私塾上学。1915年全家回到广州后，欧阳山又到光孝寺小学入读。凭借从私塾学来的文学知识，他阅读大量社会书籍。1922年，欧阳山依靠自身努力，以第一名的成绩考上了广东省高等师范附属师范初中。此时的中国，正掀起一个积极努力学习西方的各种思想理论和救国治国经验的热潮，包含着各种混杂的思想体系和版本的外国书籍如潮水涌入中国，欧阳山得以接触大量心理学、哲学、美学、生物学和文学的外国书籍，还阅读了高尔基、莫泊桑、契诃夫、歌德、哈葛德、鲁迅、叶绍钧、郁达夫、冰心等中外文学大师的作品。丰富的阅读使欧阳山视野开阔、文学素养迅速提升。

1924年8月，16岁的欧阳山化名凡鸟，向上海《学生杂志》投稿的短篇小说《那一夜》获得发表。小说塑造了一个具五四时期特征的新女性密斯李，志向远大，演讲慷慨激昂，然而却在被父亲逐出家门后无法独立面对复杂的社会，选择自杀。通过这个悲剧人物，小说揭露了中国妇女解放事业的长期性和艰巨性。尽管小说还比较幼稚，但已经展现出欧阳山的一个创作风格，即借鉴西方表现手法，运用生动细腻的景物描写来展示个人的内心与个性。

## 艰难学涯：求学曲折多磨，良师接力相助

1924秋天，欧阳山以优异的成绩跳级考入广州市立师范学校高中一年级，第二年5月，他与同学出发去北京，试图投考北京大学，不料养父在香

港突然失业，经济来源断绝。欧阳山只好返回广州，一边继续念高中，一边参加省港大罢工的革命活动，为工人们开办夜校扫盲班。1926年1月，市立师范学校的学生发起要求教育改革的“择师运动”，欧阳山作为运动骨干，被学校以操行不良为由开除。

离开学校的欧阳山坚持革命和文学创作相结合的道路，他一方面参加北伐国民革命军，任宣传干事等文职工作，另一方面和赵慕鸿、冯穆韩等十几个人组织了“广州文学会”，并自筹出版《广州文学》周刊。欧阳山化名罗西的第一部长篇小说《玫瑰残了》、第一首长诗《坟歌》就在该周刊上发表，一年后这两部作品先后由上海的光华书局和香港的受匡书店分别出版。

1926年4月郭沫若和创造社一批具有进步思想的学者到中山大学任教。欧阳山把《广州文学》寄给郭沫若，并附信向郭沫若陈诉自己被市立师范无理开除的遭遇。郭沫若赏识他的才华，帮助他进入中山大学预科二年级当旁听生。但几个月后，郭沫若随北伐军北上，欧阳山也离开中山大学。1927年初鲁迅应邀到中山大学担任教务长兼中文系主任，此时欧阳山正筹划在广州文学会的基础上成立一个倾向革命的文学组织南中国文学会。他邀请鲁迅

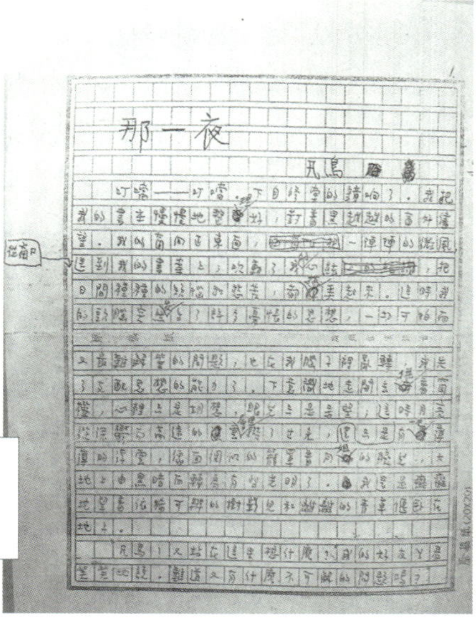
那一夜

《那一夜》手稿

出席南中国文学会的成立座谈会，鲁迅在会上向青年们谈了“为人生而艺术”的创作体验，并鼓励青年多接触社会，多读有益书。由于国民党发动“四一五”反革命政变，刚成立的南中国文学会被迫解散，《广州文学》刊物也停刊，但是欧阳山与鲁迅的交往更加频繁，得到鲁迅的循循教导。鲁迅在广州市立师范发表了两次演说，巧妙抨击国民党叛变革命屠杀共产党人的罪行，后合为一篇文章《魏晋风度及文学与药及酒的关系》收入文集，欧阳山就负责这两次演讲的记录。

## 上下求索：探索创作方向，为劳苦大众发声

大革命失败后，1928年欧阳山先到上海，后到南京，潜心写作，进入了他年青时代创作的多产时期，三年一共创作并发表了14部作品。他回忆在开始写作的时候，正值文艺界开展所谓“为艺术而艺术”和“为人生而艺术”两大派的论争，受的影响很大，最初相信“为艺术而艺术”的见解，后来才逐渐过渡到赞成“为人生而艺术”的主张。1930年以前的欧阳山还只是一个热血的文学青年，创造社的浪漫抒情流派显然对他影响最深，他在《欧阳山文集》的自序中，说自己这一阶段“是用小资产阶级知识分子的眼睛观察世界”，他以“罗西”为笔名发表的作品，多以爱情题材闻名，于青春、爱情、苦闷和反抗之间，散发着浓郁的感伤情调和世纪末病态美。

1930年到1931年间，欧阳山先后到南京拔提书店和上海正午书局当编辑，并主编《每月小说》，结识了张天翼、胡风及南京中央大学革命学生韩起等人。欧阳山开始学习《资本论》《唯物论与经验批判论》等马列主义著作，订阅美国共产党的机关报《新群众》，还和张天翼创办专门用于传播无产阶级革命的道理和思想的进步刊物《幼稚》，思想逐渐倾向无产阶级革命。面对底层人民依旧黑暗痛苦的生活现状，他用马克思主义的思想和观点指导自己，“新民主主义是一个很有吸引力的名词，社会主义和共产主义甚至具有更大的吸引力……我当然希望我能够从作品中反映这种革命生活的全过程……”这个时候他的作品重心开始转向下层被侮辱损害的人们，记录社会不平和人民不

幸。最有代表性的是1931年7月出版的直接反映工人斗争的中篇小说《竹尺和铁锤》，表现了工人为自身的生存所进行的抗争，直接揭露帝国主义和国民党统治的罪恶，代表了“罗西时代”社会写实的最高成就。

1931年底欧阳山回到广州，1932年9月与龚明、赵慕鸿、草明等人出版了定期刊物《广州文艺》。这个刊物以提倡方言土语文学为旗帜，一开始是用北方话（普通话）和广州话两种语言撰稿，最后全部改刊粤语作品。欧阳山通过调研指出文艺工作大众化的问题最主要的就是语言问题，以北方普通话为主要语言特色的新文化运动所传播的先进内容，由于语言隔阂，并没有被广东地区绝大多数尤其是底层老百姓所接受知晓。因此他发起“粤语文学运动”，促使文艺与群众结合，为文学语言更丰富做出有益尝试，这是欧阳山践行文艺工作大众化的表现。除了编辑刊发大量的粤语文学作品外，他自己也创作了许多粤语作品，如短篇小说《跛老鼠》《懒理》等，还将草明用普通话创作的《缫丝女失身记》改成更通俗易懂的粤语作品《甦妹点样杀死佢嘅大佬》。这个尝试获得很大成功，《广州文艺》发行量超过2000份，广泛传播到工厂、学校、农村和香港、澳门、南洋以及旧金山等地。

## 经历“左联”：鲁迅旗帜引领，投身党的怀抱

1932年9月欧阳山与中国“左联”取得联系，组织成立“广州普罗作家同盟”，1933年3月，广州文艺社与其他文艺戏剧团体组成“中国左翼文化界总同盟广州分盟”，作家同盟同时改名为“中国左翼作家联盟广州分盟”，由欧阳山、龚明负责。由于《广州文艺》积极宣传无产阶级文学，反对国民党专制统治，1933年上半年刊物被国民党当局查禁，欧阳山等人被通缉。龚明牺牲，欧阳山和草明秘密离开广州前往上海。

到达上海后，欧阳山随即参加中国左翼作家联盟和中国左翼文化界总同盟，并任“文总”宣传部长。与杨骚合编《作品》月刊，与方之中合编《夜莺》月刊，与周而复合编《人民文学》月刊，与张天翼合编《现实文学》月刊，与丘东平合编《小说家》，并发表了大量的小说、速写和散文等，还出

《欧阳山文选》

版了七八部中短篇小说。小说始终以广东人民的生活和斗争为题材，从不同角度反映大革命失败后到20世纪30年代初期广东人民遭受的沉重苦难和进行抗争的情况，现实性和战斗性都达到一个新的高度。

这个时期对欧阳山影响最大的是鲁迅，他们之间有深厚的师友情谊。欧阳山的夫人草明1935年被国民党抓入狱，需要200元赎金，正是鲁迅代为垫付的。鲁迅临终前几个月，还多次给欧阳山写信，称赞他是“肯做苦工的人”，勉励他多做有益人民的事。1936年在“两个口号”的论争中，欧阳山用龙贡公的笔名发文《抗日文学阵线》坚决拥护鲁迅提出的“民族革命战争的大众文学”的口号。鲁迅逝世，欧阳山是治丧会成员、执绋者之一，他写了一篇悼念鲁迅的文章——《一个够POG的男人》，把鲁迅比作太阳，是一个坚持与黑暗势力战斗到生命最后一刻的英雄。

1937年七七事变后，上海成为孤岛，欧阳山带着全家人回到广州，积极从事抗日救亡文化活动，创办主编以宣传抗日救国为宗旨的《光荣》半月刊，发起组织了广东文化界救亡协会，任宣传部长。随着战争进一步胶着，欧阳山及草明先后奔赴长沙、沅陵、重庆进行抗日宣传活动，编辑《抗战日报》，相继写了大量反映抗战军民英勇斗争的大众小说。这个时期他先后提出“新现实主义”和“大众小说”的口号，主张文学创作一要有“发动民众，鼓励士兵”的作用，二语言要通俗浅显，人民大众能够读懂，并以自己的创作带头实践和倡导他的理论主张。长篇小说《战果》是“新现实主义”主张之实践，中篇小说《流血纪念章》、短篇小说《三水两车夫》《好邻居》等，则是“大众小说”之作，体现了他探索民族革命战争的大众文学的自觉性和成绩。

由于革命宣传工作出色，1940年5月，由周恩来和沙汀作为入党介绍人，欧阳山和草明在重庆申请加入共产党，并在同年7月被批准入党。

## 到延安去：践行《讲话》精神，展现社会新生活

1941年皖南事变后，周恩来安排欧阳山等人化装从重庆转移到延安。到了延安后，欧阳山先后担任中共中央文化工作委员会常委、中央研究院文艺研究室主任。1942年2月，欧阳山调入中共中央党校第三部学习，5月份参加延安文艺座谈会，从此创作和生活发生巨大变化。

毛泽东《在延安文艺座谈会上的讲话》总结前人经验，结合自我认识，对大众化做了一个全新、全面的阐释，将文学的受众群体明确地限定在了广大工农兵群众当中，文学应该为广大工农兵群众服务，在语言上要说群众都懂的语言，专门强调了语言变革的重要性，将大众化的问题最终归结为语言的问题。还指出了造成文风艰涩现象的根本原因就是作家没有深入群众的生活，不懂群众的语言，闭门造车，从而导致了作家作品脱离大众。欧阳山在《文学生活五十五年》谈及，《讲话》对自己的影响，是解决了自己创作生涯的最初18年不能彻底解决的两个问题，一是仅通过自身接触能否全面了解工农兵的全貌，二是如果文学活动跟中国革命活动联系起来，一方面又把文学创作跟人民群众隔离开来，目的怎么能够达到。在参加座谈会并随即下去深入生活后，“我根据在座谈会里形成的共同的信念

决心投入到这种新的生活里面，从这种新的生活出发，反映这种新的生活的真实，努力创造出新的作品来”。

在学习《讲话》之后，欧阳山主动申请调到陕甘宁边区文协工作，从事专业创作。1944年6月30日发表了《活在新社会里》人物速写，被毛泽东称赞为“新写作作风”。1946年创作出了具有代表性的工农兵作品《高干大》，被公认为解放区最优秀的长篇小说之一。在这部作品中，他一改往日的艰涩文风，开始尝试具有大众化、平民化色彩的农民题材。对于这样一段创作经历，欧阳山自己也曾进行详细的描述，他说：“我要从那以前的欧化风格和欧化语言，努力变成民族风格和民族语言，也就是中国作风和中国气派。当时，我正在辛勤的劳动和痛苦的挣扎当中摸索前进。”而这些痛苦的经历与艰辛的付出，便是《高干大》的问世，这部长篇小说的问世正是作者对于民族形式与民族语言的一种初探。

## 挥指南粤：肩负时代使命，书写一代风流

新中国成立后，欧阳山奉命调回广州，先后担任广州市军管会文教接管委员会文艺处处长，华南人民文学艺术学院院长，省、市的宣传和文化部门领导、历届政协委员及常委、历届人民代表大会代表、广州作协和中国作协广东分会主席等职务，积极从事繁多的社会政治和文化活动。他筹备创建的华南人民文学艺术学院聘请岭南著名的文艺家任教，在建国初为华南地区培养了大批的文艺人才和干部队伍。他重视旧剧种的改造工作，对粤剧剧本的思想内容进行溯本清源，消除当时粤剧剧本宣传的低俗迷信情节，做到既好看又对人民有益。他还先后创办了《文艺快报》《华南文艺》和《作品》三个重要刊物，为无产阶级文艺的舆论宣传和队伍培养提供了重要的宣传和写作阵地。

在做好各项党政工作和社会活动的同时，欧阳山没有停止创作的步伐。他把丰富的革命斗争经历和壮阔的现实生活融为一体，描绘出各个历史阶段人民的生活斗争和时代的风云变幻，创作出《英雄三生》《前途似锦》《乡

下奇人》《在软席卧车里》等中短篇小说。其中最受瞩目的当属鸿篇巨著《一代风流》。

早在1942年延安整风时，欧阳山便开始构思这部小说，1957年动手写作，1959年第一部《三家巷》出版，1962年12月第二部《苦斗》出版，因随后“文革”动乱，停笔十年，1985年完成后三部《柳暗花明》《圣地》和《万年春》创作。小说通过主人公周炳这个打铁工人出身的知识分子的半生经历，概括了从20世纪20年代中国共产党诞生之日起，到北伐战争、广州起义、延安整风、土地改革、新中国成立的历史，描绘了一幅粉碎旧世界和创造新世界的宏伟画卷。除了塑造出周炳、区桃、胡杏等从当时现实生活概括出来的栩栩如生、活灵活现的人物形象，作品语言中浓郁生动的地方色彩，以及对广州风土人情的描绘，使得小说1959年8月在《羊城晚报》连载时，群众竞相购买，一时“洛阳纸贵”。

欧阳山长篇小说《三家巷》

## 愈老弥坚：南国大纛重振，老骥笔耕不辍

1978年后，欧阳山重新恢复繁重的社会工作。除了担任广东省文联主席和中国作协广东分会主席的工作外，还当选为文联全国委员会委员、中国作家协会副主席、中央顾问委员会委员等。他率先发表一系列文章，在全国旗帜鲜明地揭批“四人帮”反动本质，向极“左”错误思想路线发起猛烈冲击，并提出“恢复革命现实主义传统”的积极主张。这一努力促成从1977年到1978年间广东文坛的活跃，出现“全国跟着广东、学习广州，争看《作品》”的新局面和新气象。

早在1965年10月欧阳山已经完成《一代风流》第三部《柳暗花明》的写作，1966年1月又开始创作第四部《圣地》，然而十年浩劫，全部手稿、笔记、资料均被洗劫一空。“文革”结束后，欧阳山以70岁的高龄，从1979年至1984年五年时间里，在助手的帮助下，以惊人的毅力，克服因眼疾视力近

欧阳山石像

乎失明的困难，以口述代笔写的方式，写完了《一代风流》的后三卷。他还创作了《成功者的悲哀》等短篇小说和许多散文论文，亲自编撰十卷本《欧阳山文集》。进入20世纪90年代，欧阳山连续在全国报刊发表以《广语丝》为总题的杂文，针砭时弊，反对“全盘西化”的资产阶级自由化思潮，坚持马克思主义文艺理论和革命现实主义的创作方法。

2000年9月26日，欧阳山因病在广州逝世，享年92岁。作为一个无产阶级革命作家，他的创作生涯贯穿了五四以来从左翼作家联盟到解放区文学，一直到新中国成立后中国现代文学史的全过程和当代文学史的大部分过程。欧阳山无论顺境逆境始终坚持社会主义文学的方向，把无产阶级革命的精神与中国民族特色的精湛的艺术完美结合，写出人民群众喜闻乐见的作品，是当之无愧的人民文学家。

（春晖）

# 专家点评

# 领一代风流的世纪大家
# 有中国气派的左翼干将

朱献贞（山东曲阜师范大学文学院副教授）

## 愈老弥坚的左翼文学立场

欧阳山创作历程实际上就是由小知识分子写作逐渐迈向左翼文学乃至于主旋律文学道路的发展轨迹。

左联时期和抗战初期（1931—1942年）的欧阳山，已经是自觉地走向了左翼文学的创作道路。1931年标志其创作转型的《竹尺和铁锤》已经折射出工人阶级意识的觉醒。《七年忌》《生底烦忧》《梦一样的自由》等作品，一方面大胆暴露了军阀政府统治下的社会黑暗，另一个方面在写出病态社会的人生的同时也极力发掘出工农大众的哪怕微弱的反抗之光。

正是早期阶段的底层生活经历和左联时期鲁迅等人的影响，使延安“讲话”之后的欧阳山，虽然在创作风格上发生较大变化，但并没有轻易改变自己的左翼文学立场，成为一个简单的“歌颂派”。从这个角度我们再来看欧阳山1946年的《高干大》，将高生亮塑造成一个“大半个是共产党员”“小半个仍是农民”的农村基层干部形象，对其迷信思想、小农意识等的暴露，恰恰说明了欧阳山实践延安讲话精神的同时并没有放弃文学审美立场。这也是欧阳山在解放区文学领域显得风格独异的重要原因。

## 具有中国作风和中国气派的美学风范

纵观近一个世纪的文学创作历程，我们发现欧阳山总是处在有意识或无意识地追求具有中国作风和中国气派的民族美学风格。这主要表现在三个方面：一、作品中浓郁的地方色彩；二、普通大众的热切关注；三、民族艺术营养的吸收。

读十卷本《欧阳山文集》给我最直接的感受是处处闪现的南国风情和扑面而来的岭南文化气息。欧阳山的绝大多数文学作品都以岭南尤其是广州地域生活为底色。《一代风流》不仅将广州大都市繁华风情描写得风情万种，就是“三家巷”这样的街道里弄也是富有人间烟火和生活情趣风俗的展示，乃至于到过广州的人都会情不自禁地试图探访作品虚构的“三家巷”。另外需要注意的是，欧阳山在《高干大》《圣地》《万年春》等作品中对延安解放区的民情描写也十分淳朴自然。这都升华了作品的民族特色。

延安《讲话》的精神之一，就是要创作出有中国作风和中国气派的工农兵文学。欧阳山在1942年前虽然不可能自觉地追求这种文学范式，但是从文学创作开始之初，欧阳山的目光就没有离开过底层大众。而1942年后，从《高干大》《红花冈畔》《一代风流》等作品，对工农大众形象的塑造和生活、斗争的白描直叙、以情节取胜的传统章法，可看出欧阳山已经在自觉地追求了。

对民族艺术的继承也是欧阳山小说具有中国作风、中国气派的表现。诸多评论者都注意到了《三家巷》在人物关系方面借鉴了《红楼梦》的结构方式，而对起义和战斗场面的描写，又明显地显露出《三国演义》《水浒传》的身影。

总之，欧阳山文学创作是“在精雕细刻中显出民族气派”。

# 赏析 匠心

▲ 《三家巷》

## 刘白羽（作家）

《一代风流》（《三家巷》最初出版时曾用此名）是我们社会主义文学中一部大书。作者通过人物的命运，涉及到从广州到重庆、到延安、到晋冀鲁豫尔后最终回到广州的种种坎坷斗争，概括了从20世纪20年代初中国共产党诞生之日起，经历了广州起义、延安整风、土地改革到新中国的建立，这一幅中国人民在中国共产党领导下，粉碎一个旧世界创造一个新世界的雄伟的、神圣的画卷，有若《战争与和平》的广阔，有若《红楼梦》的旖旎。这时，欧阳山同志对人生阅历更深、剖析更深，因而显示他的大手笔是如何不凡；他对现实主义做了大胆的尝试与发掘，在更广阔的幅度上、在更深刻的内涵上，把历史创造了人物、人物创造了历史两者紧密结合，随着社会阶级斗争的发展和变幻，写出人物的成长、成熟，从而瞩目于创造既有中国革命特征，而又不是千篇一律的有血有肉的人物形象。

▲ 《高干大》

张丽军（山东师范大学文学院教授）

作为延安解放区文学作品的《高干大》，是一部早期的红色文学经典，具有五四时期“问题小说”的精神血脉，体现了一种强烈的现实主义风格。《高干大》塑造的农民英雄形象高干大勇敢、热情、坚强、实事求是、重视调查研究、农村工作经验丰富，有一颗为农民大众服务的火热的心灵和探索社会主义新生活道路的坚定信念，体现了一种理想主义的崇高美。可贵的是，欧阳山没有一味地溢美，而是写出了高干大作为一个普通人的种种局限和缺点，让英雄有出处，食人间烟火。而事实上，正是高干大的那些符合人性的眼泪、激动、歉疚、伤心、迷茫，让高干大这一英雄形象更加可爱，更符合人性，更具有审美艺术魅力。

# 吴有恒：

## 卅年戎马西南路
## 赢得将名并文章

吴有恒（1913—1994），广东恩平人，具有专业作家和政界领导双重身份。1936年加入中国共产党，曾任中共香港工委书记。1939年赴延安，入中共中央党校学习，后任中共广东区委南路地区特派员，粤中纵队司令员。新中国成立后，历任中共粤中地委、广州市委书记、中国作协广东分会副主席、《羊城晚报》总编辑、广东省第六届人大常委会副主任。他是中共七大、十二大代表，以及第一届全国人大代表。著有长篇小说《山乡风云录》等。

# 艺术观

◎我自要求高格调，务求说话是纯真。

◎在新时代，杂文应以“唤起新时代的新觉醒，促进社会进步”为创作宗旨。

◎我们通过文字同亲人交谈，说话和气否？态度诚恳否？言辞清楚否？生动活泼否？有无官僚习气，八股腔调，空口讲白话，强不知以为知，自以为是？凡此种种，都值得再思三思。

——吴有恒

# 创作之路

战争是残酷的。

战争离生于和平时代、长于和平时代的我们是遥远的。

刀对刀，枪对枪，生死一线间。死了就是死了，绝不是电视剧里的剧情，不满意了可以重拍。

这些，吴有恒都真实地经历过。

一个拿笔的书生，拿起了枪上战场，与敌人生死相见。这是时代的使命，也是个人的选择。

这是出于对国家对民族的爱与责任而做出的选择，而且，一旦做出选择，终生不悔。

这也是一身铁骨的吴有恒，会含着泪请求保留党籍的原因所在。

他的忠诚与执着，让人肃然起敬。

## 六岁遭绑架　七岁能赋诗

1913年农历十月初六，吴有恒出生于恩平沙湖镇上的凯岗村。

刚懂人事，吴有恒就在祖屋“因树书屋”接受叔父吴在湜的教育。吴在湜对吴有恒的教育十分尽心，除亲自教吴有恒识字，诵读《三字经》《百家姓》《千字文》等读物外，还把他带在身边，经常给他讲《三国演义》《水浒传》《西游记》《封神演义》等故事。待到吴有恒年纪稍大，吴在湜便教他读诗、词、歌、赋等深奥一些的文学作品。

在吴有恒六岁那年，吴家发生了一件大事——他被绑架了。

20世纪20年代，军阀混战，兵匪猖獗，民不聊生。吴有恒家境宽裕，成为绑匪的目标。1919年农历二月初九，村里学校才开学第三天，放学后，吴有恒和堂兄吴江涛就蹦蹦跳跳地回家。路上，他们碰到了本村的吴春根、吴连东两人，“邻村有华侨回来，有好玩的锡兵、锡马送啊！可好玩了，我带你们去拿啊！”吴春根说。

兄弟俩高兴地跟他们走，谁知刚走到村外萠姑巷的闸口，吴春根、吴连东俩人便凶相毕露，把吴有恒兄弟俩捉了起来。吴江涛稍年长力大挣扎脱了险，吴有恒则被绑匪捉走。

吴家上下乱成一锅粥，急得团团转，不知道绑匪把吴有恒带去哪了。一晃一个多月过去了。一天，绑匪传话了，要吴家准备白银2000元赎人。最后吴家凑了白银1200元、新笠衫一打、二两鸦片赎回了吴有恒。此时的吴有恒已经两个月没洗澡，没换衣，吃不饱，睡不好，赎回时，成了一个蓬头垢面的小乞丐。

由于盗贼横行，为避免再出事故，吴有恒全家和村中几户有钱的人家搬到牛江鹏镇昌里居住，在那碉堡式的楼里面，一住就是两三年。

吴有恒有着过人的天赋，听过的东西过耳不忘，七岁时就懂作诗。据记载，1920年初秋的一天早上，树上百鸟啾啾，河边凉意阵阵，吴有恒想起欧阳修的《秋声赋》，若有所思，脱口而出四句诗：

早起月未落，稀疏三两星。
屋角有老树，呜呜发秋声。

这首诗语言浅显、简洁，意境优美，感情真挚。前两句叙事、写景，抓住了清晨月明星稀的特点，描绘了一幅清凉的秋晨图；后两句用拟人的修辞手法：老树在说话呢，告诉人秋天来了！

11岁时，吴有恒在村里志道小学甲班（相当于现在小学高年级）读书，对对子已有相当功底。那时，每到周末老师会布置学生对对联，许多同学对不上，就请吴有恒帮忙。吴有恒为了不让老师发现，每一对句居然做到了不雷同。课余时间，吴有恒喜欢捣鼓一些竹木玩具，比如《三国演义》等小说里头的竹木雕塑像。一块竹片就是一个人物，几块竹片就雕出一个故事。几十年后，他仍清楚记得《水浒传》中108条好汉的正名、花名、座次，正得益于这一游戏。

吴有恒喜欢读中国古典小说。读过的旧小说就有百数十部，第一部是《三国演义》，第二部是《聊斋志异》，其他还有《西游记》《水浒传》《红楼梦》等名著及唐宋诗词等。中国优秀的传统文化哺育了吴有恒，伴他步入人生。八十大寿时，吴有恒无限感慨地说："这一生安身立命，实在是从最初得到这两部书的教益开始的：读《三国》，使我感到乱应求治，读《聊斋》，使我感到做人莫当官。"此为后话。

20世纪50年代中期吴有恒夫妇在广州家中后院

## 纵横战场　转战文坛

吴有恒15岁时离开家乡赴广州求学，先后入读广雅中学、知用中学。

1931年“九一八”事变后，吴有恒深感“国家兴亡，匹夫有责”。他积极组织同学上街游行示威，抗议日本军国主义的侵略罪行，反对蒋介石的投降卖国政策，遭到了军警逮捕。

1935年，“一二•九”北平学生爱国运动极大地震动了吴有恒。他意识到中华民族到了生死存亡的紧要关头。他再次来到广州参加革命，同萧殷、赖少其等人积极组织学生救国运动，受到国民党反动派的镇压和追捕。

1936年，吴有恒加入中国共产党，宣誓为共产主义奋斗终生。此后，吴有恒历任中共香港地下党支部书记、中共香港市工委、市委书记、港澳特派员等职。他以香港为基地，团结各界爱国人士，从人力、财力、物力上支持曾生同志领导的惠宝人民抗日游击总队、叶挺同志领导的东江游击指挥部，组织了“恩平旅港回乡服务团”“西江回乡工作团”，尔后返回家乡开展抗日宣传活动。

1939年11月，吴有恒当选为中共七大代表，前往延安参加会议。他和古大存等代表一起，经粤、桂、湘、赣、浙、皖六省，先到达新四军军部，后经各抗日游击区及根据地，才到达陕甘宁边区，历时一年又一个月。由于七大延期，他先在中央党务研究室任研究员，后在中央党校学习。1941年，他在中央党校聆听了毛泽东《改造我们的学习》的报告，并参加了延安整风运动。

四年多的延安生活，对吴有恒的影响是巨大的，可以说，这几年学习的东西，指导着他一生的言行。

在延安，他首先感受到的是民主自由而又严肃紧张的气息。一下车，只见古城一片新貌：处处歌声嘹亮，处处欢声笑语；延河水清明透澈，宝塔山倒影妩人；干群鱼水为欢，领袖人民无间；好一派团结抗战景象。这对刚从民气窒息的国统区出来的吴有恒来说，简直是另一个天地，他觉得解放区的天就是明朗的天。

20世纪50年代初期吴有恒与妻子曾珍在粤中地委合影

有一次，吴有恒参加中直机关排球赛，朱德总司令也参加了这次比赛，吴有恒一记重重的扣球，正好打中朱老总的鼻子。吴有恒慌了，忙向朱老总道歉，可朱老总毫不介意，捂着鼻子说："没啥，没啥，继续比赛。"朱德总司令平易近人的作风，给吴有恒留下了深刻的印象。

1945年吴有恒出席七大会议。会后即随军南下，到达河南时，日寇投降。部队转往东北，而他则转往华中，经上海回广东传达七大精神。

1946年，全面内战爆发，当时吴有恒的身份是中共南路特派员，他认为应利用当时南路国民党正规军陆续北调的有利形势，大搞武装斗争。但广东区党委领导错误估计形势，强调广东要准备十年八年的黑暗时期，武装斗争只能小搞。听着区党委下达的脱离实际的指示，吴有恒掉泪说："这样做会死人的！"他要求亲赴香港向上级提出不同意见，未获准，只好数次致函区党委，表明领导武装斗争的决心。另一方面，他结合七大精神，在干部群众中宣传向反动派造反求生路的思想，又亲自到游击区部署、指挥战斗。

吴有恒带的队伍虽然取得一个个胜利，但因为违背了上级指示，他被人称为"大搞吴"，奉命于1947年11月去香港"反省"并接受处分：撤职留用。

1948年2月，吴有恒以"戴罪之身"随粤中分委书记冯燊再赴南区开展武装斗争。他同谢创、谢永宽、郑锦波、周天行等战友，在极其艰苦的条件下，把武装斗争的烈火越烧越旺。他与冯燊等人亲自部署并指挥了船冈战

吴有恒、曾珍夫妇与长子吴锦湖、长女吴幼坚1950年在广州团聚合影

斗、布辰岭战斗、三罗（罗定、郁南、云浮三县）战斗、连州战斗、阳江战斗等，歼灭了大量国民党军队，为广东和海南的解放做出了重大贡献。

1949年8月，中国人民解放军粤中纵队成立，吴有恒任司令员、冯燊任政委。11月，中共粤中地委成立，吴有恒任书记。在三年解放战争期间，粤中纵队从小到大、从弱到强，1946年只有140多人，到粤中解放时，已发展到1.6万多人（其中主力部队6000余人），并拥有现代化武器装备。

吴有恒从一名书生成长为指挥千军万马的司令员，指挥大小战斗360多次，毙伤、俘虏敌人近3000人，先后争取敌军起义2100人，缴获了大量先进武器及军用物资，为中国人民的解放事业做出了永垂史册的贡献。

解放初期，虽然发生轰动全省、远播全国的“松仔岭事件”，但吴有恒仍受重用，任中共广州市委秘书长、书记期间，分管过共青团、统战、财经等工作，广州市第一、第二个五年计划都是他与经济学家古念良及另两位干部共同起草的。他是党的八大代表，又是第一届全国人大代表。

好景不长。1956年，吴有恒以“方集”为笔名在北京《大公报》发表论文《价值规律在社会主义经济条件下的作用》，认为斯大林关于价值规律问题的阐述未必正确，由此在国内掀起了关于这一问题的大争论。1957年，广东掀起反右和反地方主义运动，吴有恒成了地方主义反党集团头目，主要罪状一是反斯大林，二是为“松仔岭事件”翻案。吴有恒被迫作检查交代，他流着泪要求保留党籍。

1956年，吴有恒被下放到广州造纸厂任第三造纸车间副主任。他很快融入到职工群众中。

那时候的广州造纸厂为国家“重点保证”原材料供应的少数国营大厂之一，可是每天造纸浆需要400立方米原木，国家“确保”也只是一个空头支票。即便广东省省长陈郁下厂亲自抓原材料供应，也是久抓无效。无奈只得派吴有恒到原木产地催收原木，因为那些地方的领导人多半是吴有恒昔日的老部下……

吴有恒做的其实是一个“找木工长”的实职，领一伙人一次又一次到原木产地，靠老脸面恳求老部下支持。落难的昔日老首长登门求助，老部下再困难也总不能不想点儿办法就推出门去。

原木收到了。把原木编成木排，顺着江河水道放排回广州，需要半个月时间。一路上太阳晒，雨水淋，放排工人体力消耗非常大，加上吃不饱饭，真是苦不堪言。吴有恒吃住都和工人在一起，有一天，工人们请吴有恒讲讲他当年在粤桂边、在广东南路带领解放军部队打仗的故事，既能消磨时间又能起“抗饿”作用。吴有恒意识到这是个好主意，也就不推辞。他是一个很有口才也颇幽默的人，故事讲得有鼻子有眼儿生动活泼，大伙都爱听。

为了把故事讲好，吴有恒认真地在脑子里重放当年的实地“录像”，他深深地陷入到对往日艰苦卓绝斗争经历的系统回忆中。为了讲述有味儿，要取舍得当；为了连续讲述要把故事构成一定的章节；为了把故事讲得生动、形象，要注意典型人物的突出……就这样无意中，吴有恒进入了一种“预备性”文学创作过程。

他今天讲，明天讲，日积月累，不经意间偶然意识到：这不已经是一部可以发展为长篇小说的“口头文学”了吗？

有一天，放排遇上了一般只在海南岛、粤西滨海地区才会遇上的天气：本来无风无雨，突然间江的西岸一阵狂风骤起，不知哪儿来的乌云顷刻密布天空，天昏地暗，落下滂沱大雨；而江的东岸稍远处却阳光普照，无风无雨，明媚得很。古怪的天气应了“西方不亮东方亮”的民谚，也一时搅动了

1980年9月，吴有恒（左一）参加中国新闻代表团，前往瑞士、比利时参观考察

吴有恒的心思：“干吗我不也来个‘西方不亮东方亮’呢，趁着‘闲’工夫多，刚好可以下力气经营经营文学创作这块园地。”

吴有恒是一位想干就干、不尚空谈的人。他开始考虑从何处切入他的文学创作。

一次，放木排回到工厂，他见厂里的工人吃不饱，工作也没劲头，厂里气氛很是有些沉闷。他想：“干吗不先写出一出话剧，由工厂职工自扮自演，在工厂大礼堂演出，活跃工厂职工的业余生活呢？”想到就干，他熬了几个晚上，以在放木排途中讲的故事为蓝本，写出了话剧《桃园堡》。

吴有恒请市里热心的专业话剧演员来厂里协助排练《桃园堡》，话剧很快开锣上演了。工厂职工看后赞不绝口，口口相传乃至誉满全厂。《桃园堡》连演28场，场场座无虚席。广州话剧团听说后，到厂里来观摩学习，征得吴有恒同意也开始排演《桃园堡》，后改名《山乡恩仇记》，向全市人民公演。演出轰动了广州市，成为长演不衰的一出话剧。

这边的演出活动一团火热，那边引起了广东人民出版社的注意，出版社请吴有恒改写为长篇小说。吴有恒领了活，加班加点写，不久就赶出初版书名为《山乡风云记》的长篇小说。

小说出版后，引起购买热潮，并且收获了如潮好评。《山乡风云记》向全国发行，各地也是赞扬一片。尔后，电台要求连播，报纸要求连载。吴有恒借这个机会对《山乡风云记》进行修改和提高，书名改为《山乡风云录》由广东人民出版社再版，畅销如前。应北京和外省热心读者的急切要求，作家出版社也出版了《山乡风云录》。

粤剧界也关注到了这部充满南粤气息的作品。多才多艺的吴有恒也不负广东粤剧团的愿望，把《山乡风云录》改写成粤剧《山乡风云》，由粤剧表演艺术家红线女出演女主角。《山乡风云》成为红色经典粤剧，1965年进京公演10多场，周恩来等党和国家领导人亲临观看，被称为“北有《红灯记》，南有《山乡风云》”。红线女说：“过去我们自己创作演出的粤剧现代戏，能够移植到其他剧种的舞台上，又为广大观众所欢迎的，据我所知，《山乡风云》是唯一的一个。吴老的确是为粤剧立了大功的……”

尔后，珠江电影制片厂请吴有恒把《山乡风云录》改写成电影剧本。粤剧《山乡风云录》和电影《山乡风云录》的上演，使吴有恒这个名字传遍四方。吴有恒也被调离广州造纸厂，到中国作家协会广东分会当起了专业作家。

1982年9月，吴有恒出席党的十二大，图为他在排队投票

## 杂文诗词报刊样样精通

作家这个角色，吴有恒扮演得有声有色。

除了写小说，他还写杂文。早在20世纪30年代，他就在《华声报》上发表了大量杂文，把它作为投枪、匕首，同国民党反动派进行斗争。20世纪60年代，他发表了《榕荫杂记》；80年代，发表了《榕荫续记》《街谈巷议》等杂文，深受读者欢迎。

他的杂文，一是杂，即题材广泛，知识丰富；二是犀利，即联系实际，扬正压邪，思想性强。1986年，老杂文家严秀和牧惠主编《当代杂文选粹》丛书，专辟《吴有恒之卷》，收入吴有恒20世纪60年代和80年代写作的49篇优秀杂文。严秀对吴有恒的杂文评价极高，说吴的杂文“与书生文章大有不同，无不有关国计民生，世道人心，应为杂文之正宗……当执今日杂文界之牛耳”。

吴有恒离休后常在家接待来向他了解党史、军史的客人

他还是一位杰出的诗人，诗词造诣深厚，自七岁吟诗起，诗词创造伴随他一生，表达着他的心声。带领粤中纵队战斗的间隙，他喜欢借诗言志：

山溪骤雨作秋声，残月破窗听蟀鸣。
岂有闲心爱夜静，敢从杀气学刀兵。
屠龙终见工农胜，此际谁能不动情？
我亦乘风旋地轴，欲跨天马逐流星。

“文革”后期，即将迎来“黎明”前，他写了一首诗，从中可见其科学的预见和达观：

大野曾临怜日暮，长河独往怯星沉。
风流已遏无人物，道义谁传涉古今。
漠漠云天过白鸟，萧萧木叶下丹林。
岁寒或有春消息，只恐梅花瘦不禁。

这首诗他是在周恩来总理病重时写的，后来几经转折到了萧殷手中。萧殷看后赞不绝口，多次问是谁写的，吴有恒才说是他写的，但当时不能公开发表。萧殷逝世时，他痛极之余，公开发表此诗以哀悼这位几十年深交的挚友。

在为《羊城晚报》创刊35周年而写的诗中，他自白道——

梅花为骨玉为魂，多了从前学杀人。
我自要求高格调，务求说话是纯真。

《八十自寿》这首诗则是他对自己一生的总结：

八十衰翁一老兵，共产主义的幽灵。
江山千古自千古，人物此生只此生。
曾以危言著理论，居然误我是聪明。
风潮渐过吾休矣，只合闭门作寿星。

离休后的吴有恒、曾珍夫妇

吴有恒一生诗词创作颇丰，给后人留下了宝贵的文学财富。

1977年，组织上决定让吴有恒出任正筹备复刊的羊城晚报社总编辑，他立即放弃长篇小说创作计划，开始了办报生涯。他根据“姓党、姓晚、姓羊”的办报特色和“立足广东面向全国”的办报要求，制定了“反映生活，干预生活，指导生活，丰富生活”的编辑方针，并为报纸策划开辟了《街谈巷议》栏目，不遗余力地宣传新时期党的路线方针政策，歌颂改革开放，以正确的舆论引导人。

复刊后的《羊城晚报》严冬过后绽新颜，既沿袭了原有旗帜鲜明、敢于讲真话的优良传统，又在很多方面有所创新，因而受到广大群众的欢迎和喜爱，报纸发行量节节上升，发行遍及内地、港澳地区乃至世界各地，很快突破了百万大关，成为岭南地区乃至全国较有影响力的报纸之一。

从战场到文坛，从司令员到作家，从枪杆子到笔杆子，吴有恒一生的阅历可谓多姿多彩，所取得的成就可谓卓著。杜埃说，在广东新文学史上，像吴有恒同志这样一位从司令员到作家的，恐怕就只有他了。

（黄河方）

专家点评

# 他的叙事风格淡如烟云

柯可（学者）

吴有恒的作品同他的为人一样，极推崇一个“淡”字。“论交每期如淡水，相忘时或在江湖”是他的交友观。“心事浩茫谁解说，诗魂淡宕得之难”“平生所重唯沉实”“淡无奇者最多娇”是他的审美观。这种淡雅高远的审美心态影响到创作，产生了一种娓娓而谈、平心静气、夹叙夹议、淡如烟云的叙事风格。他笔下的正面人物往往是那样的“行藏淡定”，豁朗，就连郁愤欲炸的尖锐冲突，也因理智的力量而减弱了凌厉躁烈的感情色彩。

然而，“淡定平易”的美学追求并未妨碍吴有恒保有其小说的“奇、曲、秀、娇”诸味。相反，他的作品充满了传奇色彩，侨乡风情，曲折跌宕，秀丽澄明，凝重热烈。以《滨海传》为例，洋洋26万言，流浪儿搅乱施舍会，南洋客漂泊寻妻儿，逃魔爪情侣投光明，红粉女粽子毒敌兵，国殇祭大闹滨海城，夺军舰智取小霸王……一波未平一波又起，波澜曲折，起伏有致，奇诡多变，令人欲罢不能。这种文淡旨远、曲径通幽的审美效果，来源于吴有恒对岭南风情的熟悉，来源于他丰厚的文学修养和深邃的历史眼光。

# 他的杂文关乎世道人心

贺朗（学者）

吴有恒的创作生涯是从杂文开始的。1934年秋，吴有恒从恩平家乡来到广州，同神交已久的萧殷、赖少其相会，他们住在中山大学，一起参加学生革命运动。当时由于斗争需要，吴有恒开始学习鲁迅笔法，写杂文，由赖少其配漫画，共同揭露国民党反动派的黑暗统治和“攘外必先安内”的反革命政策。他们的杂文配漫画，当时经常出现在中大校园和大街上。

1986年，老杂文家严秀和牧惠将我国杂文家发表的思想性与艺术性结合较好的，有助于扶正祛邪、去腐生新，水平较高的杂文，编成《当代杂文选粹》丛书，由湖南文艺出版社出版。其中的《吴有恒之卷》收入了作家20世纪60年代和80年代写的《榕荫杂记》和《榕荫续记》达49篇。吴有恒的杂文，很少发议论，不讲大道理。它往往以讲故事的形式，在朴实淡泊的字里行间，透出雄辩的论点。他的杂文，几乎每篇都有生动的故事，议论精辟，语言生动形象，读后让人得到很多知识，耳目为之一新，让人从故事中悟出人生哲理，受到教益。文章简短，内涵深刻，读罢掩卷，语虽尽，却意无穷，耐人寻味。

吴有恒的杂文，在我国有着广泛的影响，受到广大读者的欢迎，文艺界给予了高度的评价。《当代杂文选粹》主编严秀同志审读完《吴有恒之卷》后，兴奋地对牧惠同志说，吴将军文章“与书生文章大有不同，无不有关国计民生、世道人心，应属杂文之正宗”。

# 匠心赏析

▲ 《香港地生死恩仇》

## 陆基民（作家）

这是吴有恒的一部历史小说集，评论者认为：吴有恒力图正确地把握历史的整体真实，以古鉴今，批判封建主义；以古观今，张扬现代意识；托古言志，抒发爱国情绪。他不满足歌功颂德，也不像别人那样发思古之幽情，而是以冷峻深沉的眼光，透视历史与现实的通幽之处，探究古今贯通的兴亡之道和人生之道。

所以，从某种意义上说，他的历史小说比其长篇创作具有更深的内涵和更强烈的时代精神与现实意义。

▲　《山乡风云录》

## 陆基民（作家）

吴有恒的长篇小说《山乡风云录》是我国南方出现的以革命战争为题材的一部优秀作品。这部作品还被相继改编成话剧、粤剧和电影，赢得了广大观众的喜爱。《山乡风云录》特别之处在于，决不吹嘘谁是人民的大救星，也决不吹嘘谁伟大。它从头到尾着力歌颂的是“伟大人民的好儿女”“伟大民族的好儿女”。

▲　《滨海传》

陆基民（作家）

作品完成于1979年。从小说内容和主题思想来看，《滨海传》与《山乡风云录》《北山记》一样，着重表现和歌颂了第三次国内革命战争时期，在南粤大地坚持武装斗争的共产党人和广大群众可歌可泣的战斗生活。所不同的是，作者的笔触从山区移到了平坦广阔的滨海地区。从封闭落后的山材土堡移到了“洋味”充斥的海岛城镇。革命斗争的形式更加多样，人物群像也更显复杂了。

# 陈残云：

家国苦难珠江泪

蕉林蔗地果飘香

陈残云（1914—2002），广州人，原名陈福才，笔名陈远、准风月客，小说家、剧作家。1935年开始发表作品。1938年毕业于广州大学教育系教育专业。历任桂林、柳州文化界抗敌工作队队长，香港南国影业公司编导室主任，《文艺生活》编辑，华南文学艺术学院秘书长，中共宝安、东莞县委副书记，广东省文联副主席，广东省作协副主席、主席。著有《陈残云文集》（十卷）等。电影文学剧本《珠江泪》获1953年文化部优秀电影奖，长篇小说《热带惊涛录》获1988年广东省鲁迅文学奖。

# 艺术观

◎生活是创作的源泉，但关键在实践。

◎文学应该表现美，表现美的自然、美的事物、美的人……

◎文艺的繁荣，应该是古今中外文化的汇合。

◎广东作家并非要追求打过黄河长江，而要注重保存广东作家语言中的“广味”。

◎真实不是把所有东西都写出来，见什么写什么，这不是艺术的真实。鲁迅先生的日记是真实的，但不是什么都写，也是有选择的。

——陈残云

# 创作之路

烧脑是谍战片的特点，那种环环相扣步步为营带来的紧张刺激，让人大呼过瘾。那看过《潜伏》、看过《伪装者》、看过《风筝》的你，知道谍战片的鼻祖是哪部吗？

是《羊城暗哨》，而它的编剧是陈残云。

说起写老北京的，肯定会想到老舍。说起写岭南生活的，你又会想到谁？梁启超？高剑父？都不是。他们一个致力于思想启蒙社会改革，一个致力画坛革新，对岭南生活的描写尚不足以让人产生名字上的联想。

而陈残云，他的《香飘四季》被誉为一幅“吹拂着岭南水乡蕉风稻雨的水墨画”。他的创作是岭南文学的一座丰碑。

《羊城暗哨》和《香飘四季》显然是两部完全不同类型不同气质的作品，却出自一人之手，实为罕见，非功底深厚者，不能达致。

## 爱看《老残游记》的放牛娃

1914年，陈残云出生于广州市郊的一个乡村。据其发小广西粤剧团原团长黄扑回忆，陈残云原名陈福才，读书时酷爱看《老残游记》，于是首批作品就以“陈残云”为笔名，没想到一直沿用了下来。

由于家境贫寒，陈残云四个胞兄都早早跑去南洋打工，留下他跟随穷苦出身的母亲在乡间耕耘。从放牛到种禾、种菜、种桃花，陈残云什么农活都干过，深谙“汗滴禾下土”之苦。直到九岁，他才开始上学。

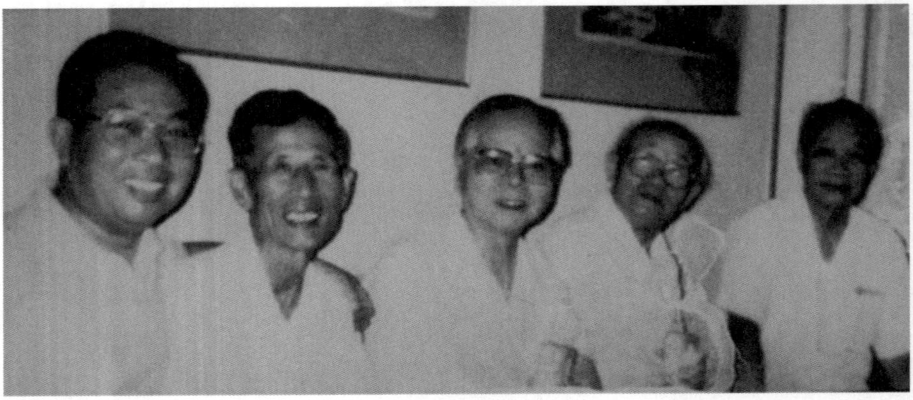

左起：洪斯文、郭同江、关山月、胡一川、陈残云

正当他在广州八桂中学求学时，供他上学的兄长与人在香港合开了一家白铁铺，要他前往管理账目，他的学业只能中止。那是陈残云第一次到香港。他十分苦闷，管账之余，他常到九龙广东路的穷乡亲那里，和他们聊天，帮忙干些活，他深深地感受到社会的不平和黑暗。不放弃学习的他，工作之余读了郭沫若、冰心的新诗和茅盾、巴金的小说，非常喜欢。1933年，他拿起笔写了一篇短文《一个青年的苦恼》，并投寄香港《大光报》，没想到竟然发表了。接着他又写了一篇较长的文章——《黄包车夫的日记》，没想到也发表了。

他的文艺之路，由此开始。

当时，他接触了大量现代派诗歌，喜欢上了新诗，尤其着迷象征派的朦胧诗。他还喜欢蔡楚生的现实主义电影。20世纪30年代，他发表最多的作品不是小说，而是诗。1935年有发表在《当代诗刊》1卷3、4期合刊的《马来亚之忆》、在《星火》2卷2期发表的《歌声》。1936年，除了《小雅》上的《雨夜》外，还有同年发表在《诗林》双月刊1卷3期上的《谜——给薇》、《诗之叶》3卷1期的《无题》、《中国新诗》月刊第3期上的《夜行》等。

1935年，兄长的铺子倒闭了，陈残云便回到广州，考取了广州大学。他说，家里的兄弟姊妹都没有文化，他能写点文章，又考上大学，是十分难得的事，于是哥哥资助了他几百元，支持他读大学。在大学，刚开始他读的是中国文学系，但都是《古文辞类纂》《说文解字》之类，枯燥无味，不合他的兴趣，后转读教育系。

读了两年后，因为没钱，陈残云改读夜校。当时他受革命诗人的影响，加入了广州艺协诗歌组，开始创作抗战诗歌。尔后，他和温流、黄宁婴、陈芦荻等主办《广州诗坛》，其后又办了一个小诗刊《诗场》，自己出版了诗集《铁蹄下的歌手》。与其他革命诗人不同的是，他的诗歌中没有对血腥场面的大量描写，也极少使用标语口号，而是通过一个个小故事的叙述，歌颂民众自发抗战的事迹与精神。

## 英勇的抗战旅桂作家

1941年，经作家夏衍介绍，陈残云去了新加坡。当时，许多中国进步文化人士流落在新加坡，胡愈之就在新加坡帮助陈嘉庚办《南洋商报》。陈残云在那里得到胡愈之、沈慈九、王叔任、杨骚等文化前辈的关照，结识了一批进步青年文友，与他们一起投入进步文化活动。

日寇疯狂南侵逼进，新加坡也不安全，作家们被迫流散。胡愈之流亡苏门答腊，陈残云被迫去了马来亚。他在一个兄长的铺子里，以店员身份住了两年。在异国颠沛流离的生活，他认为是极为耻辱的。看着日寇蹂躏，人民遭受血雨腥风，他感到当作家毫无用处，认识到只有拿起枪才有出路。当时他知道马来亚有人民游击队，极想投身进去，但联系不上熟悉的进步朋友又不知去向，自己又不懂马来话，只好离开马来亚进入泰国，绕道老挝、越南，回到了祖国。

陈残云来到桂林。这时期的桂林已成为抗战的大后方，国内许多刊物都转移到桂林出版。国内各省的文化人、作家也云集在那里，抗敌文化宣传十分炽热。陈残云满腔的情感终于爆发。一方面，他认为在国家的多难之秋，既要拿起笔，又要拿起枪，为国家的独立自由而战，而途径就是加入中国共产党，这样才能做实实在在的事。另一方面，他开始动笔写《今日的马来亚》一文，对日寇在马来亚的疯狂劫掠做揭露。文章在桂林出版的《大公报》上发表，连载三天。这篇文章后被译成英文，在欧美报刊广泛发表。

1943年，桂林的形势转向恶化。在桂林出版的《中国农村》《文学月报》《野草》等10多种报刊遭查封，桂林的抗日文化转入低潮。但李济深、柳亚子等人组织了一支长老团开展活动，接着又成立“桂林文化界抗战工作协会”。协会中有一支由田汉、欧阳予倩、邵荃麟、狄超白等人组成的“文抗队”，陈残云是文抗队的队长。陈残云和田汉领着这支近百人的队伍，到兴安、全州一带进行抗日宣传活动。

1944年9月，日寇疯狂攻陷衡阳，侵陷梧州、柳州、南宁，11月攻陷桂林。桂林进行了紧急疏散，陈残云与狱中出来的朱治平等人随逃难的人群徒步走到贵阳。在贵阳，他接受了党组织的派遣，与朱治平、黄宁婴等10多人绕道黔滇边境，徒步折回广西，越过日寇敌伪的封锁线，到达苍梧县大坡山。

大坡山是李济深的家乡。李济深接受周恩来的建议，从桂林转移到大坡山组织敌后抗日。陈残云到了李济深这支队伍中，担任警卫部队的政工队队长。

1945年夏，李济深派陈残云往广东联络东江纵队。“东纵”是中共广东

1975年9月，陈残云（右）重访东莞水乡时的留影

20世纪70年代末，陈残云、黄新波、李嘉人、关山月参观展览

省特委领导的人民武装抗日力量，这时司令部已从深圳的土洋村迁至罗浮山。陈残云执行的任务是通过“东纵”与党中央周恩来取得联系，请示工作，建立大坡山与延安党中央的电台呼号联络。他持李济深给东江纵队的信和周恩来的电台呼号，克服了沿途的困难和险情，绕过日寇岗哨，只身连夜兼程，到达广东。后在联络人员护送下，找到了东江纵队司令部所在地，完成了任务。

在“东纵”，陈残云实现了自己的多年愿望，加入了中国共产党。

## 一片成名的剧作家

命运不经意间，会有一个转角。写诗写小说的陈残云应该自己也没想到会写电影剧本，而且一炮成名。

抗战胜利后，陈残云去了香港，当老师兼卖文为生。1948年，他开始创作短篇小说《贫贱夫妻》。当时大批电影战线人士在香港，导演王为一看到了《贫贱夫妻》，觉得故事不错，鼓励他改为电影剧本。这一改，就改出了

1979年广东省“文代会”期间，陈残云（右一）与杜埃、周钢鸣、萧殷（右二）在一起

一部经典粤语影片——《珠江泪》。

影片讲述了一对农民夫妻在苦难岁月里的离合悲欢，故事背景是抗日战争胜利后不久珠江岸边的一个农村。影片现实主义的风格，再加上出色渲染的环境气氛，广州特有的横街、窄巷、狮鼓、小食担、沿途卖唱的盲女、珠江河面上的帆影、海珠桥旁的人流，还有码头上停泊的航船，是那样富有南国风情和广州特色，真实而生动。影片一上映，就让观众产生了强烈共鸣。

作家朱崇山在香港读书时观看了《珠江泪》。他说，当时学院在青山新圩，他和同学一早坐车赶往九龙，排了足足一个钟头的队才买到电影票，累得满头大汗，但看了后非常感动，觉得太值得了。当时，《珠江泪》从香港一流戏院首映，到二、三流戏院轮映，连放一个月，场场爆满，直至走红南洋，可谓轰动一时。当时的评论是“粤语片里面一个革命性的代表作”。1957年，这部影片获得中华人民共和国文化部荣誉奖，1979年在第二届香港国际电影节举办的“五十年代香港电影回顾展”中再次荣登榜首。

这就是陈残云的第一部电影。

在香港期间，陈残云还与别人在《大公报》上合编《青年周刊》，与章泯合编《电影周刊》，还完成了两部中篇小说《南洋伯还乡》和《新生群》，并在一家影业公司担任编导室主任。

陈残云的电影之路在继续。

1950年2月，陈残云应欧阳山邀请，经组织同意，调回广州担任华南文艺学院秘书长。

1952年12月，他到华南分局宣传部创作组从事专业创作。1953年春节过后，他接受的第一个任务就是与欧阳山、李英敏组成电影剧本创作组，欧阳山担任组长，到海南老区体验生活。后来欧阳山退出创作组，电影剧本由陈残云与李英敏完成创作，取名《椰林曲》，由上海电影制片厂拍摄，还是由王为一担任导演。影片公演后，观众反映强烈，被评论家称为将革命情与家庭亲情很好地融合到一起，是一部十分动人的优秀影片。

1954年广州作家协会成立，陈残云当选为常务理事、党组成员。当时广州先后破获数起敌特破坏和爆炸大案，这引起他的兴趣。为了获得案情细节，他先后到深圳边防公安三十团、广州市公安局，与公安民警朝夕相处半年多，观察、体验公安人员的工作和生活，终于写成了著名的反特小说《羊城暗哨》，并在1957年拍成电影。这部电影，被影友们称为“反特经典”“谍战片鼻祖”。

《羊城暗哨》是一部富于传奇色彩的反特故事片，一上映即引起轰动。影片拥有大量观众，许多外地人因《羊城暗哨》而认识了广州。影片还被翻译成五个国家的语言在欧、亚两大洲放映。20世纪50年代末的一个夏天，陈残云在阿尔巴尼亚访问，适逢首都地拉那的一家露天影院放映《羊城暗哨》，他也去看。看完，坐在他身旁的两位军官知道了他是该剧作者，热烈拥抱他，赞道：“好呀，中国人民的警惕性很高，战斗性也很强，敌人是破坏不了的。”观众对影片也是赞不绝口。后来，《羊城暗哨》的电影文学剧本出了许多版本，成为当时的畅销书。

1962年，陈残云与蔡楚生、王为一共同完成电影剧本《南海潮》的创作，由珠江电影制片厂拍摄，蔡楚生、王为一导演。影片堪称艺术精品，受到观众热烈欢迎，是艺术价值与票房价值双赢的优秀之作。同年受文化部委派，再访问阿尔巴尼亚，与阿方共同创作了大型纪录片《并肩前进》。

1966年，陈残云发表电影剧本《故乡情》，并与电影导演方荧一起将《香飘四季》改编成电影剧本。随后，《故乡情》和《香飘四季》投入拍摄，但在“文化大革命”中夭折。1977年，与黄宁婴、望江南合编了粤剧《粤海忠魂》，该剧公演200余场，受到广泛好评。1979年，陈残云以陶铸一家的遭遇为题材，创作了电影剧本《雪夜》。

无心插柳柳成荫，这话用于陈残云在电影创作上取得的成就，可说非常恰当。

## 名满天下的《香飘四季》

不过，无缘无故的成功确实也是没有的。起码，插下去的“柳枝”得是健康的，才能存活才能成荫啊。

在对待创作这件事上，陈残云是虔诚的。收集创作素材时他是真真切切地用脚丈量土地，“赤脚作家”的称号亦由此而来，成为他一生的标签之一。扎实的素材加上出色的文学修养，让陈残云甫一涉足电影界就一鸣惊人。现在就以他名满天下的《香飘四季》为例来了解下他是如何进行创作的。

1958年，陈残云受省委委托到东莞挂职县委副书记。新中国已建立，时代发生了巨大改变，身为作家的陈残云感受着时代的变迁，更想创作一部反映时代的作品。在这样的想法下，他来到了东莞。尔后，在各个公社中，他选麻涌作为自己的驻点来了解与把握时代的脉搏。

现年80多岁的卢佳当时是麻涌的公社书记，接受媒体采访时说，“陈残云对麻涌的一切都很新奇，只要我下乡，他一定跟着我去，风雨无阻。”对陈残云来说，融入麻涌人的生活中，真切感受当地的生活，才能见证与记录麻涌的“大跃进”进程。走马观花式的体验与观察显然满足不了他，他住进了麻涌公社的政府大院里。

修建水利，把贫瘠的土地变成沃土，从而体现“大跃进”生产模式的先进性和优越性，这是《香飘四季》里极为重要的情结。而这，其实也是当时整个东莞乃至广东大修水利的情景。据记载，仅1958年，2月开建横岗水库；5月，东莞大围、运河工程竣工，松木山水库开建；10月修建同沙水库；年底，沙田联围修建……

修好水利，种好田，过上好日子，这就是当时农民心里真实的想法。

为此，再苦再累都充满了干劲。为了在春耕前修好水利，不管是群众还是干部，都披星戴月地干活。当时不像现在有机器可以辅助，全靠一双手一把锄头，一点一滴建出来的。

身为干部，即便是挂职，陈残云一样投入到战斗中。大太阳下，一干就是一下午，身上都是泥巴，完全分不出谁是群众谁是干部。上级体谅他是一个文弱书生，下雨时让人给他送雨衣，他看到别人没有自己也不穿，说："群众穿啥我穿啥，不要搞特殊！"冬天的东莞麻涌是寒冷的，他一样下田干活，浑然不觉累。他把这些生活，真实地写进了《香飘四季》里。

身为干部，陈残云抓规划，身先士卒投入生产。农作物遭受洪水时，群众生命财产受到威胁时，他冲在前面，跟社员们一起并肩作战。扎寨田头，连政府大院都不回了。白天，在蕉林蔗地忙碌，晚上，在灯下埋头写作，进

从左到右：陈残云、于逢、李门、萧殷、黄宁婴

陈残云在写作

行着体力和脑力的双重劳动，劳累程度可想而知。但，这样的生活，陈残云觉得是甜的。

《香飘四季》倾注了陈残云太多的理想。修好四乡联围、筑好水利、单造改成双造、增产粮食，并通过提高生产效率，改变农村面貌，继而建设电动排灌站，实现农村耕作机械化、电器化，让社员群众过上安定的幸福生活。无论是对陈残云，还是对农民来说，当时这就是社会主义新生活的终极理想。而他们，都为了实现这个理想而奋斗。

1962年，以麻涌公社为原型创作的长篇小说《香飘四季》终于完稿。该书清纯秀丽，刚柔相济，堪称珠江文化美学品格的杰出代表，一版再版，1978年重版仍销售一空，成为畅销书。这部小说被称为岭南文学的“丰碑”和珠江文学的“典型代表”，影响了一批又一批文学青年。经济学者李江帆曾说，“我带着由陈残云的《香飘四季》催化的对陌生农村的新奇和朦胧的幻想，加入了台山县城第一批上山下乡知识青年的行列。”

20世纪80年代初，几位话剧业余作者将《香飘四季》改编成话剧并由广州青年话剧团和东山区业余话剧团联合排演。之后，他们到东莞麻涌公社演出，陈残云也随行。当时东莞很多家庭都在屋顶架设有“鱼骨天线”收看香港电视，陈残云考虑到此行可能没观众，让大家有思想准备。结果出乎意料，观众排队买票，1500多个座位的剧场，卖了2000多张票，500多人硬是站着看完演出，连续两晚都是如此。由于戏的剧情与现实生活相吻合，与观众的情感相通，台上台下的欢声笑语融成一片。

作家吕雷认为，陈残云是一位极有成就的大师级作家，他的作品中反映出广东人的生活状态尤其引人入胜，《香飘四季》是可以和《三家巷》相提并论的作品。这部作品是非常地道的、充满南方水乡气息的“广味”小说。中国社科院中国文学研究所的杨义评价这部小说是一幅“吹拂着岭南水乡蕉风稻雨的水墨画”。

## 开创深圳题材小说写作模式

改革开放新时期，被禁锢了十年的陈残云迎来创作上的又一次爆发。

他热情地为改革开放呐喊，走遍广东的东西南北中，发表了几十万字的散文。他在边防区生活，眼见着“两个世界”的交错影响，人性裂变、世情冷暖，感触颇深，于是以此为素材写了中篇小说《深圳河畔》和《异地同心》，真实深刻地描写了“一个家庭、两个世界”的特殊的边防区人家的生活。这可说是特区文学作品的源头。直到现在，深圳题材的小说都无法脱离陈残云所开创的写作模式，那就是写人与人之间的冲突，深圳人与外地人的冲突，深圳人与香港人的冲突，当然这种冲突指的是观念上的冲突。

为使全国人民了解广东改革开放取得的巨大成就，他力倡分批邀请全国知名作家到珠江三角洲及深圳、珠海经济特区访问，得到作协广东分会党组的赞同，得到广东省委、省政府及有关地方政府的大力支持，中国作协组织了三批作家代表团到广东访问，发表了近百篇访问见闻。此举可说是“一箭三雕”：宣传了广东的成就，也就是宣传了改革开放政策的伟大成果，使作家们开了眼界，改变了观念，增加了对改革开放政策的认识。

为了加强粤、港、澳作家的交流，在他主持作协工作期间，举办了三期粤、港、澳作家“雅集”，也取得了非常好的效果。

改革开放之初，他就热切关注深圳文学事业的发展。经过与深圳市委、市政府的联系，他动员著名诗人韦丘到深圳市委宣传部担任副部长，创办大型文学期刊《特区文学》。他本人创作了长篇小说《山谷风烟》和《热带惊涛录》。《山谷风烟》同时由广东人民出版社和上海文艺出版社出版，发行十多万册，《热带惊涛录》也受到国内外读者的好评，获得广东省第二届鲁迅文学奖。

作家、评论家洪三泰指出，陈残云一直跟踪社会的发展，反映社会主旋律，对改革开放充满热情。他曾提出著名的“咸淡水理论”，认为要将海外的先进文艺和本地的珠江文化联系起来，构成完整的南方文化体系，从而将珠江地区“融会四江”的包容性和“八门出海”的开放性发扬光大。这对于今天的文艺工作者而言是具有启发和建设意义的。

广东省文联原主席刘斯奋认为，陈残云深入生活创作的《香飘四季》，为广东的文学创作做出了重大贡献。陈残云在他那个时代所起的作用是谁也不能否定的，谈到广东文学就不能避开他和他的作品。

（黄河方）

专家
点评

# 他是珠江文化的典型代表

黄伟宗（中山大学中文系教授）

陈残云是珠江文化在文学上的典型代表。他的作品是珠江文化的一种体现。

从内容说，他的作品写了历史和现实中珠江流域各式各样的生活。从文学样式说，他几乎使用了每种文学体裁，并都写出了有影响力的作品。20世纪40年代，他发表了《黎明散曲》等诗篇，创作了轰动一时的中篇小说《风沙的城》，粤语电影《珠江泪》更是家喻户晓。20世纪50年代他除了以《羊城暗哨》《椰林曲》等电影剧本享誉影坛外，又以一批中篇小说跻身中国著名小说家之林。20世纪60年代他在《红旗》杂志发表《沙田水秀》等散文名篇获得“红旗作家”称誉，并以长篇小说《香飘四季》成为国际知名作家。

20世纪70、80年代，他以中篇小说《深圳河畔》，长篇小说《山谷风烟》《热带惊涛录》及《香港纪行》等一批散文既获得“赤脚作家”的赞誉，又被认为对华侨题材创作做出了贡献。这种从内容到形式的多姿多彩体现了陈残云艺术素养和才华的多姿多彩，与珠江文化的特色和神韵浑然一体。

陈残云的生活历程表明，他是由珠江文化哺育成长的。他的所有作品都是写他自己经历过的珠江人的生活，即使是反映海外马来亚抗日时期生活的

《热带惊涛录》，也是写几个香港人的经历。他所塑造的人物无论是属什么阶层具什么样的独特个性，都程度不同、方式不同地具有珠江人特有的文化意识和素质，其中最明显的就是平实，也即平和、实在、实际。《风沙的城》中的江瑶，《还乡记》中的罗润田，《珠江泪》中的阿牛和牛嫂，《香飘四季》中的许火照、叶肖蓉、许凤英、何桂珍，《热带惊涛录》中的杜青松，《山谷风烟》中的刘二柱、刘东仔，这些作品中的主要人物都是具有珠江文化平实特质的形象。

## 广东小说的风格特点源自于他

邓国伟（中山大学中文系教授）

陈残云的小说创作，是在抗战胜利之后开始的，在此之前，他是一位抗战诗人。从抗战胜利至新中国成立前夕的五年内，他写下了《风沙的城》《南洋伯还乡》和《新生群》三个中篇，以及《救济品下乡》《小团圆》《受难牛》《兵派》《杨三婶》《师道》等几个短篇，在数量和质量上都颇为可观，在当时产生过一定影响，其中《风沙的城》被称为他的成名作。陈残云在新中国成立前写的小说构成了他创作生涯的一个重要时刻。他是新中国成立前广东最主要的小说作家之一，广东小说至今形成不同于北方文学的南国风格特点，仍须溯源于陈残云。

陈残云有自己生活和创作的独特道路。他生长于广州市郊农村，到香港当过店员，后来到广州读大学。抗战期间，他到过新加坡、马来亚等地，在那里度过了两年多流亡生活。抗战胜利后主要在广州和香港两地从事文化活动。这种经历，使他对粤港两地的城市、乡村和华侨聚居的南洋一带的社会生活至为熟悉。他的小说主要描写广东或南洋一带下层劳动者或知识青年的生活和命运。

由于时代环境和社会现实生活的影响，陈残云没有沿着《风沙的城》所开辟的路走下去。《风沙的城》可以看作是他从诗人向小说家的一个过渡。在这之后，他迅速从对人物的主观描写转向对现实生活客观描写，从对知识青年的描写转向对下层劳动者及其社会的描写，从主观抒情风格走向客观写实风格。他注目于他熟悉的广州地区农村及其苦难的人民，几十年他都执着地在这土地上耕耘，给读者留下了一名“农民作家”的印象。他远离了“风沙的”、使人迷惘的城，毅然投入了劳动者的行列，这是思想转变的结果，同时也带来了作品风格的转变。

# 赏析 匠心

▲ 《香飘四季》

邓国伟（中山大学中文系教授）

这是陈残云长篇的代表作，在广东几乎家喻户晓，是我国当代小说的一个重要成果。对这部小说所表现的生活激情、个性鲜明的众多的人物形象、清朗自然的艺术风格和浓郁的乡土气息，文学界早有定评。作品所描写的人民公社“大跃进”时期的生活现在早已时过境迁，但作品仍然保持着深厚的艺术魅力，因为作家的创作激情源于亲眼看到的农村巨变。他为乡亲父老们改变农村“一穷二白”的斗争感到由衷的高兴。作品不是单纯地追随某项运动的步伐或抽象地宣传一时的农村政策，因此故事的背景和作者预定的主题反而显得并不重要。作品的人物和故事都是从生活中来的，作者由于热爱乡土而产生的革命激情是真实可信的。

▲　《热带惊涛录》

邓国伟（中山大学中文系教授）

这是“四人帮”倒台后，作者完成的一部力作。联系陈残云的生活和思想经历来读这部“自叙传”色彩很浓的小说，会联想到他的成名作《风沙的城》，从而发现《热带惊涛录》的写作是作家个人内在感情的一次回归。在格调上它和《风沙的城》比较接近，而与《山谷风烟》有明显的距离。在小说中，我们不但可以看见那时的历史风貌，而且可以看到作者对自己年轻时的峥嵘岁月的感念。老作家的这种感念是深沉的，然而笔调又相当洒脱和奔放，在火与泪的描写中融进了激越的感情。这部作品在他整个创作中占有重要的位置。

▲ 《珠江泪》

## 张绰（文艺评论家）

陈残云对岭南这块古老大地的民俗民风有着深切的了解，对挣扎在其中的农民的心理和命运一向深情关注。当农民的命运和国家的前途这两个思考的焦点重合起来时，就诞生了这部名震粤港的电影文学作品《珠江泪》。《珠江泪》是一部血泪斑斑的农民苦难史。这部电影以作者的家乡为背景，作者曾说："对剧中人物的苦难经历，如同身受实感，感情是十分真切的，不止一次地掉过眼泪。"

▲　《山谷风烟》

张绰（文艺评论家）

陈残云新中国成立后写的作品，是与农民同呼吸、共命运的。1951年土改运动，他参加了郁南、云浮两个区的领导工作，深切体会到农民受地主阶级压迫的苦难，亲自发动群众同地主恶霸做斗争，和群众一同分享翻身做主人的欢乐。这在《山谷风烟》有充分的反映。

# 阮章竞：

## 漳河水唱翻身调
## 出塞新诗颂有成

阮章竞（1914—2000），广东香山县沙溪区象角村人（今广东中山市沙溪镇象角村），曾用名洪荒，诗人、画家。13岁当徒工，20岁失业后到上海。1937年后历任游击队指导员，八路军太行山剧团团长，太行文联戏剧部长，中共华北局宣传部文艺处处长、副秘书长，中国作家协会党组成员、青年作家工作委员会主任，北京市文联副主席，北京市作家协会主席、名誉主席，全国第五届政协委员，北京市第七、八、九届人大代表，北京市第七届人大代常委，全国文联第一届候补理事、第四届委员。1935年开始发表作品。代表作《漳河水》等。1949年加入中国作家协会。

## 艺术观

◎一定要有故事性，没有就不成为文艺作品。

◎创作必须有真实感受，没有真实感受的东西是不可能写好的。

◎诗的形式必须是中国化的、民族化的，这一点在任何时候都不应该动摇。

◎语言是文艺作品第一个因素，也是民族形式的第一个标志。

——阮章竞

# 创作之路

很多人知道也看过《白毛女》。

但很多人不知道，抗日根据地的歌剧一向有“一白一红”之说，“白”指《白毛女》，“红”指《赤叶河》，后者的创作者是本文要讲的主角——阮章竞。

## 绘画•音乐•启蒙

1914年农历正月初五，阮章竞出生在广东省香山县（现广东中山市）沙溪区象角村一户渔民家里，他是阮家的第六个孩子，取名阿竞。尔后，家里又添了五个孩子。

11个子女，让这个家不堪重负，终年辛勤劳作，也只够糊口。但在香山，即便是中下等人家，也懂得要让男孩子去读几年书，能写信记账，为谋生准备一些文化知识。六岁时，阿竞就向父母提出上学的要求。但是家里穷，他争取了三年时间，父亲才答应让他去读书。为了鼓励学生早上学，村里的老师在教室入口处悬挂一块牌子，谁先到校，挂上自己的名牌，就被称为勤学生。阿竞每天天不亮就去，他的名牌，几乎每天都挂在第一的位置上。

七八岁时，阿竞就喜欢画画、刻字，进了小学后，特别喜欢画画，还喜欢音乐，民歌、民间小曲、广东音乐，还学过吹笛子，吹洞箫。绘画和音乐，在他的童年、少年生活中占有重要位置。

上学是快乐的，但阿竞家实在太穷了。父亲靠租种地主的土地以及打渔、卖鱼养活全家。在学校，坐在阿竞前后桌的同学，不管档次高低，用的都是砚台，只有他带一个边缘和底部涂着釉色的粗陶碗当砚台。交学费时，家里没有银币，只能把50个铜板叠在一起用纸卷好交给先生，摆在桌面上占好大地方，并且每次都交得迟，惹得先生不高兴。

就算是这样，到了四年级时家里再也支撑不了他上学的费用，失学那年，他13岁。

那时，学门手艺是贫穷人家孩子正经的生活出路。阿竞喜欢画画，就去中山县的一个小镇上当油漆学徒。油漆学徒的生活苦，但他在其中找到了乐趣。白天做工，晚上有人来找他画画，他都欣然答应。画完，他还在画上题上自己写的诗。徒工生活中，他会见到一些很有名气的画工，他们画画时他就在旁边观看，边看边学。那时，只要听说哪里有人做画、举办画展，他就非去看不可。

阿竞说："我的家乡民歌也很流行，有对歌。听老人们说，对歌时带有辩论性，谁在最后能压倒对方，就算获胜了。"

少年时代，阮章竞受到了这些民间艺术的启蒙。18岁时，新诗则给他打开了另一扇窗。

不知从什么时候开始，上海成为阿竞最向往的城市，而去上海的机会伴随着危机出现了。

20世纪30年代初，世界经济危机波及到了小小的中山县。当地华侨的建筑明显减少，随着建筑业的萧条，油漆工的活也一天比一天难找，阮章竞失业了。于是，他决定到自己最向往的城市上海去。

1934年7月，阮章竞来到了上海，十里洋场的三教九流和光怪陆离让这个中山小青年"惊诧莫名"。他的回忆录中描述了这种震惊体验：

到处都是土耳其浴室，妓女在街上公开拉客；破产农民在城里当仆人，随时可能被欺骗和欺负；外国人和外国驻军享有各种特权，日本兵开着摩托车横冲直撞……

他靠做些零星的活维持生计。没有工作时，他就到书店去看书，还到一个私人学校报了名学外语。常去的有开明书店、生活书店和《申报》流动图书馆，也向朋友借旧书来读。拿到《新青年》《译文》《世界文学》等进步书刊时，他连每本的标点都细看。此时，他也有零星的创作。短篇小说《割稻的故事》以“啸秋”的笔名发表在南京一家报纸上。以后又用“小农”“野夫”的笔名，在《青光》文学杂志上发表了他的第一首诗歌《故乡》及漫画《林肯的故事》。

积弱的国家、困顿的个人命运，刺激着阮章竞。初到上海之际，他虽然还没有明确的政治立场，但是求知识、求新知的过程，却让他的生命跟革命活动渐渐产生了交集。

1935年夏天，阮章竞贫病交加，生活很困难，他住到了一位中山乡亲开的菱花照相馆里，免费为老板做些设计，以换取个人的吃和住。即便如此，他仍积极投身各种社会活动：学习世界语，参加救国会，并被世界语歌咏班推选到立信歌咏班学习指挥。在那里他结识了吕骥、麦新、孟波等音乐家。阮章竞很快成为救亡歌咏活动的骨干力量。1935年底到1936年间，他被派到杨树浦和四川北路的歌咏班教唱救亡歌曲。这时他结识了冼星海——一个影响了阮章竞艺术和思想理念的大音乐家。

1937年的阮章竞（中排右二）

在培训指挥的歌咏学习班上，冼星海发现阮章竞的嗓音很好，又同为珠江口西岸老乡，对他分外亲近。阮章竞仰慕冼星海的才华，提出上门求教，冼星海欣然应允。之后他们过从甚密，情同家人。1937年，在纪念柴门霍夫创造世界语50周年时，冼星海为阮章竞写的《纪念柴门霍夫先生》的歌词谱曲，并鼓励他在纪念会前排练和演出。

1937年"八一三"淞沪会战爆发，在中国空军出击轰炸日本"出云舰"的那天，阮章竞一进冼星河的家门，看见冼星海站在钢琴前，沉着脸在思索，他突然弹响一个复合音，问："像不像大炮声？"阮章竞说很像。他又弹响了一个更大更沉重的复合音问像什么，阮章竞说像飞机投弹的爆炸声。冼星海捕捉、模拟飞机出击的战斗气氛和爆炸声响的创作过程深深打动了阮章竞。冼星海给予阮章竞的不单是具体的音乐知识，还有强烈的民族情怀。

冼星海随演剧队离开上海时，再三嘱咐阮章竞常去看他母亲。但阮章竞很快也随救亡流动宣传团离开上海。在整个淞沪会战和南京保卫战期间，身在太湖一带活动的阮章竞，耳闻目睹了惨烈的厮杀和痛苦的失败。

11月12日上海沦陷时，同伴们开始讨论投奔八路军的问题。就在日本飞机轰炸南京中华门的12月10日，阮章竞从浦口渡江到北岸，辗转到了武汉，与冼星海重逢。那时冼星海正在筹备中华全国歌咏协会，希望阮章竞到武汉大学去开展活动。阮章竞决心不止于慷慨悲歌，而是要血洒疆场，他想到太行山去。冼星海支持他的选择，委托桂涛声领着阮章竞到太行山找八路军。

12月26日一早，师生俩来到江岸车站，在小摊上一起吃了锅贴。上车前冼星海脱下自己的呢大衣披在衣着单薄的阮章竞身上，挥手告别，并相约延安再见。

## 《圈套》《赤叶河》《漳河水》

到了太行山，阮章竞在由中共地方党组建的第二战区游击队第一支队司令部政治处工作，不久又到连队当指导员。这个部队后来改编成了八路军。1938年，连队领导人朱瑞发现阮章竞会搞文艺，把他调到了刚组建的第十八集团军

（第八路军）晋冀豫边区太行山剧团。阮章竞的生活揭开了新的一页。

1938年6月到10月，他写了三个剧本：独幕剧《周年》、二幕剧《太阳出来了》、三幕剧《巩固抗日根据地》，演出效果一部比一部好，也完成了他本人对戏剧表现方式的初探。这时，剧团奉命从晋东南北上，开始了一次走遍太行山东西两麓、行程2500里的流动宣传演出。

流动演出受到部队和老乡的热烈欢迎，特别是在敌占区演出，更有枪林弹雨的味道。黄昏时分，剧团进入阵地，点上汽灯，搭起一个简单的舞台。战士在山头放哨，监视敌人的动静，保护演出安全。演出就在与敌人近在咫尺，随时都可能发生战斗的秋夜星光下进行，分外的紧张，也分外地让将士振奋。阮章竞深深感受到了战斗的快乐。

这时候的阮章竞，编剧本、任导演、指挥唱歌、画布景，什么事都干。在创作思想上，他比过去明确了许多，认识到，一个生活态度严肃的作家，应该为人民而写作。

1939年，国民党发动了第一次反共高潮，形势极为严峻。剧团分散到各县帮助群众建立农村剧团。在农村搞戏剧工作，吃住都在农民家里，让阮章竞熟悉了北方农民的生活、感情和语言。当时他很注意搜集民歌，用的办法是直接和农民交谈，另一个办法是从剧团的同志那搜集。剧团的同志多是山

1946年在焦作时，与太行剧团成员合影。前左起：张振亚、阮洪鹰、贾宗谊、李书勤，后排：夏洪飞、康方印、阮章竞

西人，他们都很熟悉当地的人民生活、风土人情。经过一段时间的努力，阮章竞的创作在使用当地群众语言时，就比较自如了。这时候，阮章竞虽然还没有从事诗歌创作，但对他以后诗歌风格的形成，做了实际上的准备。

1942年5月，阮章竞在反扫荡斗争中负了伤，领导让他到延安去养伤和学习，但他说自己虽然非常向往延安，可更愿意留在前线，亲自参加打败日本帝国主义的战斗。就这样，他在太行山地区一待就是12个春秋。负伤后，他游激流，在山下坚持了四天才摆脱了敌人。随身带的剧本《未熟的庄稼》过河时浸湿了，他放在河岸边一边晾晒，一边修改，敌人从对岸还不时向他打枪。1943年，《未熟的庄稼》由太行山剧团排演。太行新华书店在当年7月出版了这个剧本和小歌剧《比赛》、话剧《糠菜夫妻》。这是阮章竞在抗战时期得以出版并且仅存的三个作品。

阮章竞认为，绘画、音乐、戏剧和诗歌都是相通的。他20多年来在绘画、音乐和戏剧方面的追求，对形成自己诗作的艺术风格非常重要。

1947年前，他不常写诗，之后，开始写一些短诗。他用民歌体写的第一首长诗是《圈套》，发表在太行文联办的《文艺杂志》上。这是阮章竞头一次用民歌写故事，发表后受到多方肯定。有人读了说“有点乐府的味道”，让阮章竞很受鼓舞，于是接着写了下去。

1947年10月，在河北武安冶陶镇召开的土改动员大会上，首次演出了阮章竞9月写的歌剧《赤叶河》。文工团的作曲家梁寒光，被这出戏打动，重新为这出戏编曲。1947年12月，晋冀鲁豫文工团排演梁寒光担任音乐改编的《赤叶河》，在刚刚解放的石家庄连演七场，极为轰动。

从晋冀鲁豫根据地挥师南下的刘邓大军，带着《赤叶河》跨过黄河、长江、珠江三大流域，直到大西南，沿途不但演出，还留下剧本。所到之处，学校、剧团纷纷排演、改编成地方剧种来演出。而胜利进北京城的文工团，则使《赤叶河》成了第一个与北平人民见面的解放区戏剧。著名表演艺术家于是之写道：

第一次文代会召开前，各文工团都要出节目，参加演出。华北人民文工团演什么呢？我喜欢这个团演出的《赤叶河》，我永远记得这个戏演出时的热烈的情景：看完戏的新区的观众们，都情不自禁地唱起歌来，互不相识的人群，只要有人起个头，大家就一齐唱，随唱随走出剧场，走向他们回家的路。因此，我认为应当到文代会去演它。

1949年3月，阮章竞完成了叙事长诗《漳河水》，最初发表于1949年5月的《太行文艺》第一期。这部他最负盛名的作品，汇聚了他35年的人生体验和艺术积累。其间既有童年的儿歌、少年的画梦，有他曾经目睹的旧中国农村妇女悲惨的命运，更有他对民族形式和中国气派的苦苦追求。他的绘画和音乐素养，帮他解决了创作中遇到的一个个难题。他回忆道："最初的《漳河小曲》我总是感到不满意，无法记得改过多少次，无法记得苦闷了多少天。最后是从春天的清晨看到一个画面后写成现在这个样子。这个画面的出现，使'九十九道湾'一下子起了主旋律作用，贯串全诗，回荡始终。"

《漳河小曲》是《漳河水》的开篇部分，经过阮章竞无数次的修改后，才有了他自己满意，也是现在我们看到的版本：

漳河水，九十九道湾，
层层树，重重山，
层层绿树重重雾，
重重高山云断路。

清晨天，云霞红红艳，
艳艳红天掉在河里面，
漳水染成桃花片，
唱一道小曲过漳河沿。

这支小曲，短短八句，写尽了漳河两岸的迷人风光，描绘了一幅层次分明、色彩鲜艳的山水画。可说是诗中有画、画中有诗，打造出诗情画意的优美意境，为全诗定下了明丽欢快的基调。读这样的诗句，有如欣赏一幅山重水复、云缠雾绕、绿树如烟的水墨画，或者有如听一曲委婉悠扬的抒情曲，让人产生满身透凉又惬意之感。而诸如《漳河小曲》这样的段落在《漳河水》中处处可见，如：

漳河水，九十九道湾，
漳河流水唱的欢：
桃花坞，长青树，
两岸踏成康庄路。
万年的古牢冲塌了！
万年的铁笼砸碎了！
自由天飞自由鸟，
解放了的漳河永欢笑！

这里把解放了的妇女那种欢乐、兴奋的情绪，用诗情画意的语言充分表达了出来，长短句的错落使用，节奏上形成了一种跌宕起伏、活泼多姿的效果。很多评论家在评论时均指出《漳河水》处处充满画面感与音乐感，确是共识。

谈到这首长诗的创作，阮章竞强调《漳河水》的语言中民歌很少。因为民歌表现男女之情的多，低级趣味的多，很难表现新思想和新人物。他所运用的是民歌形式，是活的群众语言，同时融入古典诗词的语言。整首长诗中只有两句是一字未改的原始民歌："真是因为跟我好，阿弥陀佛天知道。"

文艺评论家、北京大学中文系教授谢冕表示："在我主编的《中国新诗总系·50年代卷》里，我把《漳河水》全文选进来了。在这种选本中，全文选进来也是不容易的。在我自己的新诗研究当中，抗战到1948年这一段，我专门写了阮章竞的创作。这就是我向他表示敬意的一种方式。"

《漳河水》发表后不久，就和《圈套》《赤叶河》一起被收入"中国人民文艺丛书"中。这三部作品，奠定了他作为新文学史上民歌体新诗最重要代表作家的地位。阮章竞的名字由此飞出太行山，文学影响力从太行山根据地扩展至华北，以至全国。

## 《群山》《山魂》《霜天》

新中国的一切，激励着阮章竞。但紧接着的政治运动让他困惑与不解。他选择了避开，申请到包钢去任职。在包头，热火朝天的工业建设场面和工人们舍身忘我的战斗热情感染着阮章竞，他的艺术探索进入了新阶段。四年塞外生活后，他被召回北京任《诗刊》常务副主编。但“战战兢兢，如履薄冰”的主编工作同样让他心萌去意。随后的十几年，他在新华北局、河北省革委会等工作岗位上寻求着写作和工作、心灵富足与政治运动的平衡。

阮章竞心里酝酿着一个比《漳河水》更宏大的计划，那就是长篇小说《群山》。

1963年他两次重回太行山，为早就拟好的小说《群山》提纲收集写作素材。

这次探访，他走遍了晋冀鲁豫边区十几个市县：潞城、平顺、陵川、襄垣、长治、涉县、昔阳……，还有榆次和太原，座谈、采访、绘地图、找资料。就像绘画的人物造型设计一样，阮章竞写了《八年烽火太行山人物志》一共七人，个个都是民间抗日英雄。他的笔在这些传奇人物中间寻找联想和

1963年春重回太行山，访问离开时，群众依依惜别，送到村口

1963年与武乡县委同志合影，
右起：县委书记、阮章竞

灵感，为他的长篇营造着气氛。1965年，在纪念抗战胜利20周年时，他发表了中篇小说《清晨的凯歌》。

但长篇小说的写作却命运多舛。更让他没想到的是，他的《群山》一耽搁就是10年之久。再拿起时却连题目都在延误中不可再用了。

他懊丧、苦恼，他在笔记中责备自己："一再失去战机！"这部小说在阮章竞心中，已经不是他个人心愿的达成，而是并肩驱虏的同代人共有的情感寄托，他不能辜负战斗青春，更不能辜负太行山。晚年的阮章竞虽已病体支离，仍要做出再一次冲锋。为集中精力创作长篇，他拒绝邀请，闭关禁足四年，很少出京。他在工作室的门上多次贴出的谢客告示，令当时的来访者过目难忘：

**心失平衡求谅**

望能再活五年，我已八十岁了，每天最多工作四小时，总共七千三百小时，请家人亲朋白天莫进工作室，今生对不起，只求来生再报。

苦噪楼寓客

1995年10月为太行山剧团团史编辑工作，与老战友合影。右起：苏云、阮章竞、武蕴、赵迪之、赵正晶、赵子岳、李娜

在最终将小说第一卷定名为《霜天》后，阮章竞始终舍不得放弃太行山的伟大形象，故加了个总称《山魂》。

1991年10月底，《霜天》写成。这一年11月6日，他应邀赴中山参加纪念孙中山诞辰125周年书画展，会后在东西两江访问，写下了组诗《珠江行》11首。其中一首《向中山》以独特的艺术形象和情感表达，使无数乡人怦然心动，在中山广为流传，成为家乡诗歌朗诵会必选诗目。

从1978至1991年的13年时间里，他创作了250余首诗歌和几乎同等数量的绘画，散文杂文30多万字，中长篇小说近百万字。这一路，着实是不易的，但他一直坚持到了最后。

（黄河方）

专家
点评

# 《漳河水》是长篇叙事诗最早的成功之作

茅盾（作家、文学评论家）

阮章竞的长诗《漳河水》有诗的语言，绚烂铿锵，由此可见作者提炼人民语言的功力。800来行的诗写了四个人物，各有各的性格。作者用极洗练的手法写出旧社会妇女所遭遇的三种典型环境。《漳河水》的章法、句法、语言，都显示出诗人的独特的风格。这种风格在他后来的作品（例如《新塞外行》《乌兰察布》等组诗）中有了发展。这些组诗是抒情诗，想象奔放，诗句明丽，格调豪迈。如果说《漳河水》的语言几乎全是经过加工的人民语言，那么《新塞外行》等诗又表示诗人也在熔炼、利用古典诗词的句法和词汇，企图创造更富于形象美和音乐美的适合于表现我们这时代的丰富多彩生活的民族形式的新诗风。应当肯定，诗人在这上头已经取得了初步的然而是不小的成就。

《漳河水》是长篇叙事诗最早的成功之作。作者的诗句有两个特点：一是群众语言的加工，二是融化成语，不但和前者调和而且特别新鲜。《王贵与李香香》从头到底是“顺天游”，不免单调，而此篇则用了各种歌谣的形式，因此音调活泼，便于描写。

# 《漳河水》艺术上比《王贵与李香香》更成熟

刘守华（华中师范大学教授）

1946年9月在延安《解放日报》副刊发表的《王贵与李香香》，是1942年延安文艺座谈会后在诗歌园地结出的硕果。三年之后出现的《漳河水》，艺术上显得更为成熟了。

诗人由于熟谙民歌的语言形式，所以在创作《漳河水》时，没有一处套用民歌的现成词句，而写出的诗句却又无一不带有漳河小曲的风味。抒情民歌都是以比兴见长，信天游和漳河民歌莫不如此。《漳河水》中诗句的格调是从民歌中吸取来的，在表现手法上，却改变了以比兴为主的情况，主要运用富有诗意的白描手法来叙事、写景，刻画人物。如：

北点豆，南栽瓜，河东河西种小麻，早从东崖上，晚夕下西坡，生产的歌声永不落。

它们更适合于叙事诗从多方面反映生活的要求，又清新优美，充分表现出民歌的魅力。它是对中国民族诗歌赋、比、兴三法中“铺陈其事”的赋体的发展与提高。诗人学习民歌，不是为了用民歌园地里的花花草草来装饰门面，而是追求作品的生活内容和它的语言形式之间的和谐一致。他写作时，简直没有感到是在“做诗”，完全沉浸在作品的艺术境界之中，看人有人，看物有色，似乎从中嗅到了泥土气息、草味花香，可以听到水声鸟语，虫鸣天籁，这些从笔下涌流而出，使长诗的内容和形式水乳交融般结合着，构成为一个优美的艺术整体。在这方面，《漳河水》比《王贵与李香香》更为出色。

《漳河水》不仅吸取了民歌的滋养，还努力借鉴我国古典诗歌的优良艺术传统，在学习民歌和古典诗歌的基础上，进行新的创造。

# 匠心赏析

▲ 《圈套》

## 孙绍振（福建师范大学文学院教授、博士生导师）

《圈套》是阮章竞在解放区写的第一首长诗。讲的是反霸时期地主阎王杨道怀利用女人做圈套陷害农会主席李万开，企图篡夺村政权的故事。李万开立场坚定，但是经验不足，上了大当。《圈套》的故事性很强，以口语入诗，诗行基本上是说唱的七言体，有鲜明的群众文艺的特色。

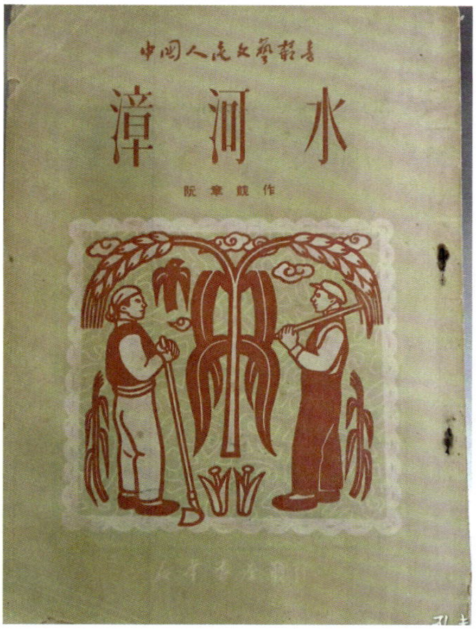

▲　《漳河水》

孙绍振（福建师范大学文学院教授、博士生导师）

《漳河水》在艺术上有较高的成就，主要表现在比较好地解决了叙事与抒情结合的问题，这得力于长诗的结构和语言。诗人总是不着痕迹地把情节过程压缩到最小限度，这也得力于戏剧的集中矛盾的结构方法。时间的过程从单一的空间中表现出来，矛盾集中凝聚在一个焦点上，形成了叙事诗中的抒情环境。长诗没有花多少篇幅抒写旧时代妇女的苦难，而是把着重点放在她们解放以后争取新的生活幸福的曲折斗争上。这里不再是五四时期那种感情高于封建教条的爱情诗了，而是与热爱劳动结合在一起的政治态度决定感情了。作者以饱满的热情歌颂了农民感情深处的深刻变化。

▲　《赤叶河》

李玉明（青岛大学文学院教授）

歌剧《赤叶河》是阮章竞集戏剧、诗歌创作艺术之大成的具有里程碑意义的代表作。1942年整风学习后，阮章竞来到太行八分区驻地陵川县，独自到赤叶河村开展群众工作。初到时，山间小道能看到滚落的大小尸骨，其情其景惨不忍睹，这些刺激着阮章竞。他在那里一住一个多月，访贫问苦，启发农民的阶级觉悟。1947年，革命形势迅猛发展，现实生活的巨大变化，催发着作者的创作热情。他放下已有10余万字的长篇小说创作，开始了歌剧《赤叶河》创作。作者倾注着对人民的爱，和着自己的心血，用20余天的时间完成了这一在中国现代文学史上卓有影响的歌剧。它具有强烈的革命激情和鲜明的民族性，对当时正在进行的伟大的土地改革运动所提出的问题做出了及时有力、形象生动的回答。它深刻地反映了人民大众翻身求解放的历史要求，揭示了中国新民主主义革命的根本所在，成为永载史册的光辉作品。

▲　《金色的海螺》

黄雪敏（华南师范大学城市文化学院副教授）

《金色的海螺》创作于1955年，是阮章竞20世纪50年代影响较大的一部作品。在民间耳闻能详的田螺姑娘的传说基础上，创造性地增添了少年与海螺的离别，以及少年努力争取幸福的过程。这一改写，为古老的传说注入了新鲜的元素，使全诗跳出了简单的道德训诫的模式，而成为一个有血有肉、内容生动的故事。

# 杜埃：吕宋平原风雨骤 太平洋上总关情

杜埃（1914—1993），原名曹传美、曹家裕，学名曹芥茹，另有笔名杜鹃、杜洛儿、拜土、欧阳瑞微、T·A等，广东省梅州市大埔县湖寮镇莒村田背角村人，是华侨文学的代表作家。

解放前，他当过抄写员、图书管理员，还进过英文夜校、世界语夜校学习。参与创办过《晨曦》《天王星》《火花》等进步文艺刊物。曾任中共香港市委宣传部代部长，华商报副总编辑等。解放后历任南方日报副总编辑，华南局宣传部编审处处长，广东省委候补委员、委员，广东省委宣传部副部长，广东省文联第一副主席、名誉主席，中国作协广东分会副主席，中国作协第三、四届理事，中国文联第三、四届委员，广东省政协常委兼文化组长。

# 艺术观

◎精神美、心灵美同样需要通过散文情怀美来体现。

◎社会生活是文学艺术的唯一的源泉。

◎散文要写得优美，给人以高尚的情操、美感的享受，这与作家的思想感情、精神境界分不开。

◎作家的任务，是提供艺术的形象，用生动的形象，来帮助读者认识生活，提高思想感情，引导读者前进。

◎文艺工作者要反映新的时代、新的生活，首先他必须深入到现实生活的斗争中去。

——杜埃

# 创作之路

16岁时，孤身一人离家，踏上前往远方的路，去追求自己的梦想。这是勇气少年杜埃。

即便少年就流浪，但他从未放弃学习，带着改变社会改变这个世界的想法，他对自我严格要求，自觉进步。这是杜埃一生的信条。

因为心中有国有家有人民。他把对家国的爱，付诸于行动。时代给了他动荡的环境，他用它来激励自己奋发图强。

他手里拿着笔，也拿着枪，在异国的吕宋平原上，在太平洋上，与当地人并肩作战，最终战胜日本法西斯。

他的南洋小说，是创作，也是记录，是注入了他非凡情感的个性记录。

## 少年苦闷，寻找个人和民族出路

1914年6月5日，杜埃出生在大埔县湖寮镇莒村。他的童年是在战乱频繁、社会动荡、民不聊生的恶劣环境中度过的。

1925年，杜埃11岁，五卅惨案发生，全国震惊，身处广东大埔县湖寮镇莒村的杜埃也感受了这股洪流，他和同学们一起贴标语，喊口号，以此让更多人觉醒起来。那时，中国乡村的生活已不平静，杜家四个男孩都出国谋生，只留下杜埃一个男丁在家。

杜埃读书用功，成绩优异，以第一名的成绩进入大埔中学。但家里实在太穷了，只上了三个月的学就辍学回家，在村里当小学老师。此时的他，异常苦闷，闲时只能读《水浒传》《三国演义》《封神榜》这类小说排遣。一个偶然机会，他得到一些进步书籍，《列宁主义》《共产主义ABC》《新青年》《向导》《创造》《洪水》《太阳月刊》《流沙》……这些书如一扇窗，打开了他看世界的另一个视角，原来可以这样想，原来世界可以成为另外的样子……这些想法想必曾在少年杜埃脑中出现过吧。

从杜埃一生看，他是一个深具行动力的人。15岁那年，他离开家乡，独自一人来到广州。现在已无从知道一个15岁的孩子是怎样来到广州的并把自己安顿好的。只知道他在同乡会那里得到了时断时续的接济，但生活主要靠他当抄写员、图书管理员维持生计。强烈的学习意识，这是杜埃一生的特点。到广州后，除了维持生活，稍有余裕他就去上英文夜校、世界语夜校。

1931年杜埃结识了刚从新加坡回国的一位进步的穷画家，他与几位进步青年在这位画家的指导下创办刊物《晨曦》。翌年又参加秘密刊物《火花》的编辑、组稿以及印刷发行等工作。以后还和蒲风等同志创办文艺刊物《天王星》。《天王星》以描写工人、农民、学生生活，以及反映抗日救亡运动为主要内容。在《天王星》创刊号上，杜埃以T·A为笔名发表了两篇稿件，一篇是反映工人罢工斗争的短篇小说《动荡》，另一篇是散文《追》。接着在第二期上又发表了日记短篇小说《光的追逐者》。杜埃的文学创作得到进一步提升。不久，《天王星》遭到国民党查禁，主编的学生遭追捕，饶彰风与杜埃逃到了香港。

1933年3月的一天，左翼文化总同盟广州分盟成立。杜埃参加了下设的“左联”小组活动。1934年1月15日广州文总机关出版《新路线》刊物，杜埃在上面发表了散文《都市，动乱的天堂》。这篇散文，以精炼的语言勾勒了30年代初期的社会百态。后来在发表《客厅主义文学》时，他开始使用笔名“杜埃”。

杜埃自参加《火花》编辑出版后，就辞去了图书管理员的工作，没有工作，也没有钱进学校读书，过起了流浪“作家”的生活。他到书摊去读书，给报纸写稿，靠一点微薄的稿酬和亲朋好友的支持，过着极为艰苦的生活。

即便如此，他还是半饥半饱地省下几个铜板去买书。

这个期间，杜埃开始从单纯阅读文艺作品过渡到阅读理论书刊的阶段，尤其喜欢读上海出版的马列主义社会科学书籍。这为他以后成为一位文学理论家打下了坚实基础。

1933年夏，杜埃考进了广东中山大学文学院。

因为住不起旅馆，杜埃便和几个穷学生在广州东郊租了一块荒地，用葵叶盖起一间草居，屋内用木板隔成一厅三间，取名为“准庐”。它成为左翼文化运动的一个据点。他白天到中大读书，其他时间都在“准庐”看书和写作，非常勤奋。这段时间，他写出《菜市》《婴儿》《园》等散文和小说。

1934年1月，国民党特务到中山大学四处捕人。与杜埃一起住在“准庐”的中山大学学生楼栖、陈维岳、何仪都被捕了。他脱险后逃到了香港九龙。那段时间，他终日无事，苦闷得很。不久，他开启了到北京漂泊的旅程。

在北京入学无望后，他就在国立图书馆读书。每天开馆时就进去，闭馆时才出来，中午在馆内休息，因为馆内有水喝，还能买到便宜的面包充饥。在国立图书馆，杜埃读了大量的苏联十月革命以后的文学作品，也读了许多英国、法国的文学名著。

1936年，是民族危机沉重的一年，青年学生纷纷示威游行，反对蒋介石卖国投降的政策。这时，杜埃从北京回到了广州，他决心在抗日救国的道路上，勇往直前。他和张直心等人组织了突进社，出版《突进》刊物，不久，北京爆发了“一二•九”学生运动，消息传到广州，中山大学3000多名学生拥向市区游行，高呼“团结一致，共同抗日”的口号。为了深入民间宣传抗日，杜埃和突进社成员陈维岳、张直心、徐青、陈文汉等，从广州到大埔县农村演出《不愿做奴隶的人们》等戏剧。在湖寮莒村演出时，杜埃见到患病在床的母亲。他准备多留几天服侍母亲，不料广州发生了荔湾惨案，他只好随突进社成员赶回广州。

这年6月，在祖国急需千万热血青年挽救国家于危难之时，杜埃加入了中国共产党。尔后，杜埃在宣传文化战线建立第一个党支部，任宣传委员。这段时间，杜埃发表了许多杂文，抨击国民党卖国投降政策。当时，国内报刊不能发表进步文章，杜埃把文章寄到香港《群星报》等报刊发表，这引起国民党特务的注意。一天晚上，有三个国民党警察向“准庐”走来。杜埃赶快把进步报刊塞进葵叶缝里，才躲过一番追问。警察走后的第二天，杜埃再次逃到香港九龙避难。

## 南洋七年，感悟生活真谛

1937年，抗日战争全面爆发后，杜埃受党委派赴香港八路军办事处，在廖承志领导下从事文化统战联络工作，曾任中共香港市委宣传部代部长，兼港九文化党支部书记。这个时期，杜埃为香港各报写抗战政论，并在《文化阵地》发表了许多文学作品，还参加“九龙中华艺术协进会”的领导工作。

由于抗日战争爆发，原在上海的《立报》迁移香港，由茅盾主编副刊《言林》。茅盾说：“这小小副刊五花八门，生动活泼，我没有编副刊的经验，当时学步六逸，也需要短小精悍的短评等。杜埃同志极力支持，积极投稿，使《言林》生色，至今我犹感谢他的雪中送炭。”又说：“杜埃同志不但写了许多文学评论，也写了不少散文、小说，作家兼评论家，两者都有令人欢欣鼓舞启发同辈及后学的成就，在国内颇不多见。”

后来，茅盾去新疆时，思考如何安排《文艺阵地》和《言林》两刊的工作，他认为杜埃在香港做地下工作，由他接手《言林》是可以放心的。1939年，茅盾离香港赴新疆时，《文艺阵地》交给楼适夷同志主编，而《言林》副刊编辑和九龙艺校的文学课则要杜埃接替。由此可见，他对杜埃的能力是认可的。

1940年3月，为了向海外华侨宣传抗日，杜埃受党委派前往菲律宾，与当地的侨团一起创办《建国周刊》。

太平洋战争爆发之后，菲岛沦于日本人手中。在当地民众支持下，华侨也纷纷起来抗日，建立了“菲律宾华侨抗日游击支队”，在国际反法西斯的斗争中，与菲律宾人民并肩作战。杜埃被任命为“抗日反奸大同盟”和菲律宾华侨党的宣传部长，到菲共中央宣传部工作。他以《华侨导报》记者的身份，深入吕宋平原游击区开展抗日宣传活动，在菲律宾亲身经历了七年的艰苦战斗生活。严峻的生活赋予他严谨的思维，也为他后来完成《在吕宋平原》《风雨太平洋》奠定了基础。

杜埃较早表现菲华抗日题材的作品写于1945年2月，发表于5月19—20日的菲律宾《华侨导报》的散文《俘虏审问记》。这篇散文记述了“华支”人员审问一名被俘的日军军医的经过，结果是这名日军军医不仅受到了抗日队伍人道主义的对待，还对日本侵略者对菲中人民犯下的滔天罪行有所悔改。大约也是写于这段时间的《丛林狂想曲》笔调与上篇完全不同，写的是抗日游击队员们在丛林宿营地的一个夜晚的情景。菲中两国游击队员亲如兄弟，在月华璀璨中纵情歌唱，以歌声寄托着家乡和亲人的深切怀念，诉说着对未来的美好憧憬。

短篇小说《番娜》《萨克林田庄》是作者在菲律宾游击区当记者时所见所闻加上一些构想写出来的。

前篇以第一人称“我”或“我们”的视角，塑造了一位名叫番娜的菲律宾妇女的形象。这位有着传奇斗争经历的农会妇女部长不仅待“华支”指战员如亲人，而且自己的女婿就是一名“华支”战士，作品传达的是菲律宾人民高昂的抗日斗志和菲中人民血肉相连的至深情谊。后篇篇末注有1946年11月7日发生的事情，作品记述了地处菲律宾仙尼格西北方的萨克林田庄的农民在其村长兼农会主席尼古拉等人的组织下，晚会聚餐纪念十月革命26周年。在聚会上，为抗日而武装起来的村民们热情歌颂伟大的十月革命，回顾国际反法西斯斗争走过的历程以及自身为抗战作出的贡献，哪知聚会刚结束就得到侵略军的军情，于是村民们立即收回喜庆的心态，在尼古拉的领导下做好了迎接新战斗的准备。

《丽达的道路》创作于1947年，写菲律宾姑娘丽达从做“华支”的交通员开始与“我”和“我们”的一段交往。这位神学院学生出身的交通员知识结构自然非同一般，不仅在宗教方面有造诣，对国际形势，战争动向亦有自己的见解。作品着重表现的则是丽达的心路发展历程：由单纯相信美国是菲律宾大地上抗击侵略的力量，到终于看清美军在抗战胜利后实质上成为新的占领者的认识转变。

《法布尔的家》创作于1948年11月，刊载于由左翼作家楼适夷、葛琴主编的香港《作家》月刊。作品描写“华支”几名队员借住民主村长法布尔的家，从事印刷抗日宣传品工作，由于不明确对方的身份都在提防对方而产生了一些误会，待形势发展情况明朗后，彼此才道出曲衷，颇有点喜剧意味。

《老山道斯的选票》篇末标明作于1948年冬，写“华支”某部路过一个抗日新区不仅受到当地村民的热情接待，而且还有一位姓“山道斯”的菲律宾少年加入到队伍中来。少年是背着父亲这样做的，却为父亲老山道斯参加社议员的竞选赢得了一票，作品由此反映了抗日是民心所向。

《卡玛拉丛林》和《卡琳娜姑娘》的具体创作年代不详，但所写都是菲华抗日的故事。前篇从菲华抗日游击队员在卡玛拉丛林共建新的基地写起，描述了队员们面对艰苦生活的乐观态度和创造精神，揭示了他们丰富的内心世界和对民族对国家的强烈责任感。作品以两名队员的悲壮牺牲的场面结束。后篇以华侨支队和友军两个支队转战西海岸后“像孩子般急急投进慈母怀抱”回到阿莱耶山旧地为线索，演绎了屡建战功的侨生机枪手柯慈与菲律宾姑娘卡琳娜之间崇高动人的爱情故事。而作者在“附记”中交待的结果“翌年春，华侨支队配合美军反攻南吕宋打古鲁斯省会。机枪手英勇牺牲。卡琳娜自西丽碧送别后，不再见到他。”她等到了胜利，却已等不到他，为这曲爱情之歌添上了浓浓的悲剧韵味。

杜埃的创作有他独到的地方，比如《番娜》的人物塑造十分传神，作品这样将人物推至我们面前：

女主人欢呼着出来了。

“好大的雨呀！同志，快把鞋子脱掉上来！”她招呼着走下楼梯，把我们的背囊，一个个接了上去。……

“糟啦！全像海湾爬上来的一样，全身都是水哪！”女主人打趣地嚷着，发生响亮的笑声。马上，她吩咐女孩子到厨房去生火，给我们烘焙衣服。……

杜埃与女儿在香港华商报社天台（1948年）

真是未见其人，先闻其声——爽朗的言语，响亮的笑声，再加上简洁生动的行动，一个菲律宾爱国妇女风风火火的率真形象跃然纸上，而她对“华支”同志的至情，则蕴溢字里行间。

除了这种现实主义的笔法之外，杜埃的作品也不乏浪漫主义的情致。像《卡玛拉丛林》，情歌、夜歌的柔曼旋律回荡在丛林，与艰苦紧张的战斗生活形成一种对应性的情绪张力，使读者得以感受到游击队员们多维度的精神追求。

如果说，20世纪20年代的杜埃还只是开始接受革命的洗礼，那么，当他来到菲律宾群岛时，他已脱尽稚气并被锻造得非常成熟了。面对着迎面而来的各种复杂现象和纷纭的战争局势，他能够较为冷静和清醒地观察分析，从中撷取“活的现实经验”，积累了丰富的生活素材。南洋七年，是杜埃真正感悟生活真谛的非常时期。那段往事深深地烙在他的心灵深处，成为他日后创作的自然动因。

杜埃是满怀热情投身革命的歌者，他的内心充满了对和平幸福等美好生活的向往，在这一主体意识支配下，他更多地关注着这阳光积极的一面。他并不是对社会的黑暗视而不见，而是把黑暗与不幸作为背景，侧重于撷取生活河流中的朵朵浪花，从中发掘生活的欢乐和希望。他的“南洋小说”因此呈现出与众不同的风貌。在他的小说中，他喜欢把战争的烽火拉到幕后，你只能听到炮声轰鸣，闻到炮火硝烟的味道，却无法看到刀光剑影的激战场面。

## 了却夙愿，《风雨太平洋》出版

1947年7月，杜埃受命从菲律宾回到香港，先后任《华商报》副主编、主编，还代理《群众周刊》总编辑。他为《华商报》写了100多篇社论、评论，如《辽西战局》《美蒋的新阴谋》《长江两岸的春讯》等。同时着手创作关于菲律宾抗战的小说和报告文学、杂文，先在《文艺阵地》等刊物发表，1948年由香港人间书屋辑成小说集《在吕宋平原》出版。茅盾为这本书作序指出：这“是他的经验的产物”，也“是反法西斯战争时期菲律宾人民英勇斗争的一幅剪影”，并充分肯定了书的“异国情调”。

1949年8月，杜埃奉命离开香港到广东的东江教导团，迎接南下大军，参加解放广州的接管工作。

新中国成立之后，杜埃任中共华南分局文教委员，参加创办南方日报社，并担任副总编辑。1953年任中共华南分局宣传部文艺处处长、外事处处长，华南文艺出版社副社长等职。1956年起历任中共广东省委文教部副部长、中共广东省委宣传部副部长。

杜埃长期担任省一级宣传教育、文化艺术部门的领导职务，繁重的行政工作之余，他仍坚持文学写作。丰富的阅历，是他取之不尽的素材。这一时期，他创作了大批反映南方乡土风情、散发出浓郁南国馨香的作品，如《在挂绿的地方》《白藤湖之春》《斗门散记》等，热情讴歌了改革开放后南国奋发的气象，深受读者欢迎。

杜埃对大埔家乡的山山水水怀有深厚感情。新中国成立后他曾7次返乡，写了许多富有农村气息的作品，于1961年汇集成《乡情曲》出版，他在《后记》中深情地写道：“我的家乡——她的一切使我的感情永远激动，她在我的脑海中留下永生不灭的印象，她像春天的种子一样在我的心中发芽、茁长，为了这些，所以用了《乡情曲》为书名。”

1976年8月，杜埃率省社会主义路线教育工作团到增城朱村镇。他满腔热忱，深入生活，把朱村当成自己的第二故乡。1980年3月，杜埃从领导岗位退下来时已值暮年，他决定落户朱村，开始创作长篇小说《风雨太平洋》。

1984年，这部小说第一卷问世，菲律宾首都马尼拉的华文报纸《世界日报》全文连载，历时一年之久。1988年5月完成第二卷时，马尼拉的另一家华文报纸《商报》又开始连载。《风雨太平洋》何以会赢得了菲律宾华侨和菲律宾人民的喜爱？那是因为它生动地描述了菲律宾历史上那一段令人难忘的岁月。第三卷，杜埃因身患重病未能写完便离开了人世。他在医院的病床上向妻子林彬口述第三卷的部分篇章。杜埃逝世后，林彬强忍悲伤，续写了余下部分。

历时十几载，数易其稿，近百万字的《风雨太平洋》（1—3部）于2002年出版发行。它是杜埃的晚年力作。它为在反法西斯战争中作出重大贡献的“华支”树碑立传，为弘扬中菲人民在并肩作战中结下的深厚友谊，谱写了一曲大气磅礴的颂歌，而且为革命现实主义艺术提供可贵的创作经验。这部小说受到读者关注和欢迎，被收入《世界反法西斯战争文学书系》中国卷中。

杜埃的创作题材是非常广阔的，但他主要潜心于挖掘南洋生活的底蕴，他真正的艺术世界建构于风雨的菲律宾岛上，他的“南洋小说”是他所有题材中写得最具艺术魅力的部分。这也充分体现了他的艺术追求和创作特色。

（黄河方）

专家
点评

# 应充分肯定他在中国现代小说史上的地位

杨义（中国社会科学院文学研究所研究员）

杜埃是和整个华南作家群一道在拓荒中成长起来的。不充分肯定杜埃的文学活动和文学创作的成就，就很难说清楚华南作家群的形成和发展过程。杜埃早年参与创办的《火花》《天王星》诸刊，记录了华南作家群初涉文坛时的激进身影。他和萧殷、楼栖等作家一道，在广州《民国日报》副刊《东西南北》上初试锋芒，发表不满现实的小说、诗歌、杂文，参加了1933年何干之等人领导成立的“广州左翼文化总同盟”下设的广州左联。1936年，杜埃同黄宁婴、温流、陈残云等人成立广州艺术工作者协会。

华南作家把南中国特殊的社会形态、日常生活方式甚至人种气质带进小说领域，如杜埃的短篇《菜市》写出了南方圩集中没钱领牌照的小本菜贩子的机灵和辛酸。这类作品在描绘破败而动荡的岭南乡土社会时，都或浓或淡地传达了南中国人开放的、机智的、重乡缘人伦情感的气质。

# 他的散文自成一格

王祚庆（广东省博物馆副研究员）

杜埃的散文尽管不像秦牧散文那么精明宏富，不像刘白羽散文那么豪放恢宏，不如杨朔散文那么富于诗境意蕴，有的篇章过分严肃，或者有所浮躁而单薄，他的散文自成一格，自由自在，不构模式，抒写自己耳濡目染的东西，或自己生活周围的人与事，既善于摄取生活画面或细节，也融入自己的情思和意蕴，而且熔铸于简短的篇幅之中，形成独特的抒情风。从整体上看，杜埃的散文从内容到形式都呈现出明快激越、朴实自然的特点。在美学范畴上，也比较和谐完整地建构了一个优美或壮美的艺术境界。

杜埃散文的抒情另有一番特色。具体地说，他善于捕捉生活中的闪光点加以抒写，并把自己的思想感情即喜怒哀乐、人生的愿望和渴望融化在朴实、平淡、自然的记叙或白描中，创造出富于内涵的画面、细节和意象，乍一看，似乎没有什么深刻含义或寄意，等到你进行深入的研究和分析，就会发现他在描叙对象的同时，已摄入自己的审美理想、审美情绪，形成一种独特的抒情美的风格。《都市，动乱的天堂》把这种抒情美的风格表现得异常鲜明突出。

# 赏析 匠心

▲ 《风雨太平洋》

张振金（广东省社会科学院教授）

杜埃的长篇小说《风雨太平洋》是一部反映华侨社会生活的现实主义力作，一幅描绘华侨抗日的壮丽画卷。读过《风雨太平洋》的人，大概都会强烈感到这部作品的显著特色：作者把华侨霍斯特·李一家三代在战争中的际遇，同整个国际反法西斯战争的风云变幻结合在一起，构成一种生活宏阔感和历史的纵深感。在当前长篇小说的创作中，重视历史感可以说是许多作家的美学追求。《风雨太平洋》自有其不同之处，这就是，它的历史感，不是停留在对一个故事、一个事件或者一种冲突的描写平面之上，也不是通过几个人物命运的变化，在一般意义上写出战争历史的状貌。作者是独具胆识和气魄的。他力图把握战争的整体性，把众多的人物放在尽量开阔的历史视野之中，战争促使每一个人物的行动，人物的命运又关联战争的发展，这样，就形成一种网络关系，既表现了作者对整个国际反法西斯战争的总体把握，又从特定的环境中写出人物性格的必然发展。

▲　《丛林曲》

王祚庆（广东省博物馆副研究员）

《丛林曲》抒写作者在菲律宾与该国游击队员相处时的所见所闻所感，反映他们对战争生活的乐观情绪，对未来光明前景的美好构想，其文笔轻松、自如、潇洒、飘逸，其情调明快、昂扬、奔放、激越。为了强化其感情的深度，又采用对话形式叙述，宛如促膝而坐，侃侃而谈，更易倾泻情怀，更见亲切感人。其间，又融入诗歌，不但使行文富于变化，显得多姿多彩，而且加强了抒情色彩，让炽热的感情像地火般海底捞月地奔涌，借此增添作品的信息量，启示创作意向。有时又在适当的地方发表议论，画龙点睛地宣示作品的主旨和义理，表达了作者的理性思考。此外，还善于创设环境氛围，仿佛月亮的光度和活动，完全伴随着人们的情绪不断高昂而变得颇有性灵，颇为恭顺了。综而观之，《丛林曲》的思想与艺术的特点，颇能体现杜埃前期散文的艺术风格。

# 萧殷：

## 桃子熟了忆月夜

## 青年信中论文学

萧殷（1915—1983），广东龙川县佗城人，原名郑文生，笔名萧英。新中国广东文艺评论工作开拓者，《文艺报》创办人之一。1938年入延安鲁艺学习。曾任《新华日报》编委、延安中央研究院研究员、《石家庄日报》副总编辑。新中国成立后，历任《文艺报》编委，中国作协青年作家工作委员会副主任兼文学讲习所副所长，暨南大学教授、中文系主任，中共中央中南局宣传部文艺处处长，广东省文联、中国作协广东分会副主席，《作品》月刊主编，中国作协第一至三届理事。一生主要从事报刊编辑、文艺教学、文艺理论研究，对培养青年作家不遗余力。

1985年荣获广东省首届文学评论荣誉奖，1986年荣获第二届鲁迅文学奖特别奖。

# 艺术观

◎理论的价值不在于多么深奥或者多么晦涩难懂，而在于能够解决多少实际问题。

◎发现、扶持、培养青年作者是繁荣创作的一个根本性措施。

◎没有责任感，没有敏锐的眼光和深刻的洞察力，就不能成为真正的批评家，也不可能写出好的文艺批评文章。

——萧殷

# 创作之路

若身处一个饥寒交迫的时代，要亡国灭种的时代，你会做什么或怎么做？

不知道，不清楚。

确实，没有发生的事谁也不知面对时会做何种反应。

20世纪三四十年代，所有中国人都面临着这样的问题。有良知的中国人选择了战斗。

用自己的方式来战斗，比如萧殷，他追求文学之路，就是追求革命之路，终其一生不停息。

而在那个时代，像萧殷这样，把个人事业乃至人生与国家命运绑在一起的，并非少数，黄药眠如是，黄秋耘如是……

有他们，是民族之幸，是我们每个人之幸。

## 用笔喊出心中炽热情感

萧殷是真真正正来自社会底层的人。

不是官二代官三代士绅之家而后家道中落，连殷实都不沾边，就是地地道道的穷，没有一点根基底气的穷。他幼年丧父，母亲又长年病卧在床，从小尝遍世态炎凉，当然，家中也没有什么祖上留下来的书籍或字画可供研读。

萧殷十岁那年，发生了一件对他影响至关重要的事件。

1925年，北伐军第二次东征，那时他正在上小学，刚好遇上东征军过境。东征军“有田耕、有工做、有饭吃、有书读！”的口号深深地打动了他——那真是一个美好世界啊。跟他看到的现实世界形成了鲜明对比：贪官污吏横行霸道，人民群众饥寒交迫。这样的世界会有吗？会到来吗？他非常期待。中学时代，他就已提笔为文。随着经历的丰富、阅历的广泛、思考的深入，他的创作开始丰厚起来。

周围革命的氛围日渐浓厚，萧殷在阅读鲁迅、蒋光慈和其他进步人士的小说中，继续思索寻求。他受到革命理想的鼓励，对未来社会有了憧憬。对社会，他有话想说，很多话想说，说它的不公，说它的不幸，他更想说的是，让更多的人思考，跟他一样思考，从而找到社会的出路。他开始自觉地用创作为革命呐喊。谈及自己的创作时，萧殷说：“我之所以走上文学的道路，原因就是我很早就对新的社会制度有朦胧的理想，因之对剥削阶级的所作所为怀着强烈的憎恨。”

靠几位老师的资助，萧殷读完了初中，考入广州美术学校中画系，一年后，因经济困窘辍学，回乡当了小学教师。

小学教师萧殷一边教书，一边开始尝试文学创作。1932年至1935年，他在广州《民国日报•东南西北》上相继发表《疯子》《乌龟》等短篇小说共30多篇，控诉黑暗的社会，表达对下层劳动人民的深切同情。这样的创作起点，可谓不低。处女作《乌龟》及其后的《疯子》就已显示出萧殷超凡的讲故事能力。

《乌龟》和《疯子》写的是小人物的悲惨命运。陆伯（乌龟）之妻被富商强奸至孕而自杀，陆伯为报妻仇上法庭告状，自己却被抓起来坐了大牢，出狱后在穷困中死去。“疯子”（《疯子》的主角）因还不起债，年关被曾乡长抢走了爱女玉姐，玉姐不愿受辱竟被杀害，“疯子”最终摔下深谷走完了疯癫的历程。

可贵的是，两篇作品的叙述都通过一个孩子的视角来进行。小人物的悲惨故事不是被直露描写，它被推到了另一个故事的背后。在这样的叙述方式里，孩子的纯真与世界的脏污形成了极强的艺术张力。纯真显得更加可爱、可贵，脏污则显得更加丑恶、更令人发指。孩子视角的运用，使叙述不仅限于对社会的揭露，也引人做更多的思考。

1936年，抗日救亡运动如火如荼，萧殷弃教往广州读艺术学院，参加广州艺术协会，发表多篇杂文，投入抗日学生运动，并加入共产党领导的上海防护团，任战地记者。此时的他已成为进步文艺团体的骨干，用笔从事革命斗争。

1938年，萧殷从武汉辗转到延安，就读于鲁迅艺术学院。同年加入中国共产党，任延安中央研究院文艺研究员和中央艺校教员。1939年调张家口任《新华日报》华北版编委，1946年夏接替丁玲担任《晋察冀日报》副刊主编。国共“和谈”期间，还曾受命在北平主编《解放三日刊》，并兼新华社北平分社采访部主任。

1946年7月，美国海军陆战队向冀东解放区的安平镇发动了直接武装进攻，又造谣是人民解放军攻击了美军，从而酿成了所谓“安平事件”。消息传来，全国震动。为了弄清真相，“军调部”成立了第25执行小组，对“安平事件”进行调处。萧殷奉命同记者仓夷一起于8月8日由张家口乘飞机赶赴北平参加该小组的采访活动。由于该机场被美国人控制，美军驾驶员又有意刁难，最终只有萧殷一人上机。仓夷无奈改乘途经大同去北平的班机，在大同短暂候机停留期间，被国民党特务秘密杀害。后改派周游和萧殷共同赴安平采访。

于萧殷而言，1949年是他创作上的一个关键年。他一改以往揭露、批判的文笔，唱起了热情的赞歌，且与此同时，他的工作重心也由个人的创作转为文学评论及对青年作家的培养。

摧毁旧世界的战斗取得了胜利，迎来了憧憬已久的曙光，可以想象萧殷的内心会是怎样的雀跃。他用一系列作品歌颂新社会。他塑造了刘桂荃（《在深山里》）、骆火狗、阿德、苏雪娥（《五月间》）等农业社新人形象；他渲染了齐心协力、与天奋斗的热气腾腾、朝气蓬勃的农业社气氛（《天旱的时候》）；他批评了苏发旺（《五月间》）等人物在社会主义建

萧殷生活照

设中的落后言行。他不仅对当时的生活与奋斗热情讴歌，而且对更美好的未来充满了憧憬。他经常借人物之口，将这憧憬溢于言表："社主任给我们传达了全区农业建设远景规划以后，我兴奋得几乎好几夜没睡着觉，你想想呀，再过十年八年，我们这地方会变成什么样子呀？那简直是大粮仓大油库啦！"（《在深山里》）

然而，兴奋与喜悦并没有持续多久，萧殷敏锐地发现了问题。对"左"倾出现的种种苗头，他开始思考并试图找到解决方法。

1956年，他写出《月夜》，作品塑造了两个具有典型象征意义的形象。区委书记黄狄对理论很熟，讲起道理来一套套的，一开口就可以是长篇大论，理论研究得似乎蛮透彻。区委副书记则理论水平不高，不善辩论，经常说不过黄狄，但却熟悉农民，了解农村现实情况。然后，这一对工作搭档，在面对农民分配这个问题上，发生了分歧，各有不同看法……

故事很简单，但明显能看出作者对现实的思考。不善言辞的萧殷，对当下是极为关注的，他用笔写出了自己想说的话，表达自己的看法。在那个年代，能有这样思考敢于这样思考的人并不多。在文学评论领域，萧殷依然有着自己的思考，走着自己的路。

比如对话剧《红旗歌》的讨论。当时，学界很多领导和极有影响力的人物都对《红旗歌》表示赞赏，连周恩来总理也很重视这部话剧，认为不错。但萧殷认为《红旗歌》有着很大的缺点，于是写了《脱离典型环境去追求性格，行吗？》一文。他在文章中批评了剧作者脱离具体环境去追求性格的作法，认为可削弱人物的可信度，在人物塑造上是不可取的。他的这篇文章是针对《红旗歌》初稿写的，后来《红旗歌》话剧做过一定修改，但萧殷仍觉得不好，还坚持自己的看法与判断。他生前编辑《萧殷自选集》时把这篇文章也收入其中。坚持独立的学术意识，坚持敢于探究的勇气，这就是萧殷。

萧殷认为，批评家和作家是一种朋友关系。作家作品中存在问题，批评家应指出，但不能随便给作家“扣帽子”，批评文章要说得有理，注意科学性。他认为，文艺批评文章从观察视角到表达方式乃至语言风格，都应有自己的个性。他说：“如果我们的批评能引起读者的共鸣，又对作家有促进，这样的文章就有价值。没有责任感，没有敏锐的眼光和深刻的洞察力，就不能成为真正的批评家，也不可能写出好的文艺批评文章。”

与文学理论、批评文章相比，萧殷的创作并不多，在文学史上鲜有专章专节论述。然而，萧殷的创作文字却是他文学追求乃至其整个血肉人生的重要组成部分，表现了他几十年对文学与革命的追求及思考。今天重读，仍能令人怦然心动。根本原因在于，我们在里面读到了一种人生历程，读到了他对自己、对时代的人生思考。

## 培养一代文艺新军

当代作家、文化部原部长王蒙说：“我的第一个恩师是萧殷，是萧殷发现了我。”

故事是这样的。

1955年夏天，萧殷调到中国作家协会青年作家工作委员会担任副主任，专门研究和辅导青年作家工作。有一天，中国青年出版社吴小武（肖也牧）给他送来一部长篇小说稿子——《青春万岁》，专门请他审看。这是王蒙的处女作。王蒙当时刚20岁，在北京西城区任共青团区委副书记，他利用一年的业余时间，写了这部反映首都中学生生活的长篇小说。稿子曾被编辑部一位编辑“枪毙”了，但萧殷看了这部稿子非常高兴。他首先肯定作者有艺术感觉，有写作才能，语言运用得好。只是由于作者缺乏写作经验，稿子写得散，作品缺乏主线，杂乱无章。但他在这杂乱的手稿中，看到可取的闪光点。他觉得作者有生活，作品中的人物都有个性，作者对人物心理描写、性格刻画都很生动。

这是一个有才华的作者，萧殷心里无比高兴，马上打电话邀王蒙到家里来谈稿子。第一次谈话，萧殷发现王蒙很有才华，但缺乏写作经验，对自己作品的优缺点在哪、哪些地方应该展开描写、哪些地方应该删去、怎样安排作品中的矛盾主线等等，似乎不完全明白。作为一个文学评论家，萧殷眼看这根苗苗这样生气盈盈，却又这样幼嫩，觉得自己应该大力扶植，帮助它成长，使它早日绽开奇花。

萧殷把自己写的《与习作者谈写作》一书送给王蒙。王蒙读了如获至宝，他在这本书里学到了文学知识、创作规律，初步接触到文学创作的“奥妙”。从此之后，萧殷约他每个星期天下午，到他家里来谈创作问题，每次谈两三小时。萧殷通过谈心方式，先从分析中外名著入手，然后联系到《青春万岁》，帮助王蒙分析自己作品的优缺点。之后，萧殷针对作品艺术上的弱点，向他强调小说要有一条矛盾主线，故事要沿着主线开展。这条矛盾主线要深入到作品的那些出身各不相同的学生家庭中去。

就这样，萧殷同王蒙谈了七八次，当王蒙认识到自己作品存在的缺点时，萧殷就同他研究修改作品的方案。在《青春万岁》的修改过程中，萧殷一直关心和帮助王蒙，并以青年作家工作委员会名义，替王蒙请了半年的创作假。经过八个月的刻苦认真修改，王蒙终于把《青春万岁》修改出来，交给中国青年出版社出版。无奈书还未出版，王蒙就被错划右派，直到1978年党的十一届三中全会后，才改由人民文学出版社出版，与广大读者见面。

萧殷在家中

无独有偶，发行量近3000万册的《欧阳海之歌》作者金敬迈说，在自己迈入文学这道门槛时，萧殷给的帮助是巨大的。

故事是这样的。

在萧殷主持广东省与文化有关的各项工作时，金敬迈还没有迈进文学殿堂的门槛。有一次，一位和萧殷很熟的朋友，把金敬迈的一篇习作拿给萧殷看。这篇文章是写1961年金敬迈下部队去搞“两忆三查”运动时听到的一个故事：一个士兵家里很穷困，靠卖烧饼维生，为了给弟弟留下一块烧饼尝尝，他把别人咬了一口丢在地上不吃的烧饼捡起来，拿了回去。晚上他爸爸一点账，问：“怎么少了一块烧饼钱呢？”再一看，篮子底下还藏着一块咬了一口的烧饼，就认定是他偷吃了，于是打了他一顿。他妈妈在旁边说：“难得孩子馋了，咬了口烧饼，也不至于打他嘛。”这孩子当即就哭了，但一直也没有说明。最后事情弄明白，原来是他留给弟弟的，只是买烧饼的那个人没付钱，所以差了一块烧饼钱。

萧殷看后，对那位朋友说：“你去把作者找来，我和他说一说。”这次谈话，金敬迈终生难忘。萧殷问道：“你看过朱自清的《背影》吗？”金敬迈说

萧殷在辅导青年写作

读过，读的时候泪流满面，父子真情实在太动人了。金敬迈后来说，当时他心里还想："叫我编也编不出来。朱自清是何等实力，哪是我一个业余作者能够比拟的。虽然他也全是白描，但那功力我远远达不到。"萧殷说，文章不在于辞藻华丽，而在于思想的深沉。他让金敬迈再好好读一读《背影》，说那是少有的写父爱的佳作，读一读会受益无穷。并嘱咐说，要好好读，不要拿起来就翻到结尾，要看看人家是怎么铺陈、怎么白描的。

金敬迈说，这篇文章没有改出来，但在写长篇小说《欧阳海之歌》时，他把这块烧饼变成了半块糍粑，写成其中一个情节：欧阳海的妈妈没有奶，妹妹快要饿死了，他想用两条鱼给妈妈煲点汤，催奶。于是他用一块糍粑换了两条鱼回来，当鱼汤熬好的时候，欧阳海拿着半块糍粑睡着了。他梦见自己在抓鱼，在这个时候，妈妈一声尖叫，妹妹已经饿死了，不再需要奶了。

作家出版社总编辑、人民文学出版社副社长韦君宜曾说，那些作者于萧殷就"像是他儿子似的"。

这里面也是有故事的。

萧殷总是不遗余力地向韦君宜推荐青年作者的作品，第一部作品是王蒙的《青春万岁》，起码向她推荐过三次。头一次是在作家协会的《文艺学习》编辑部，他跟韦君宜说《青春万岁》很好。1957年，王蒙被错划了右派，《青春万岁》在青年出版社只能停止出版。

1961年，刚由下放地调回一家出版社工作不久的韦君宜到广东出差，见到萧殷，谈起近来有什么作品可出，萧殷再次说起《青春万岁》。这时早已时移世变，王蒙的问题不知几时才有解决希望。一向平稳的萧殷却明明白白地说："是好的！我敢保那部小说是好的。"还说："那没有问题。即使《组织部新来的青年人》有问题，这书也没问题。这完全是两回事！"

1962年，韦君宜和青年出版社交涉索要《青春万岁》的清样，同时在社内提议出版这部书，但有不同意见。她写信给萧殷征求意见，萧殷回信，坚决主张出版，还附了两页保存多年的剪报资料。韦君宜决定发稿。可转眼间到了年底，"利用小说反党是一大发明"的提法出来了，波及许多已定发稿的书，《青春万岁》不得不又封存，一直到1979年才出版。

除了王蒙，1961年萧殷还向韦君宜大力推荐过青年农民作家王杏元。他看了王杏元的《铁笔御史》和《绿竹村风云》，向韦君宜连声赞扬，说真有才气，但一点没说他自己帮助这个青年逐章修改的事。韦君宜说："那我就去组稿吧。"但那个人不在广州。萧殷就说："包在我身上。"

1978年初，韦君宜再到广州，再次见面，提起广州新出现的青年作者，萧殷立刻如数家珍地讲起来：有一个陈国凯，写了个什么什么小说，把故事从头给韦君宜讲了一遍，还从自己抽屉里找出张报纸给韦君宜看。另外还有两个都让韦君宜去找。

1959年在暨南大学任中文系主任期间与教师们合影。右一为饶芃子

1982年，在北京召开的第四届文代会上与鲁艺的老校友合影，左三为萧殷

韦君宜后来回忆说，他的脑子简直不装别的，专装这些青年作者的名字和特点。不需要准备，和万宝囊似的，直接拿出来就是。他的介绍比作协搞组稿的同志还清楚完备得多。

韦君宜说，萧殷推荐青年作家、作品这些事，“比写他自己的文章或办他的私事都热心得多的”。

为什么会这样呢？

《萧殷自选集》的序言道出了个中原因：

首先是由于客观形势的需要。自从全国解放以后，政治活动不断出现。几乎每次都一样，每进行一场运动，随之而来的总是向“左”转。愈是向“左”

转，实事求是的传统作风便愈来愈遭到破坏，客观规律就愈被否定，主观主义和形而上学便愈益泛滥，复杂的事物被看得越来越简单。反映社会主义生活的文学创作也是如此。不用说这更是苦了文学青年。他们缺乏经验，还未形成自己的见解，很容易被运动搅得晕头转向，于是在创作道路上拐来拐去，不知该怎么办，迫切需要指点……还有另一个重要原因，是出自对青年作者同情，每当我看到他们在文学歧路上徘徊彷徨，来回走弯路时，内心就深感不安。我总是不由自主地想到自己，想到自己的年轻时代，想到自己在写作道路上摸索前进时，那种无人帮助、无所适从的困难处境和苦闷心情。我一直在文艺报刊担任编辑，也曾负责过中国作家协会青年作家工作委员会的工作。与青年作者接触的机会更多了，联系更密切了，渐渐地便不仅限于对青年作者的同情，也随时给他们一些力所能及的帮助。我相信一个简单的道理：任何大作家都不是天生的，都是从稚嫩的不知名的文学青年中产生出来、成长起来的。应帮助他们弄清文学的任务和创作的规律。这些想法在我意识中越来越明确，我就越来越自觉地投身于辅导青年写作的工作。可说是一头钻进去，再也出不来了……

这是出自肺腑的感人自白，也是一阕动人的园丁心曲！30多年来，这位文艺园地的园丁，辛勤地用汗水灌溉，使一棵棵文学幼苗茁壮成长。不只王

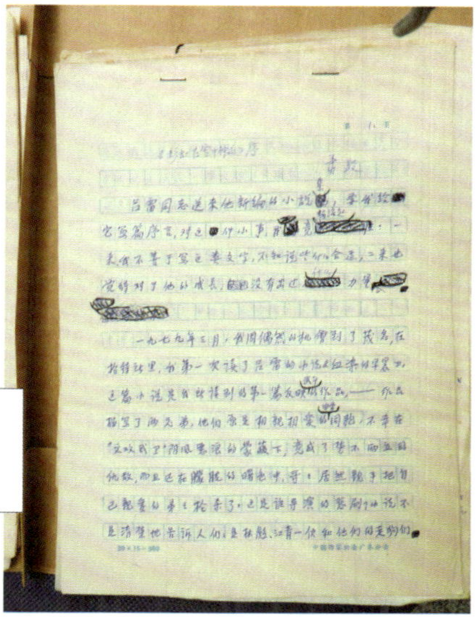

萧殷给吕雷小说集写序手迹

蒙，唐因、唐挚、杨犁、鲍昌、刘剑青、徐光耀、陈淼、鲁煤等，都是得到萧殷的扶植而成长起来的。还有陈国凯、王杏元、程贤章、吕雷、杨干华以及易准、饶芃子等，也是在萧殷的关怀和培养下成长的。

晚年，萧殷重病卧床，仍然关心青年作者，为他们看稿，不厌其烦地给他们复信或改稿。他的卧室以及他在医院里的病床上放着两样东西：一是药瓶药物，二是青年作者的信稿。

（黄河方）

专家点评

# 他反对“学院式”的文艺批评

饶芃子（暨南大学中文系教授、博士生导师）

文艺评论要促进整个文艺事业的发展和繁荣，这是萧殷先生毕生所追求的。从这一思想出发，他的文艺评论都是结合实际的，有很强的现实感和针对性；也是从这一思想出发，他经常呼吁尊重艺术规律，重视解决创作实践中的具体问题；在形式上不拘一格，做到生动活泼，使它们能为更多的读者所理解、所接受。敏锐、针对性强，是萧殷先生评论的一个特色。萧殷先生向来反对无目的的、脱离实际的“学院式”的文艺批评。他常说：理论的价值不在于多么深奥或者多么晦涩难懂，而在于能够解决多少实际问题。

具体、以小见大，是萧殷先生评论的又一特色。具体，就是对具体问题进行具体的分析；以小见大，就是能做到寓创作法则于具体的文艺评论之中。萧殷先生在这方面的特色，是在于他能够把文艺评论和阐明艺术规律结合起来，把那些人们认为是很深奥的理论讲得具体、易懂。作家进行创作必须以生活作为出发点，这是贯穿在萧殷先生全部评论中的一个创作论的基本观点。萧殷先生在评论中不但要求作家应从生活出发来创作，还要求作家能对生活进行深入的发掘。他认为从生活中发掘出来的思想，才能像火一样照亮作家的创作，使庞杂的生活现象集中、概括起来，形象化。

萧殷先生写的评论，形式多样，生动活泼，丝毫没有“迂”气和“酸”

味。他的许多文章是用“书简”“读稿随笔”一类的形式写成的，他认为运用这样的形式比较自由，人们读起来也比较亲切，容易为广大读者所接受。萧殷先生认为那些无目的的、脱离实际的文艺批评是没有生命力的。他反对学生写那种不痛不痒、泛泛而谈的批评文章，要他们密切注意并掌握各个时期的文艺思想、文艺创作中出现的问题，针对问题，发表自己的见解。他常说要写出一篇好的文艺批评文章并不那么容易，因为一篇好的文艺批评文章应当是：敏锐、准确、中肯、有个性。要能做到这样，批评家就必须有清醒的头脑，善于发现问题；要尊重和掌握艺术规律，重视文本的研究，把作品放在作家所创造的艺术环境中考察，从形象的实际出发，对作品做具体的艺术分析，恰如其分地评价作品。

# 他是广东文学两个辉煌时期的领军人

黄伟宗（中山大学中文系教授）

在中国当代文学史上，广东文学有两个辉煌时期。第一个辉煌时期主要是1959年到1963年，有《三家巷》《香飘四季》《山乡风云录》为代表的粤味文学作品；第二个辉煌时期主要是1978年到1982年，这个时期有《我应该怎么办》《姻缘》《海风轻轻吹》《雅马哈鱼档》这类带有粤味的伤痕文学和改革文学的兴起，也有欧阳山《一代风流》、吴有恒《滨海传》、秦牧《愤怒的海》、陈残云《热带惊涛录》等极有影响力的粤味文学作品。在这两个辉煌时期，萧殷作为领军人物，功不可没。

在第一个辉煌时期，萧殷从中国作协调来广东作协，任党组副书记、副主席，还任《作品》月刊执行副主编，主管《羊城晚报》文艺评论版。他主要以这两个阵地开创性地组织广东文艺批评队伍，开创了广东文艺理论批评的新局面。

在第二个“五年”，萧殷从五七干校出来，被安排在刚恢复活动的广东省作协主持日常工作，再任刚恢复原名的《作品》月刊主编，并任新成立的文艺评论委员会主任，再次担任领军人物。他率先为被诬为“毒草”的《三家巷》等粤味文学作品平反，率先发表陈国凯等具有粤味的伤痕文学和改革文学作品，并且大胆地率先发表尚未完全“解放”的“右派”作家王蒙等的作品……这些举措让《作品》成为全国最受欢迎的期刊之一。

他不仅是文艺批评家的领军人物，也是作家的领军人物。

# 匠心赏析

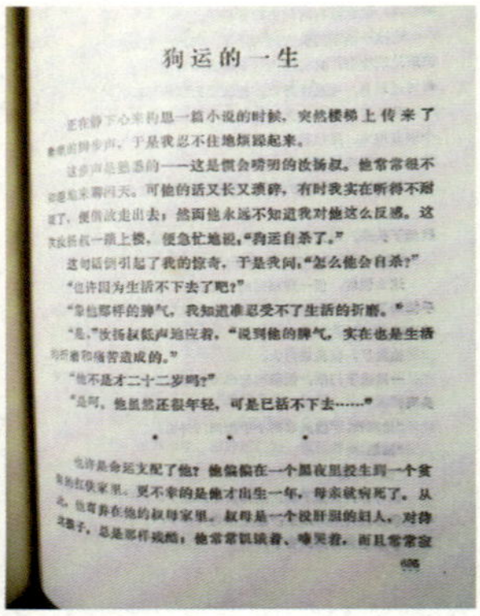

狗运的一生

正在静下心来构思一篇小说的时候，突然楼梯上传来了[illegible]的脚步声，于是我忍不住地烦躁起来。

这步声是熟悉的——这是惯会唠叨的汝扬叔。他常常很不[illegible]来聊闲天。可他的话又长又琐碎，有时我实在听得不耐[illegible]了，便借故走出去；然而他永远不知道我对他这么反感。这次汝扬叔一踏上楼，便急忙地说，"狗运自杀了。"

这句话倒引起了我的惊奇，于是我问，"怎么他会自杀？"

"也许因为生活不下去了吧？"

"象他那样的脾气，我知道准忍受不了生活的折磨。"

"是，"汝扬叔低声地应着，"说到他的脾气，实在也是生活[illegible]折磨和痛苦造成的。"

"他不是才二十二岁吗？"

"是呵，他虽然还很年轻，可是已活不下去……"

· · ·

也许是命运支配了他？他偏偏在一个黑夜里投生到一个贫[illegible]家里。更不幸的是他才出生一年，母亲就病死了。从[illegible]，他寄养在他的叔母家里。叔母是一个没肝胆的妇人，对待[illegible]孩子，总是那样残酷；他常常饥饿着、啼哭着，而且常常[illegible]

▲ 《狗运的一生》

**程文超（中山大学中文系教授、博士生导师）**

善于写小人物的悲剧是萧殷创作的一大艺术特色。作家长于用巧合手法，把社会上的众多悲惨故事在一个人的一生乃至一个人的一件事上集中表现出来。祸不单行、雪上加霜，造成一种惨而又惨、悲上加悲的强烈艺术效果。狗运（《狗运的一生》）短暂的一生便是集苦难于一身的一生。他出生才一年母亲便病故，贫困无比的父亲把他寄养在叔母家。无娘的孩子从小受尽了叔母的虐待和其他小孩的欺侮。读书，老师诬他偷手表；扛工，主人栽他偷钻戒。他不仅一生贫穷，而且人格和尊严受到肆意践踏。他反抗过，但终于不堪忍受而悬梁自尽。

▲ 《月夜》

## 谢望新（文学评论家）

萧殷解放前写的近百篇小说、散文、文艺通讯、报告文学、特写等，大都散失了。收进《月夜》的11篇小说、散文，是他在20世纪50年代繁忙的工作之余，接触生活时，“每次都不由自己地提起笔来”写成的。这些作品虽是二十几年前写的，但今天读来，我们仍被作家笔下的艺术形象和意境创造所传达的真挚感情，掀动着心扉。其字里行间，仿佛有一团团火焰般的诗情，在燃烧、跳跃。托尔斯泰说：“作者所体验过的感情感染了观众或听众，这就是艺术。”“感染越深，艺术则越优秀。”《月夜》的成功正在于此。

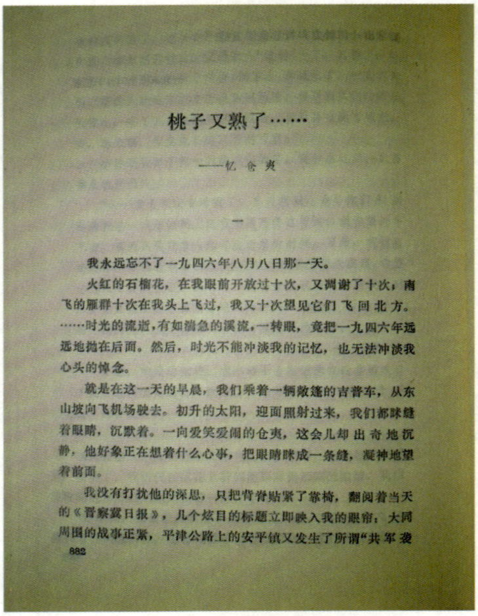

桃子又熟了……

——忆仓夷

一

我永远忘不了一九四六年八月八日那一天。

火红的石榴花，在我眼前开放过十次，又凋谢了十次；南飞的雁群十次在我头上飞过，我又十次望见它们飞回北方。……时光的流逝，有如湍急的溪流，一转眼，竟把一九四六年远远地抛在后面。然后，时光不能冲淡我的记忆，也无法冲淡我心头的悼念。

就是在这一天的早晨，我们乘着一辆敞篷的吉普车，从东山坡向飞机场驶去。初升的太阳，迎面照射过来，我们都眯缝着眼睛，沉默着。一向爱笑爱闹的仓夷，这会儿却出奇地沉静，他好象正在想着什么心事，把眼睛眯成一条缝，凝神地望着前面。

我没有打扰他的深思，只把背脊贴紧了靠椅，翻阅着当天的《晋察冀日报》，几个炫目的标题立即映入我的眼帘：大同周围的战事正紧，平津公路上的安平镇又发生了所谓"共军袭

882

▲　《桃子又熟了……》

## 谢望新（文学评论家）

这是萧殷的名篇。它在我国当代散文中也有一定地位。人民文学出版社出版的1957年《散文特写选》和建国三十周年《散文特写选》，都收进了这篇作品，足见其影响和生命力。这篇散文仅是通过对新闻记者仓夷的一些生活片断的回忆，写出了作家对革命战友的深切怀念和眷恋之情。在艺术表现上，作品借助主人公十分喜爱的"水蜜桃"作为感情的贯穿线索，并通过反复的渲染、联结层次迭出的悬念和涌出的情绪高潮，托物以情，情景水乳交融，从而创造出了一个深沉、隽永的散文意境，借此去牵动和感染读者的情绪和心灵。

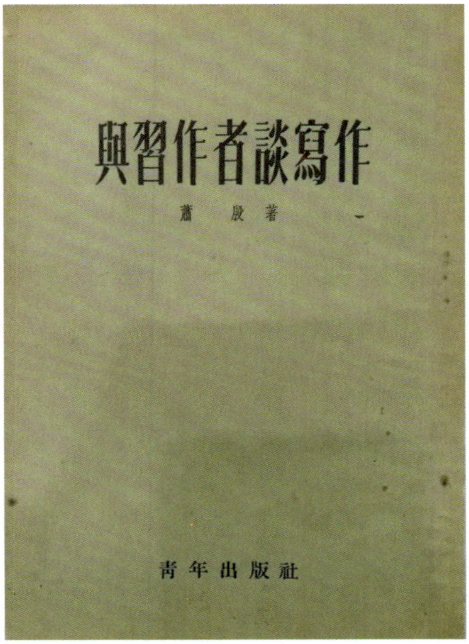


▲ 《与习作者谈写作》

## 古远清（中南财经政法大学教授）

和黄药眠、黄秋耘不同，萧殷一度是指导型评论家，尤其是从1950年1月至1952年1月和丁玲、陈企霞一起任《文艺报》主编期间。自从偏离了主旋律而“指导”不下去时，萧殷获得了相对的写作自由，离开《文艺报》主编岗位后他不再为“赶任务”而写。这时，他为“文学路上徘徊彷徨”的青年作者写了《与习作者谈写作》。其中不少论题，从大量来稿中归纳出来，在不同程度上带有普遍性。文章写得深入浅出，生动活泼，符合创作实际，成了青年作者最适时的创作辅导教材。20世纪80年代不少著名的中年作家，50年代所读的第一本文学理论书，就是萧殷这本著作。

# 黄秋耘：

一代文章千古事
余年心愿半庭花

黄秋耘（1917—2001），原名黄超显，曾用笔名黄洛思、昭彦、跛芮等，新中国成立后改名黄秋耘，有时用秋云。出生于香港，原籍广东省顺德县龙江乡。1936年10月加入中国共产党。卢沟桥事变后，遵照党组织的指示，离开沦陷后的北平，经武汉去广东，先后在八路军驻香港办事处和其他部门做军事工作和地下工作，曾打入日寇情报机关刺探军情，后又打入国民党的军事机关和战斗部队当过尉级军官和中校军官。曾率领小部队和日本鬼子作战。

20世纪40年代，黄秋耘经常在报刊上用笔名发表散文、小说和杂文，成为著名作家。解放后曾任广东省出版局副局长、中国作协广东分会副主席等职，在我国文学艺术界和新闻出版界享有较高声誉。

# 艺术观

◎对于一个艺术家来说，病态的悲观主义是可怕的、危险的，但是廉价的乐观主义也同样有害。

◎一个艺术家，是不应该在现实生活面前、在人民的困难和痛苦面前，心安理得地保持缄默的。

◎作家和诗人好比是天空上的群星，几曾看到过一颗星星会挤掉加一颗星星，把它挤出宇宙之外呢。

◎假如艺术不能将真理的火种散播于人间，假如艺术不能为人类的现在和将来而战斗，假如艺术不能拂去人类心灵上的锈迹和灰尘，这样的艺术就毫无价值。

——黄秋耘

# 创作之路

黄秋耘的一生，比电影还精彩。

出生于富裕家庭的他，自小体弱多病，天生一副软心肠，为一只被杀的鸡哭泣，听到乞丐哀号就落泪。

这不是现实版贾宝玉嘛！

不过，正是这样的黄秋耘，长大后腰间别一把勃朗宁手枪，口袋里还藏着一把小号间谍手枪，当起了军官与间谍，做到了“铁石心肠”以及职业军人的“绝对服从”。

他的一生中，拿枪的时候比拿笔的时候多，但他选择“笔”为自己的归宿，当起了作家，书写的当然是传奇。

因为，他自己本身就是一个传奇。

## 多愁善感的孩童

1918年10月15日出生于香港的黄秋耘，本名叫黄超显，八个孩子中排列老二。

黄秋耘的祖父黄藻云是一位悬壶中医，父亲黄凯吉早年当过小学教员，后来自己开了一家名为中华大药店的西药店。当年，黄家的中华大药店经销的“白萝仙止咳药水”和“丹杜莲皮肤水”，是闻名全香港的品牌名药。药店生意越来越好，黄家的家境也富裕起来，到黄秋耘受命于八路军香港办事处、为抗日救国出生入死的时候，家里已经是雇保姆、置钢琴，楼上楼下均有客厅，楼下客厅达60平方米的光景了。

小时候，黄秋耘体弱多病，喜欢清静，且多愁善感。他在《浮沉》一书中写道："还是七八岁的时候，我就常会为一头被杀的鸡雏而哭泣，对金鱼和小鸟都给予爱情。门外有一个乞丐哀号，我的心就忐忑乱跳，一颗颗泪珠沿着鼻子和面颊直流下来，直到大人拿钱或冷饭残羹把他打发走了为止。"

别的孩子喜欢追逐玩耍，黄秋耘不是这样的。他不喜欢和小孩子一起玩，也不爱和大孩子玩，他喜欢独来独往。不是去一处幽静的码头独自看海，就是自己下海游泳，或看着海面发呆，忧郁的气质从小就显现出来。但他又有着刚强坚韧的一面，比如下海游泳这点。海中搏击风浪，这可不是随便一个小孩就喜欢做的事情，他不但做了，在12岁那年还参加香港一年一度的渡海游泳比赛，拿到银质奖牌。因为他是运动员中年龄最小的一位，报纸上特别提到了他的名字，他的父母和老师看了报纸，才知道他游泳原来如此出色。

少年时代的黄秋耘，不但瞒着父母参加渡海游泳比赛，而且瞒着父母学了半年多的螳螂拳。他受教于螳螂拳中兴传人、著名北派拳师罗光玉。螳螂拳的特点是出手快得出奇，用于偷袭很有效。黄秋耘小时候没过过一天苦日子，但诸如渡海游泳、辛苦学拳这样的自我磨炼，使他不同于一般有钱人家娇生惯养的孩子。

20世纪30年代，香港为英国总督所统治。读小学四年级的黄秋耘，有一次在地理课上举手发问："在英国人没有来香港之前，香港归哪个国家管？"老师答道："香港一向都是中国的地方，属广东省宝安县的一部分，直到满清政府在鸦片战争打了败仗，在1842年才割让给英国人统治的。"老师不但讲鸦片战争的前因后果，而且讲了三元里抗英的惨烈故事，这跟香港教科书上的内容大相径庭。校方知道后，要这位名叫梁启芳的年轻女教师道歉认错，但梁启芳情愿辞职也不肯低头屈从。

这件事对黄秋耘影响很大，一是被外族奴役的耻辱使他的心灵从此不得安宁，二是梁启芳老师"做人要有做人的骨气"的榜样使他终生不忘。当时，他对日本人非常愤慨，一点日本货都不用不吃，那时如鲍鱼之类的食品主要来自日本，他不吃。日本货，也一点都不用。他说：“在香港，只要是外国人，不管英国人也好，或者英国人的奴才也好，欺负我们中国人，我就看不惯，心里很不平。”

后来，黄秋耘从汉文中学转到华仁书院。这间爱尔兰人办的学校有很严格的英语训练，此外还有很强烈的爱国主义。爱尔兰人认为他们自己是受压迫的，受英国人的压迫，因此选用的教材中有很多是爱国主义内容的。爱尔兰人的爱国主义和中国人的不一样，但是基本精神都是反抗外来压迫，这点却是相通的。

就这样，爱国的种子早早就播种在了体弱多病的黄秋耘心里，并主宰了他的一生。

## 忧国忧民的青年

1935年，黄秋耘毕业于香港华仁书院，凭着优异的会考成绩，他可免试入香港大学或伦敦大学，且能获得足以支付全部学费和生活费的高额奖学

年轻时期的黄秋耘

金。当年全香港有资格获此项奖学金的不足十人。同时，他又考取了著名的清华大学、燕京大学和中山大学，真是妥妥的“学霸”。

但这位年轻人做出了一项关系到他一生命运的决定：读清华大学国文系。理由是：“如火如荼的抗日救亡国怒潮对我有特别强烈的吸引力，与其远去异国，身居海外，钻进实验室和书堆里，毋宁跑到抗日前线的北平，投身进学生救亡运动的激流中，更为符合我的心愿和理想。”

尽管这项决定有违父意，父子俩还为此争论了整晚，但接受过西方教育且一向尊重子女意愿的黄凯吉夫妇，并未对儿子横加干涉。

在清华，黄秋耘听过闻一多、朱自清、陈寅恪、冯友兰、张申府等著名教授的讲课。他最喜欢听闻一多先生讲《楚辞》。闻一多常把课排在晚间，皓月当空，对月高吟：“士无事，痛饮酒，熟读《离骚》，方可为真名士！”黄秋耘在他的回忆录中写道：“（闻一多先生在课堂上）边朗诵，边讲解，边发挥，时而悲歌慷慨，热泪纵横，时而酣畅淋漓，击节赞赏。与其说，闻先生以其渊博的学识、翔实的考证、独到的见解吸引着我们，毋宁说他是以强烈的爱国主义精神、深沉的悲悯感情激励着我们。”

他也喜欢张申府的课。张申府一生推崇罗素，被时人称为罗素专家，精通当时最前沿的逻辑分析哲学。这位曾介绍周恩来、朱德入党的著名清华教授，上逻辑课的时候，“差不多要用半个多钟头时间来讲时事”。

1935年12月9日，由中共地下党人组织的学生运动突然爆发，史称“一二•九”学生运动。才大学一年级的黄秋耘，自发参加了“一二•九”以及比“一二•九”规模更大的“一二•二六”学生游行。他在游行中看到美国记者埃德加•斯诺跟着队伍采访和拍照，而且在北平滴水成冰的天气里，被军警用高压水龙头冲得浑身透湿。

“一二•九”之后，北平学联组织平津学生南下扩大宣传团，深入民间宣传抗日救亡，黄秋耘也参与其中。这个从小衣食无忧的香港孩子，就是在这时候，万分惊讶于中国北方农民衣不蔽体、食不果腹的贫困生活。当时他们“在农民家里搭伙，每天吃到的饭菜，只有窝窝头和咸萝卜，偶然有一碗豆腐煮白菜，就算是‘打牙祭’了”。他看到，“由于营养不良，年轻的母亲瘦小得像一个十二三岁的女孩子，而三四十岁的母亲却像一个伛腰偻背的老太婆了”。

黄秋耘在文章中写道：“老实说，我的社会主义思想并不是完全起源于阅读马克思、列宁的著作和毛主席的著作，而是同时萌生于（农民家里的）那些硬邦邦的充斥着跳蚤和虱子的被窝里。”

1936年，黄秋耘加入中国共产党。回首往事时，黄秋耘如此讲述他的入党动机：“当时我下定决心要参加革命，而我参加革命的目的，概括起来说：一是要抗日救国，争取民族解放；二是要使做工的、种田的老百姓都能不愁温饱，有间像样的房子和几床干净的被窝，并且做国家的主人。”

1937年的华北，山雨欲来风满楼。

当时国民党政府军事委员会和教育部联合发布命令：全国各大学的男性学生，都要在暑假期间接受当地驻军的军事训练。黄秋耘遵照地下党组织的决定，参加了该次战前军训，受训地点是二十九路军西苑兵营。二十九路军曾于1933年的喜峰口战役大显军威，用天津老百姓的话说就是：“他们个个都是沧州武师教出来的好武艺，大刀刷刷地，鬼子的人头落得遍地都是。”

连黄秋耘自己也没想到的是，这次真刀实枪的严格军训，未能持续两个月，而他，将投笔从戎，提前结束自己的大学生活。

这年7月7日，卢沟桥事变发生了。第二天全体官兵例行跑步完毕，何基沣旅长用严格的军事术语，宣布发生不久的中日军事冲突：“我是一个军人，守土有责，我可以向你们保证，在我旅的防区内，一寸土地都不会放弃，我们愿与卢沟桥共存亡，把卢沟桥当作我们的坟墓。”何基沣极度克制自己的悲愤情绪，讲话中只说“日军”不说“敌军”，不带一个侮辱字眼。

## 机智多谋的间谍

北平沦陷。

广州党组织让从北平逃出来的黄秋耘投考国民党中央军官学校南石头分校。半年后，黄秋耘成为国民党六十三军少尉军官。此后不久，黄秋耘奉命前往香港八路军办事处报到，受命于著名中共地下组织领导人李少石，亦名李默农。李少石命令他打入日本人设在香港的一个特务机关，给日本人当英语翻译。

黄秋耘的英语从小就很好，给日本人翻译英文报纸得心应手。因其英语、粤语和国语全能流利表达，所以日本人间或也让他当口语翻译。也就是在这个时候，他设法查清了日本人收买国民党广东驻军高级军官的内幕，以及日本人即将登陆华南的详情，并由八路军驻广州办事处，把这个绝密情报透露给国民党第四战区长官司令部参谋处。可惜该参谋处认为这是假情报置若罔闻，结果不到半个月时间，即1938年10月12日，日军以两个师团的兵力，在大亚湾的澳头和稔山两地同时登陆，然后长驱直入，10月21日就攻陷广州。

广州沦陷后，黄秋耘单独外出时，发觉常有人跟踪盯梢。这时，由香港学生赈济会出面组建香港学生回国服务团，前往位于粤南地区的广东第七行政区，党组织令黄秋耘任服务团副团长，迅速脱离危险的日本特务机关。20世纪80年代，黄秋耘以他个人的这段间谍经历，写成惊险曲折的中篇小说《没有硝烟的战争》，并在《广州日报》连载，读者争相阅读，拿到报纸就要先睹为快。

黄秋耘生活照

黄秋耘奉命担任电白游击守备区军事教官，暗中负责重建电白县地下党组织。尔后，他又奉命前往当年由法国人管辖的广州湾，于湛江赤坎开中华西药房和大风书店，为高雷工委建立地下联络站。

1940年6月20日，法国警察以贩卖违禁书籍的罪名逮捕黄秋耘，其目的是搜查黄秋耘从事共产党活动的证据。出于警觉，黄秋耘事先将党的秘密文件和人员名单藏匿于厕所的砖缝里，并在外面抹了水泥，结果法国警察忙了两三个钟头也一无所获，但仍然逮捕了他。

入法国人的西营监狱当天，黄秋耘遭数名看守毒打，后经地下党人陈信才从中疏通得以保释。7月18日，黄秋耘的母亲马汉英，带着钱从香港去西营监狱把他接了出来，保释金为1000越南币，折合港币900余元。

1941年，日本侵略军占领香港。黄秋耘接到组织任务，其中一项是把留在香港的进步文化人士救出去。黄秋耘在回忆录中写道：

> 在太平洋战争爆发前夕，旅港的进步文化人和民主人士多达二三百人，连同家属和随从人员，人数在千人以上。值得我们自慰的是，除女作家萧红因长期患肺病医治无效，加以在爱情和婚姻上遭遇到波折，精神深受刺激，于1942年1月22日在香港养和医院病逝外，其余全部人员都安全脱险……没有损失一人，也没有出过什么大乱子……

这就是在八路军香港办事处李少石领导下，被国际社会誉为人道主义的香港秘密大营救。

最后一个撤离香港的进步文化人士是著名的科学家和儿童文学作家高士其。而只身一人护送高士其由香港搭轮船去广州，再穿过三水的无人地带走出沦陷区，并由韶关到桂林的中共地下党人，就是黄秋耘。一路上的艰难和惊险，非和平期间的我们所能想象和体会。

## 直面现实与内心的作家

1946年6月的一天夜晚，黄秋耘紧急撤离到香港。

多年的地下工作和军事斗争，让黄秋耘见到过太多的鲜血和污秽，但他的内心仍保留着对文学的那份深情，那与生俱来的多愁善感也只是被他暂时关闭而非销声匿迹了。在香港，他向组织表示愿意在文化领域工作，于是，组织安排他在香港工委副书记兼文委书记邵荃麟手下工作。这段时间，黄秋耘写了散文集《浮沉》、报告文学集《控诉》，翻译了罗曼•罗兰的长篇小说《搏斗》。

新中国成立后，黄秋耘担任过新华社总社和福建分社的工作，但他觉得自己从性格和心理上都不太适应。邵荃麟担任中国作家协会副主席兼党组书记后，1954年调黄秋耘到作协，让他与在清华时同一个支部的韦君宜及在香港文委时同一个党小组的杜麦青共同负责编辑《文艺学习》。《文艺学习》是普及性刊物，旨在向广大青年读者进行文学教育，普及文学基本知识，提高群众的文学欣赏能力和写作能力。从1954年4月创刊，到1957年12月停刊，出版了45期，印数从最开始的12万份增加到近40万份。

1956年，“大鸣大放”开始，黄秋耘响应号召，发表了《不要在人民的疾苦面前闭上眼睛》《锈损了灵魂的悲剧》等文章，在当时产生很大反响。他在《不要在人民的疾苦面前闭上眼睛》一文中写道：“如果一个艺术家没有勇气去积极地参与解决人民生活中关键性的问题，没有勇气去正视现实生活中的困难和痛苦，他还算得是什么艺术家呢？一个真正的艺术家必须勇于干预生活。”他自己，确实做到了“非全真不语”。

“反右”运动开始后，黄秋耘被点名批评，经邵荃麟等人力保才免被划为右派。《文艺学习》停刊后，他被派往《文艺报》任编辑部副主任。

20世纪60年代初，黄秋耘看到北方农村大饥荒景象，有感而发，用曲笔写了为民请命的历史小说《杜子美还家》《鲁亮侪摘印》。1964年，黄秋耘针对当时文学作品脸谱化、模式化倾向，与邵荃麟等人提倡“多写中间人物”，结果受到猛烈批判。1964年，在吴晗的《海瑞罢官》受到姚文元攻击的同时，北京一家文艺刊物也有文章公开点名批判黄秋耘《杜子美还家》“是披着历史题材的外衣，向党和社会主义进行了恶毒的攻击”的“大毒草”。此后，他被调离《文艺报》。“文革”开始后，黄秋耘被隔离审查三年，遭受过挨打、罚跪的厄运。

1969年秋，黄秋耘获得“解放”回到广东，随即下放到粤北山区的英德黄陂五七干校“劳动锻炼、改造”和“接受贫下中农的再教育”。1970年他被调至广东省革委会宣传办公室工作，次年调到广东人民出版社，后调到广东省出版局任副局长。1976年起，他被国家出版局借调北京主持修订《辞源》工作，后又被中央党校借调编写《一二•九运动史要》。

《辞源》是我国现代第一部大型辞书。1915年以甲乙丙丁戊五种版式出版。从1958年开始修订，中间经历许多波折。1976年，由国家统一规划，广东、广西、河南、湖南四省（区）协作承担修订工作，黄秋耘与吴泽炎、刘叶秋三人担任编纂，作为整个修订工作的总负责人。前后四年多时间，黄秋耘住在原王府井大街64号中国文联大楼（当时为商务印书馆和中华书局）负责修订工作。

《辞源》重视注明每一个语词的来源及其使用过程中的发展演变。黄秋耘特别注意找寻和校对求证，标明作者、篇目和卷次，工作非常细致认真。遇有疑难问题，或是请教他人，或是翻寻典籍，常常反复再三，直至找到确实可靠的解释或证据为止。《辞源》修订版出版后，在国内外有很大影响。

1979年的黄秋耘（右）

1980年，黄秋耘写了一首七律《〈辞源〉书成有感》：

不窃王侯不窃钩，闭门扪虱度春秋。
穷经拟作埋名计，训诂聊为稻谷谋。
怀旧每兴闻笛叹，登高犹作少年游。
万家灯火京华夜，月夕花晨忆广州。

改革开放新时期，阳光普照大地。在空前活跃和繁荣的中国文坛，黄秋耘的作品是引人注目的。他写作了《心有余悸与心有余毒》《杂文应当复活》《文艺立法刻不容缓》《中国文化忧思录》等尖锐而及时的杂文、随笔，有《丁香花下》《雾失楼台》《难忘的眼神和泪光》等让人动情掉泪的散文，还有深情缅怀邵荃麟、陈翔鹤、郭小川、老舍等友人的文字，或直指文坛时弊，或倡导民主法制，或抒发时代情怀，或悼念亲朋好友，均寄托了他的某种特殊感情。

他说，《雾失楼台》“完稿以后，我好像生了一场大病，把全身的精力都消耗尽了”，“似乎我命中注定要做一个痛苦的理想主义者，一个不可救药的悲剧人物”。

从20世纪80年代初期开始，他着力抒写自己四五十年坎坷曲折的经历。被海外人士称为“中国‘克格勃’的第一本回忆录”的《风雨年华》，按照“欲语惟真，非真不语，非全真不语”的标准，“尽可能把事实的真相告诉子孙后代”，这是黄秋耘永远不能忘记的爱和恨。

著名诗人邵燕祥对黄秋耘创作人生评价道：“血泪文章战士心！”

（黄河方）

专家
点评

# 他的散文有一种奇异的附着力

宋遂良（学者）

20多年前，有一个因受反右斗争株连，被迫从四川老家出走，徘徊在昆明湖准备结束自己生命的女青年，在举目无亲走投无路的绝望中，给她素不相识的黄秋耘写过一封信。她说："我在北京谁也不认识；几年来在好些报纸和刊物上读过您的文章和作品，我总觉得，您有一副好心肠，总会乐意帮助有困难的人、落难的人的。"一个生病住院的老干部读过黄秋耘的散文《丁香花下》以后写道："我产生一种想要结识作者的愿望。……我觉得和作者的心灵相接了。"一位在国外深居简出与黄秋耘素昧平生的华裔作家读过他的散文后，悄悄辗转地托人给他送来了她自己的成名作品。

这些情况都表明，秋耘散文的思想好像有一种奇异的附着力，秋耘散文的情感好像有一种普遍的传染性。在他的朴素简洁的文字中，渗透着一种使一切虚假、中庸、颓唐、孤傲都难以自容的真诚。他向读者袒露自己的心灵，包括自己的弱点和过失；倾吐强烈的爱和恨，于是他的心和读者的心连在一起，他取得了他们的信任，他们同他一起微笑，一起愤慨，一同落泪。他们自然也会从他的丰富、蕴藉、深沉的文字中找到自己所需要的温暖和力量。

巴金同志不止一次说过："文学作品的最高境界，是创作和生活的完全一致，是作家和人的完全一致。""文学的最高境界是无技巧。"我觉得，秋耘的散文就是这两种“一致”的结晶。他的散文，取材于真人真事，大多又是亲身经历，“只要闭上眼睛，回忆沉思，这些人和事就会历历出现在我的眼前。我无需进行太多的艺术加工，只要如实描绘，直抒胸臆就行了。”所以，他做到了巴金所说的那两种“完全一致”，接近了那种“文学的最高境界”。

用自己的心去换读者的心，用自己燃烧着的感情去点燃读者的感情，带着深深的眷恋（对一切美好的事物），淡淡的哀伤（对一切被损害的美好事物），同读者一起思索、追求、净化。我以为，这就是我国当代文学中出现的“秋耘风格”。这就是他的文章常是“擒着眼泪”写下的原因所在。

# 在当代，黄秋耘的功绩在批评方面

洪子诚（北京大学中文系教授）

在写当代文学史的时候，读了许多黄秋耘先生的文章，对他十分敬佩。不仅是才情学问，人格也是重要的理由。在当代，黄秋耘的功绩应该是批评方面。《苔花集》和《古今集》两个五六十年代的文学评论集，前者出版于1957年，后者出版于1962年，但两个集子的面貌却有很大差异。这显示了以1957年为分界线，黄秋耘的状况、写作发生的变化。

我们发现，两个集子的内容、文字风格，显现很大的反差。除了若干当代作家作品的评论外，多数文章以“古典”为对象（《聊斋》、《封神演义》、杜甫、《人间词话》、《永州八记》、高尔基、托尔斯泰……），讨论诸如细节真实，开端和结尾，节奏的张弛相间，诗与音乐、绘画之间的“触类旁通”等艺术问题。

在《苔花集》里，黄秋耘像契诃夫那样，劝作家要坐“三等火车”，要住住北京前门的鸡毛店，逛逛德胜门外的晓市（鬼市），以便了解普通、下层民众生活。到了《古今集》，转而希望作家应“多识于鸟兽草木之名”，应加强自身的艺术修养，强调文艺批评“万不要忘记它是艺术”……

按照当年的观念，强势“干预生活”的黄秋耘，变化得很是“纯文学”了。而《苔花集》里那种忧愤急切的情绪，也被舒缓平稳的抒情所取代。不过，仔细辨析这个变化，却能看到黄秋耘，在可以被允许的范围内仍有他的坚持。

在1958年后的现实政治和文学的激进年代，并未看到他主动呼应、推波助澜那种浮夸虚假的“浪漫主义”。对于当代作家作品，也只选择与他的艺术观相符的部分：孙犁的小说，周立波的《山乡巨变》，秦牧的散文，陈翔鹤的《陶渊明写〈挽歌〉》。

被迫选择“纯文学”的直接原因，自然就是“反右”运动的突然来袭。黄秋耘那两年的言论，今天的人看来也许稀松平常，放在当年的环境中，却是相当激烈、尖锐。

# 匠心赏析

▲ 《丁香花下》

## 宋遂良（学者）

这篇散文抒写了两个年轻人之间一种介于友谊和爱情之间的感情：纯洁而恬静，朦胧而克制。他们在同反动军警的搏斗中奇异地邂逅，她勇敢地掩护过他，他们在苍茫暮色掩映下的丁香花丛中依依惜别，从此再没有相逢。“虽然事情已经过去四十多年了，每当我一看到紫丁香花，一闻到紫丁香花的香味，我就情不自禁地想起这么一件事，这么一个人，仿佛又看到她消逝在紫丁香花丛中的身影，仿佛又听到她离去时的脚步声。”历史留下的这无法弥补的遗憾和难以排遣的惆怅之所以动人，不正是因为它带着民族危亡关头的强烈气浪，和抒写了准备献身的爱国青年之间无言的默契？这不是那种残风残月的狭小愁肠或悲天悯人的善良感慨所能比拟的。

▲　《雾失楼台》

## 宋遂良（学者）

这篇散文写于“文革”前夕，记录黄秋耘在百无聊赖、坐困愁城的日子里，同隔院小楼上一对演奏小提琴的父女，从音乐中寻找知音和解脱的往事。“革命洪流”冲走了这三个“同是天涯沦落人”的短暂有限的欢愉。几年以后，当他被“解放”回来再上小楼寻找旧友时，才打听到父亲已被迫害死去，女儿到北大荒插队，音讯杳然。

# 秦牧：

# 一夕花市满城春

# 长河浪花映日红

秦牧（1919—1992），原名林阿书，又名林派光、林觉夫、林顽石，祖籍广东澄海东里樟林。与杨朔一起被称为中国散文界『南秦北杨』。其文学活动涉及散文、小说、诗歌、儿童文学和文学理论等领域。

秦牧出生于香港，三岁时随父母移居新加坡，1932年回到故乡樟林。青少年时期曾就读于新加坡端蒙学校、樟林萃英学校、汕头一中等。1938年春到广州参加抗日救亡宣传活动，辗转于粤桂两省。1941年曾在桂林中山中学教书，并从事写作，开始涉足文坛。历任《中华论坛》《再生》《中国工人》诸杂志编辑。1949年8月，参加中国人民解放军粤赣湘边区纵队，1962年加入中国共产党。

新中国成立后，历任广东省文教厅科长、中华书局广州编辑室主任、中国作家协会广东分会副主席、《羊城晚报》副总编辑，主编过《广东教育与文化》《中华通俗文库》《作品》诸杂志，是历届广东省人民代表大会代表、中共十二次代表大会代表、第七届全国人民代表大会代表。

# 艺术观

◎不要怕眼高手低，眼一定要高，手才能高上去。学写作第一要紧的事情，首先就是要眼高……

◎要把平常的东西写得光彩照人，就要注意观察事物，发挥想象力，抓形象，用这比那，用那比这，使之相得益彰，才能达到平中有奇。

◎掌握知识一定得要求精确，错误的知识，有时比无知更加可怕。

——秦牧

# 创作之路

如果20世纪五六十年代有爆款、网红这样的说法，秦牧肯定是那个年代青年眼中的“网红”，他的书就是“爆款”。

在没有“畅销书”“爆款书”概念的年代，他的书畅销海内外，受到极大的推崇。他的《艺海拾贝》，1998年至2004年连续印刷8次，至今印了15次，今天仍然是书店的畅销书。

他的作品，入选大、中、小学教科书，很多70后、80后都读过他的文章，听说过他的事迹。他的作品，不只滋养20世纪五六十年代的青年，也滋养着今天的我们。

## 顽石•林觉夫•秦牧

以前的人，常有很多名字，比如除了名，还有字、号等等。秦牧拥有的名字也挺多。

1919年8月19日，秦牧生于香港，乳名“阿书”。这是他出生时，他父亲找人扶乩在沙盘上划出来的名字，所以家里人都叫他“阿书”。没想到，后来他竟真的著起书来，真是太巧。

他的正名叫林派光，在新加坡和家乡广东澄海县樟林镇念小学时，用的都是这个名字。后来到汕头投考市立一中时，他自作主张取了一个有趣的名字“顽石”，不知是否暗含“补天”之志。就是这颗顽石，在2000多名考生中，考了第一。1936年，他到香港读高中，又用了一个新的学名——林觉夫，据说这也是他自己起的名字，后来几乎成为他的正名，伴随了他相当长一段时间。

抗战时期，林觉夫辗转到了广东的战时省会韶关，却因有“左”倾分子之嫌而无法找到工作，只好靠写点文章换稿费来维持生活。这个时期他用过的笔名有“史铁儿”和“秦牧”这个后来响彻中国文坛的名字，意思是“打倒暴秦后在关中过逍遥快活的放牧生活”。

田园牧歌的生活，早在青年时代就已在他心里埋下种子。

秦牧三岁时随父母迁居新加坡，在那生活了10年。他的父亲原本是乡间的一个裁缝，后来飘洋过海，浪迹南洋各地，当了资方代理人，成为新加坡一间米行的经理。但最后又破了产，只能回国。

秦牧在《梦里依稀慈母泪》一文中写道：“在他比较有钱的时候，他娶了三个妻子（按照旧的传统说法，是一妻二妾），我的生母和三母，都是‘妾’。她们两人有一些相同的命运，小时候都当过婢女，长大了都做‘妾’。”秦牧生母生前，对待儿女十分严格，操持家务井井有条。她常常把少年时代的悲苦生活告诉子女，要他们立志向上，同情穷人。秦牧一生都

秦牧与紫风合影

对穷人怀有深深的同情，与母亲的影响是分不开的。

秦牧八九岁时，患有肺病的生身母亲逝世，他的三母亲从乡间远涉重洋来到新加坡照顾七个孩子。酗酒成性的父亲，每当喝醉回家，常大吵大闹。秦牧说，由于对父亲酗酒的反感，他长大后，成了一个不会喝酒的人，一杯白酒就足以醉倒。可见儿时经历对一个人的影响有多大。

父亲破产后，除了已在酒店工作的大儿子和出嫁的大女儿，其他孩子都随父亲回到了澄海老家。此时，家境已出现窘况，秦牧念书的学费，有时还是他的三母亲拿自己私蓄垫付的。秦牧回忆道：

> 事情隔了几十年，有些场面我还记得很清楚，那就是：每当夜读时，她拭亮了灯筒，为我点火的场面；我上床之后，她用蚊灯细细照蚊子的场面；以及她从柜子里取出一些小小的金饰，瘦弱的手拿着厘秤，称着重量，给我作为学费的情景。

秦牧对自己的三母亲非常感恩，他在此后几十年里，每月拿到工资的第一件事，就是给三母亲汇生活费。

在乡间读完小学，秦牧到汕头市立一中读书，尔后到香港读高中。在汕头和香港读书期间，正值国难当前，年轻的秦牧投身到了救国图亡的时代潮流中。他爱上了邹韬奋编的杂志，也接触到鲁迅、巴金、茅盾等人的著作。这些文学作品，在秦牧的心间播下种子，乃至生根发芽。

## 花城·土地·古战场春晓

在香港读高中时，秦牧发表了他的第一篇文章。

当时印度作家甘地的秘书拉奥到香港演讲，秦牧听了觉得很有意思，便把演讲整理成文，试投到《东方日报》，不料很快就发表了，这使秦牧十分兴奋。

随着抗日战火燃起，日寇步步进逼，秦牧随民众转移到了桂林，目睹国统区的腐败黑暗以及日寇的侵华暴行，他以文字为匕首来抗日救亡。生活中的秦牧，讲话喜欢用警语和幽默的比喻，经常一针见血，不喜欢絮絮叨叨，这种风格体现在了他的杂文中。比如，《跳蚤——第一流的战略家》，文笔辛辣，极为风趣，是用“史铁儿”的笔名发表的；再比如一些故事新编，如《伯乐与马》《诗圣杜甫之死》《死海》《罗马的奴隶》等借古喻今之作，都已初步闪现了耀眼的才华，为读者击节赞赏。这些作品一部分收入了1947年开明书店出版的《秦牧杂文》中。

《秦牧杂文》收集了秦牧从1942年到1945年写的《私刑•人市•血的赏玩》等18篇杂文和《死海》等7篇历史小品，风格犀利，那种对时代、现实问题辛辣、峻峭的批判锋芒，以及对社会百态的细微观察和随手拈来的独到见地，及其汪洋恣肆、才情过人的行文笔触，都与后来那个我们熟悉的以“知识性、趣味性”著称的秦牧大相径庭。

或许是年轻气盛，彼时的秦牧对事对物，总是直截了当，不回避自己的观点。比如对小品文大家林语堂，他第一个写文章抨击，认为其对中国种种现状的发言只不过是风凉话而已，颇为不屑。以至若干年后，著名作家司马文森评论秦牧时说：“他是以打手的姿态进入文坛的。”

1944年，湘桂大疏散。今天看来只有五个字的“湘桂大疏散”，背后却是成千上万流离失所的百姓。

秦牧和妻子紫风怀着愤怒悲怆的心情，和千万老百姓一起颠沛流离，长途跋涉在黔桂道上。这条艰辛凄苦的路上发生的很多事让他们终生难忘，那是在遵义一间古庙发生的事情，当时已是寒冬12月，大北风呼呼地吹着，秦牧和紫风临时借住在古庙的一间厢房。有一天一群像螃蟹般被捆住手脚的壮丁，被押着走了进来，歇息在大殿内。紫风说，借着昏黄摇曳的灯光看过去，只见壮丁们瑟缩地挤成一团，其中有一个人上身赤裸，只靠手上捧着一大块棉絮在胸口取暖。看在眼里，秦牧和妻子都难过极了。临天亮时，壮丁开拔了。突然，秦牧一个箭步抢上去，用闪电般的速度把一件卫生衣递给那个赤露上身的人。那个汉子目瞪口呆，迟疑着不敢接受，秦牧一再催促才接过来穿上，但还来不及说一句话，就被吆喝着走了。临走，他回过头来望了

1938年秦牧送友人去延安（前排左二为秦牧）

秦牧一眼，眼里泪光闪现。

紫风说，给认识或不认识的贫困者、不幸者解衣、推食、赠款，在秦牧是常事，虽然他自己也不时一贫如洗，绝对没有当个善长仁翁的念头和条件。他初中时曾取过“顽石”的名字，后来又用过“史铁儿”的笔名，但绝非心如铁石，相反，他那颗孩子般纯真的心是又软又热的。

1944年底，他们辗转到了重庆，参加了后方的民主斗争。1946年初，重庆发生了沧白堂、较场口事件后，他发表了《漫谈双包案》《五鼠闹东京》等杂文，冒着生命危险，揭露和抨击特务歹徒假冒群众团体的名义，殴打郭沫若、李公仆等人的罪行。

抗战后期，秦牧随《中国工人》周报转移到香港，后来刊物因经费困难停办。

在香港，秦牧除了参加民主革命活动外，有三年时间靠卖文为生，每天晨起写作。紫风因此抱怨他干扰了她的睡眠，他没有回答，但第二天依然早起，但穿上了下雨时才用的胶鞋轻轻走动，这让紫风非常感动，从此再也不说他。他们住在西环一间朝西的斗室，夏天大半个房间充满了炙热的阳光，秦牧常常是满头大汗进行写作的，即便如此，也仍孜孜不倦。

1949年10月，秦牧来到广州，从此与这座城市结下了不解之缘。《花城》《花街十里一城春》《古战场春晓》等脍炙人口的名篇就是写广州的。

特别是1961年2月发表的散文《花城》和同年6月由作家出版社出版的同名散文集，问世后都在海内外引起轰动，从此，“花城”这个美丽的称号便与“羊城”齐名。他的散文风格，开始广为人知。

1959年至1961年和1965年至1966年，秦牧曾两度担任《羊城晚报》副总编，分管“晚会”“花地”版，在这段时间，秦牧提出了散文要有思想性、知识性、趣味性的文学主张。1959年，他在《海阔天空的散文领域》一文里说：“除了国际、社会斗争、艺术理论、风土人物志一类的散文外，我们应有知识小品、谈天说地、个人抒情一类的散文。通过各种各样的内容给人们以思想的启发、美的感受、情操的陶冶。”秦牧除了在自己的写作中实践这一文学主张以外，还融入到办报方针中去，在《羊城晚报》上发了许多知识小品、旅游杂记等生动风趣的文章，受到读者欢迎。

秦牧散文的表达方式没有固定格式，潇洒自然，语言流畅讲究，文笔游走灵活，联想奇妙，思路开阔，感情自然流露。赞颂新中国、新生活，鞭笞丑恶现象是贯穿他散文作品的一条主线，他的文章在阐述观点、讲明道理时，绝不枯燥。秦牧有别于同时代其他作家的特色是，他的散文题材广泛、知识丰富、谈古论今、旁征博引，具有深厚的生活和知识根底，《土地》是其中极有代表性的作品。他提倡多方面发展文学的功能，包括教育、审美、

1978年秦牧（前排左四）与表演艺术家黄宗英（前排左一）、数学家陈景润（前排左二）、报告文学作家徐迟（前排左三）、王南宁（后排左一）和周明（后排左二）合影

回忆录《寻梦者的足印》手稿

文娱方面，使作品富于幽默和情趣，“寓共产主义思想于闲情趣谈之中”。

1978年，秦牧自选集《长河浪花集》出版。收在这个集子里的作品，用他的话说就是：“尽管形形色色，林林总总，但也可以用一句话把它们概括起来，这就是我所写的，都是曾经使我激动、感奋、欢乐、忿恨或者思索、寻味的事情。”这个集子，可以看作是秦牧散文创作30年的总结，《土地》《古战场春晓》《海滩拾贝》《潮汐和船》等名篇，均收录在册。可以说，这个集子从篇目选择、题材内容到艺术形式，都集中体现了秦牧对散文创作的艺术见解。

除了散文，文艺评论、文艺鉴赏是秦牧文学创作的另一个高峰。时间从20世纪60年代开始，秦牧在北京、上海等地的报刊上发表了大量关于文艺问题的随笔，之后这些文章汇编成著名的文艺评论随笔集《艺海拾贝》。

博闻强记、兼具知识性和趣味性是秦牧作品的特点。那些点点滴滴的知识，经由他串起，闪耀着独特的光彩。他是怎么做到的呢？

一个字——勤。正如他自己所说：“因为感到学海无涯，自己所知甚少，就会努力求知。这样，读书就会认真些、勤奋些。观察就会周密些，细致些，调查研究也会更详尽些、客观些。”他家中有整整一屋子书，足可装满几大卡车，可他绝不仅限于读书。1987年，年近古稀的他到江西三清山考察，谢绝轿子而徒步上山，为的是仔细观察森林秋色，他还攀上了用小树干钉成梯子的瞭望台，上下之间梯子摇晃，同伴替他捏了一把汗，他却为获得新知识而兴奋。他身上一般都会带着一个笔记本一支笔，便于随时把看到听到的知识、顿悟和妙句记录下来。

熟悉秦牧的人都知道，他反对把时间花在没有目的的漫谈、聊天一类事情上，就是逛公园、溜大街，他也是怀着探索某项事物或增强某方面见闻的目的而去的。比如每年春节的广州花市，他都要去挤一挤。动物园每隔一段时间，便去看一看。坐在汽车、电车上，就浏览各种商店的招牌，欣赏“车窗文学”等等。秦牧的“博学”，就是这样点滴积累而来的。

趣味性，则来自他对生活的热爱。秦牧是一个摇着一把葵扇就可以蹲在巷子口和阿婆阿公唠家常的普通人，是一个吃冰棍时遇到邻家小孩会再买一根，然后一老一小美滋滋边吃边走的普通人。他认为：首先要做好一个正常的普通人，才能做好一个作家。作家不一定非得要“三更灯火五更鸡”或者仿佛“不食人间烟火”般生活。日常谈话中，他也不喜欢掉书袋式的旁征博引，相反，他非常注重谈话中的思想线索、思考路向。

## 学习•前进•73分

“文革”十年，秦牧搁笔十年，他还曾有过从此再不写一行文字的念头，但“四人帮”垮台了，他兴高采烈地参加游行，回来后激动地写下一首律诗：

喜炮花开喜泪飞，河山再庆浴朝晖。
冲天霹雳龟蛇走，动地豪歌鼓角催。
暗箭何伤医国手，芳林早绽报春梅！
纵然历史风云恶，大笑高歌又一回！

党的十一届三中全会后，他更如沐春风。一度被诬为“大毒草”的《艺海拾贝》一再重版，在广大海内外读者手上传阅。有一位青年给他送来一本

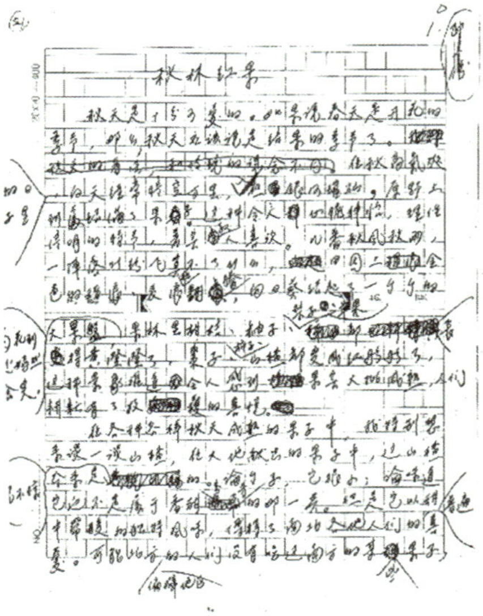
秋林红果

1983年散文《秋林红果》手稿

手抄本，原来在这本书被禁时，有些热情读者仍然到处搜寻，用手抄的方式来保存这本给人带来温暖与力量的书。

秦牧的创作活动是多方面的，散文、小说、戏剧、儿童文学、艺术理论和科学小品都写，又以散文的成就最大。他的一些散文作品被选为全国大中学校统一语文教材，香港、澳门也采用他的散文作为教材，新加坡也一度采用为教材。他的散文曾获全国奖、“人民日报”一等奖、广东的鲁迅文学奖及多种报刊奖。他被称为“散文大师”，但同时又有人称他为科普作家、儿童文学作家。他的儿童文学作品得过陈伯吹儿童文学奖。不少外国人士研究他的作品。

1990年9月，来自全国各地的一百多位作家、学者、教授和文化工作者聚集在广州，庆祝秦牧从事文学创作50周年并举办秦牧文学作品研讨会。秦牧怀着感动和兴奋的心情，发表了《答谢和自白》一文。文中，他谈到有一份杂志交过一张表格给他，询问他对于一些事情的根本观点，他的回答是这样的：

我最珍重的品德是：尊重真理。
我最厌恶的是：恃势凌人，作威作福。
我对不幸的理解是：甘于做奴隶。
我的座右铭是：学习，前进。
我对于幸福的理解是：对人民事业有所贡献，又受到人民的爱护。

这些都是他内心思想感情的独白。

此时的秦牧对生死已淡然，即便患上会危及生命的主动脉瘤，依然一如既往地写作、研读、下乡答复各方来信……他认为："活着的时候，活得充实，生无所息。死亡的时候，死得安详，视死如归。"

1992年10月14日清晨，和往常一样，早起的秦牧走向书房，准备开始写作，只是这一次，还未动笔他就已倒下。书房的书桌上，端端正正地摊开一张空白的稿纸，上面写着《敢想敢闯的神话》这个题目。那是他前一晚留下的笔迹，也是他一生中最后的笔迹。这篇只有题目没有内文的文章，紫风

秦牧《长街灯语》

把它收入秦牧的最后一本散文集《森林水滴》。秦牧生平最敬佩那些为理想而献身，为人民事业而鞠躬尽瘁、工作到最后的人。在许多篇章中，特别是《哲人的爱》这些作品，他满腔热情地为这些人献上了颂歌和花束，而他自己也终于如愿以偿了。

对自己这一生，秦牧在《低徊寻思话老年》一文中说，“给自己打了73分，不少不少，是个中游”。一生正直，不屈从，不媚俗，不点头哈腰的秦牧，给自己打了73分，对自己要求之严可见一斑。

（黄河方）

# 专家点评

## 他用趣味这根魔棒传播文艺理论

彦火（香港作家）

《艺海拾贝》这本书1961年由上海文艺出版社出版，初版印十万册，一纸风行。

“文革”期间这本名著在中国大陆曾销声匿迹，然而海外的“翻印家”却纷纷翻版，畅销依旧。1978年《艺海拾贝》由上海文艺出版社重版，第一次重版20万本，不到几个月的时间，迅即销罄。海外方面也是供不应求，1979年才由香港三联书店重版发行繁体字本，累印超100万册。

这跟秦牧注意通俗和风趣的风格息息相关。他的散文从不板脸孔，也不显颜色，而是如同老朋友在林中安步当车，在荧荧的灯光下喝茶谈心，使人油然产生了亲切感；在艺术的表现技巧上，文章的结构上，秦牧无疑是很考究的。但在遣词用句上，他是尽量通俗化的，回避佶屈聱牙的词句，以浅显的文字、生动的比喻，将文章的意旨在不知不觉中传播给读者。

作者写郑板桥、齐白石、鲁迅、高尔基、托尔斯泰、巴尔扎克、契诃夫，谈到他们的轶事趣闻或作品，也写旧戏、水果、蜜蜂、鲜花、金鱼等事物。这些都是具象的东西，再将这些人的话或某一种事物，与文艺表现技巧有机地连在一块，使人受到了启发。

# 他的作品给人美的享受

陈衡（中山大学中文系教授）

秦牧的散文善于“博采众长”“转益多师”，从中国古典文学、外国文学和民间文学中，选取最有现实意义的掌故、轶事、传说和神话故事，从人类社会、自然界、生物界中择取最能“启人感”的“尖端状态”的事物，从知识的海洋中寻找闪光的晶体，将叙事、抒情和说理融合起来，阐述事物的哲理和作者的美学理想。我们读他的散文，总是随同作者“凭着国想和感情的羽翼”，飞上知识的高空，俯瞰现实，获得以强烈的思想启迪和新鲜的美感陶冶，认识许多生活的真理和做人的真谛。

秦牧的散文可以毫不过誉地说，是给人们美的享受的艺术珍品，是引导人们进入知识海洋的“航标”，是启迪人们思考人生问题的哲理诗，是刺向假恶丑事物的匕首和投枪。因而，深受读者的欢迎。有些同志比较刘白羽、杨朔和秦牧的散文，在政治方向一致性下的风格多样性时说道：“读刘白羽的作品，好像听到了嘹亮的军号，催人上阵；读杨朔的作品，犹如在观尝一幅幅精美的图画，流连忘返；读秦牧的作品，则又似在聆听智者的畅谈，妙趣横生。”这也是颇为中肯的赞评。

# 匠心赏析

▲ 《黄金海岸》

陈衡（中山大学中文系教授）

这是秦牧20世纪50年代中期出版的一部中篇小说，又名《远洋归客》。这部小说以现实主义的笔触，描写了前辈华侨劳工的悲惨生活和他们的反抗斗争。故事从19世纪末一直发展到20世纪50年代初，从一个侧面反映了戊戌政变以来半个多世纪中国历史的面貌，用血和泪控拆了旧中国的腐朽和资本主义制度的罪恶，歌颂了侨胞的爱国主义热情和社会主义新中国给他们带来的希望、喜悦和幸福。在新中国的文学史上，以华侨生活为题材创作的小说中，《黄金海岸》是一部不可多得的有重要认识价值和教育意义的中篇小说。国内印刷了七八次，北京人民广播电台曾全文广播。在香港，被改编拍摄成电影《少小离家老大回》。深受国内读者和海外华侨的欢迎。

▲ 《艺海拾贝》

**吉无（人文博主）**

这本书自然不是秦牧纯粹的散文集，但其通过对物事的观察与分析，以散文的叙述方式去阐释文艺的理法，倒也别具一格。他对知识的涉猎是那样的广泛，诸如美术、音乐、戏曲、宗教、剪纸、动物、植物、饮食、服饰等，只要经过他的双眼观察，他就会心领神会，发现其跟艺术的关系。譬如，在《并蒂莲的美感》一文中，作者发现“古往今来，不少赞颂男女纯洁坚贞爱情的艺术作品感动了人们，那些被人用来形容男女爱情的动物和植物，就多少给人一种美感了。如比翼鸟、连理枝、并蒂莲、双飞蝶之类。”然而，作者还发现“如果以为如影随形、双双不离的东西就一定能引起人们关于纯洁坚贞爱情的联想，就一定能够引起一些美感，那就大错特错了。如雄虫一生都抱着雌虫过活的血吸虫。”至此，作者得出结论：“美感任何时候都是以一定的思想内容为基础的。”不得不佩服作者的以理服人。

# 后　记

历时两年多，岭南文艺百家丛书终将付梓，编者欣喜之余，不由得回想起编写出版过程中的甘苦点滴。

岭南大地自古文光炳耀，近代以来，更是星汉灿烂。有人说：一部中国近代史，少了广东人，真不知该如何写起？这或者基于思想、政治而言，但于文化、艺术，也是如此。由此我们萌发了编写近代以来广东文艺名家的念头。当初最朴素的想法是：笼名家创作心路于一书，集巨匠精品力作于数册。至于分卷则按照省文联的各艺术门类，分为文学及文艺理论卷、戏剧卷、电影卷、音乐卷、舞蹈卷、美术卷、书法卷、摄影卷、曲艺卷、杂技卷、民间艺术卷十一卷。

2016年10月，广东省文联和南方报业传媒集团达成联合编写出版意向，并向省委宣传部申请立项。两家单位均十分重视本丛书的编写与出版，因此从萌发编撰之念，到丛书策划拟定，再到向部里立项，一切进展可谓顺利。

待编写提上议程后，难题却接踵而来。首先是名家人选的确立、上溯时间的界定。其标准何在？这似乎仁者见仁，智者见智。抱着集思广益、就正方家的思路，我们邀请了省内多位文化界专家学者对项目名称及专家推荐名单进行讨论。与会专家均充分肯定本丛书出版的重大意义，但对项目名称有所异议，最终修改为岭南文艺百家丛书以客观、准确、真实反映广东的文艺界情况。百家者，状其多尔，并非限定于100个人。遴选百家之原则，一是生不立传，古不入选。至今在世的名家，或时代久远的巨匠均不选入；二是在广东文艺界有大贡献或在省内外甚至海内外有大影响者的粤籍文艺名家，视其贡献影响大小予以录入。这自然是“主观题”。因此人选名单的确定大体经历了几道“工序”：初由与会专家商议拟定，再交文联各协会参定，并向省文化与旅游厅、省新闻出版广电局、省作协等征求意见，最终百家人选名单上报省委宣传部审定。

名单出炉之后，大局看似已定。但接下来的编写也大费周章。从编写体例的拟定，到作者人选的抉择，无不几经推敲。最终我们在编撰体例上确定了以人分章，章下设“艺术观”“创作之路”“专家点评”“匠心赏析”等栏目的思路（鉴于艺术领域的差异，部分卷册体例容或不同）。至于写作者人选，除了相关领域的专家学者或团队，还有该名家的传记作者，长期奔走广东文艺界的文体记者等。

2018年9月底，由不同写作者分头编撰的篇目陆续提交后，丛书进入编辑、设计阶段，第三道难题也随之显现，便是体例的统一与设计的呈现。所谓大体须有，定体则无。因为艺术门类的差异、编写者的不同，书稿交到编辑手中可说五花八门，各具情态。如何做到相对整饬，又不削足适履，真是两难。我们只能在保持既有文风的基础上，按篇幅做了适当的文字增删，就其中的事实舛误和错字加以订正，对图片欠缺者也四处搜寻加以补充。即便如此，时至今日，我们亦不敢说处理妥帖，其中删改或有不当处，只能祈请各位作者方家予以谅解了。

鉴于卷数较多，篇幅不一，本丛书最终按卷次的相关度和篇幅的相称度予以合并，将十一卷纂为六册，依次为《文采舜华——文学及文艺理论卷》《梨园春秋——戏剧卷》《光影斑斓——电影卷•摄影卷》《碧落行云——音乐卷•舞蹈卷•曲艺卷•杂技卷》《丹青有意——美术卷》《翰墨匠心——书法卷•民间艺术卷》。

本丛书主要基于多方文献资料编纂而成，旨在宣传普及文艺，并非学术研究著作，为求体例统一，文献征引不一一标明出处，望相关作者周知，也请读者理解。另外，丛书收录图片多系历史图片，或来自文献资料截图，或为名家亲属提供，部分图片质量虽不尽理想，但因内容需要仍予以上版，良非得已。出版过程中，仍有一些图片未能及时联系到相关著作权人，请有关人士见后与我们联系，我们即奉上样书和微酬。

本丛书得以出版，实有赖于广东文艺界各方力量的支持与襄助。我们无法一一列名，谨此致谢！

时序匆匆，两载倏忽。由于编者水平有限，书中错漏之处在所难免，敬请方家不吝赐正。

编 者

2019年6月